テメレア戦記2

翡翠の玉座

ナオミ・ノヴィク　那波かおり=訳

上

ハヴァ・ノヴィクの思い出に
——いつか彼女の本を書ければという願いをこめて

テメレア戦記2　翡翠の玉座　上　目次

主な登場人物と竜

テメレア

中国産の稀少なセレスチャル種の大型ドラゴン。中国皇帝からナポレオンに贈られた卵を英国艦が奪取し、洋上で卵から孵《かえ》った。厳しい訓練をへて、英国航空隊ドラゴン戦隊所属となる。ローレンスと結んだ〝終生の契《ちぎ》り〟はなにがあっても揺るがない。読書好きで、好奇心と食欲が旺盛、戦闘力も抜群。その咆吼《ほうこう》、〝神の風〟はすさまじい破壊力を持つ。中国名はロン・ティエン・シエン（龍天翔）。

ウィリアム（ウィル）・ローレンス

テメレアを担うキャプテン。英国海軍の軍人としてナポレオン戦争を戦ってきたが、艦長を務めるリライアント号がフランス艦を拿捕《だほ》したことから運命が一転する。テメレアの担い手となり国家への忠誠心から航空隊に転属するが、いつしかテメレアがかけがえのない存在に。規律を重んじる生真面目な性格で、テメレアの自由奔放さをはらはらしながら見守っている。

英国の人々

ジェーン・ローランド……エクシディウムを担う豪放な女性キャプテン。ローレンスの恋人

トム・ライリー……アリージャンス号艦長。元ローレンスの腹心の部下

ジョン・グランビー……テメレアの搭乗クルーの副キャプテン。叩きあげの航空隊育ち

ウィロビー……テメレアの地上クルー。ハーネス担当

ディグビー……テメレアの搭乗クルー。見張り担当

エミリー・ローランド……テメレア・チームの見習い生。ジェーンの娘

ダイアー……テメレア・チームの見習い生

ケインズ……テメレアを担当する竜医

バークリー……マクシムスを担うキャプテン。ローレンスの訓練同期生

キャサリン・ハーコート……リリーを担う若き女性キャプテン

ジェームズ……逓信使。ヴォラティルスを担うキャプテン

レントン空将……ドーヴァー基地の司令官。オヴェルサリアの担い手

バーラム卿……海軍大臣

アーサー・ハモンド……英国政府代理として中国に同行する外交官

ジョージ・ストートン……マカオに駐留する東インド会社の英国商館長

英国のドラゴンたち

エクシディウム……ジェーンが担う竜。ロングウィング種

マクシムス……バークリーが担う、テメレアと訓練同期生の竜。リーガル・コッパー種

リリー……ハーコートが担う竜。ロングウィング種

オヴェルサリア……ドーヴァー基地ドラゴン戦隊のリーダー。アングルウィング種

ヴォラティルス（ヴォリー）……グレーリング種の逓信竜

中国の人々

ヨンシン皇子……テメレアを取り返しにきた中国使節団の代表、皇帝の兄

スン・カイ……若き外交使節

リウ・バオ……年配の外交使節

フォン・リー……ヨンシン皇子の従者

ジャオ・ウェイ……北京でのテメレアたちの世話役兼通訳係

ミエンニン皇太子……中国皇帝の皇位継承者、ヨンシン皇子の甥

ミエンカイ皇子……ミエンニン皇太子の弟

中国のドラゴンたち

ロン・ティエン・チエン……テメレアの母。セレスチャル種

ロン・ティエン・リエン……ヨンシン皇子の純白のドラゴン。セレスチャル種

ロン・チン・メイ……テメレアの中国語教師。インペリアル種

第一部

1　中国からの使者

十一月とは思えぬ暖かな日だったが、中国使節団への見当はずれな配慮から、英国海軍省委員会室では暖炉が燃え盛り、ローレンスはよりによってその真ん前に立たされていた。身だしなみに気遣《きづか》っていちばん上等の軍服を着てきたのが仇《あだ》になったようだ。会見は耐えがたく長引き、暗緑色の厚いブロード地で仕立てられた上着にじわじわと汗染みが広がっていた。

海軍大臣バーラム卿の肩越しに見える扉側の壁には、委員会室名物の方位計があり、その指針が現在のイギリス海峡の風向きを示している。風は北北東、フランスに向かって吹いている。となれば、たったいま、イギリス海峡を守る〝海峡艦隊〟からナポレオン軍の港に向けて、何隻《せき》かの偵察艦が出動している可能性は高い。ローレンスは直立不動の姿勢で方位計の大きな円《まる》い金属盤を見つめながら、こんな空想にずっと浸っていられたらどんなにいいか、と考えた。というのも、自分に向けられる冷ややかな敵意のまなざしをまともに受けとめたら、自分がなにをしでかすか責任が持てないからだった。

バーラム卿《きょう》が話を中断し、またもこぶしを口にあてて咳《せ》きこんだ。言うべきことは事前にまとめていたのだろうが、海軍育ちゆえの口べたはあいかわらずで、もたもたと少ししゃべっては口ごもり、卑屈一歩手前の不安そうな目を使節団に向ける。情けないかぎりだが、ローレンスも目下《もっか》の議論が他人事なら、バーラム卿の立場にいくぶんは同情できたはずだった。もちろん、今回の件に関して、中国側からなんらかの公式声明が出るだろうとは予測されていた。中国使節団が英国に派遣されるのも想定内だった。しかしあろうことか、中国皇帝がみずからの兄を遣《つか》いに立てて、はるばる地球の反対側まで寄こそうとは、誰が想像できただろう。

ヨンシン皇子《おうじ》は、彼のひと言で英中間の戦争が勃発《ぼっぱつ》しかねないほどの重要人物だった。たたずまいにも、高貴な生まれならではの威厳があった。バーラム卿がなにを言おうが、皇子は動じることなく沈黙を保っている。橙色《だいだい》の地に竜の刺繍《ししゅう》がふんだんにほどこされた豪華な長衣。宝石がちりばめられた長い爪。その爪が、ゆっくりと執拗《しつよう》に、椅子《いす》の肘掛《ひじか》けを叩きつづけている。皇子はバーラム卿には目もくれず、唇を引き結んだ険しい顔つきで、テーブル越しにローレンスをにらみつけていた。

皇子の率いる使節団の規模も尋常ではなく、委員会室は人であふれ返っていた。厚い綿甲冑《めんかっちゅう》を付けた十数名の衛兵が、いまにも気を失いそうなほど汗だくになっている。それと同じ数だけ家来もそばに控えていたが、大半はなにをするでもなく手持ちぶさたのようだ。こまごました用をこなす従者が部屋の奥の壁ぎわに並び、大きなうちわで淀《よど》んだ空気をかきまわしていた。皇子の背後に立つ男は通訳にちがいなく、バーラム卿の話がこみいると、たいがいは皇子が片手をあげて合図し、通訳がその耳もとにひそひそとささやきかけていた。

さらに皇子の両脇には二名の代表使節が控えていたが、ふたりともローレンスにはおざなりにしか紹介されなかった。どちらもひと言も発言しない。年若いスン・カイと名のる男は、会談のなりゆきを冷ややかに観察し、通訳の言葉に耳を傾けている。一方、年かさの灰色の顎《あご》ひげを長く垂らした太鼓腹《たいこばら》の男は、室内の暑さにまいりはじめている。うなだれて口が半開きになり、さっきまで顔をあおいでいた扇《おうぎ》を持つ手もいまはほとんど動かない。それでも、彼らのまとう紺色の絹の長衣は皇子のものと同じように手がこんでおり、ふたり並ぶと堂々たる威圧感があった。このような使節団が欧州にあらわれたのは、おそらく今回がはじめてのことだろう。

それを考えれば、相手をするのがバーラム卿よりはるかに外交手腕に長《た》けた大使だったとしても、中国側に対してある程度は下手《したて》に出ていたのかもしれない。しかし、ローレンスにしてみれば、バーラム卿の卑屈な態度は許しがたかった。だがバーラム卿に腹が立つ以上に、もう少しましななりゆきになるだろうと期待していた自分に腹が立った。ここに出てくる以上は言い分を述べられると思っていたし、心ひそかに円満解決の道さえあるのではないかと考えていたのだ。まさか新米海尉にすら使うのがはばかられるような言葉で、それも異国の皇子や随行員《ずいこういん》が居並ぶ前で、罪人のごとく罵《ののし》られようとは思ってもみなかった。それでもぎりぎりまで口をつぐんでいたのだが、バーラム卿がやたら恩着せがましい発言をするにおよんで、ついに堪忍袋《かんにんぶくろ》の緒《お》が切れた。バーラム卿はこう言ったのだ。「もちろん、キャプテン、きみにはいずれ、代わりの幼竜を一頭あてがってやろう」

「いいえ、閣下」ローレンスは、バーラム卿をさえぎって言った。「遺憾《いかん》ながら、承《しょう》服《ふく》しかねます。引き渡しには応じられませんし、ほかの竜を担《にな》う件についても辞退申しあげます」

航空隊のポーイス空将は、バーラム卿の隣で沈黙を守っていた。いまもかぶりを振るだけで、驚くようすもなく、突き出た腹の上で両手を組み合わせている。バーラム卿が憎々しげにポーイスを一瞥《いちべつ》したのち、ローレンスに向き直って言った。「説明が足らなかったようだな、キャプテン。これは要望ではなく、命令だ。きみは、命令に従うべき立場にある」

「ならば、わたしを絞首刑に」ローレンスはにべもなく返した。もちろん、海軍大臣にこんな口をきいていいわけがない。もしいまも海軍士官のままなら、このひと言で一巻の終わりだったろう。飛行士となった自分にも、ろくな結果はもたらさない。だがどのみち政府がテメレアを中国に返還するのなら、自分の飛行士としての経歴もこれでおしまいだ。ほかの竜に乗り換えたくなどないし、ほかの竜とテメレアとでは比ぶべくもない。そもそも、航空隊には竜の孵化《ふか》を待つ士官がごまんといるのだから、その順序を乱してまで幼い竜を手に入れたいなどと考えるはずがない。

ヨンシン皇子は沈黙を通していたが、その口もとは不機嫌《ふきげん》そうに固まっていた。家来《けらい》たちがもぞもぞと動いて、中国語でささやき合った。ローレンスは彼らの口調に、なんとなくだが、自分ではなくバーラム卿への軽蔑《けいべつ》を嗅《か》ぎとった。卿自身もそれを察知したにちがいなく、押し隠そうとする努力もむなしく、顔をまだらに紅潮させた。

「なんたる言い草だ、ローレンス。この英国政府の中枢で政府の方針に逆らおうとは、心得違いもはなはだしいぞ。どうやら忘れているようだな。きみが第一に忠義を尽くすべきは国家と国王陛下であり、きみのドラゴンではないということを」

「いいえ、閣下ご自身こそお忘れです。国家に忠義を尽くすべく、わたしは艦長の地位を捨て、テメレアにハーネスを付けました。テメレアが稀少種であること、ましてや天の使い種《セレスチャル》であることなど知るよしもなく。そして、国家に忠義を尽くすべくテメレアを過酷な訓練に追い立て、つらく危険な任務に就《つ》かせました。忠義を尽くすべくテメレアを戦場に連れ出し、その生命と幸福を危険にさらすことを求めたのです。わたしは、それに応《こた》えたテメレアの献身に、嘘《うそ》と裏切りを返すつもりはありません」

「戯言《たわごと》を！」バーラム卿が言った。「まるで初子《ういご》を渡せと言われた父親のような言い草ではないか。まあ、育てあげた愛玩動物を失うのは耐えがたいことだろうとは察するが――」

「テメレアはわたしの愛玩動物でも、所有物でもありません」ローレンスは即座に切り返した。「彼もまた、わたしや閣下ご自身と同じく、英国と国王陛下にお仕えしてきた身です。にもかかわらず、閣下は、テメレアが中国に戻りたがらないからといって、彼に対して嘘をつけと命じておられる。そのような命令に従ったところで、わたしになにが誇れましょう。いや、それどころか」ローレンスは抑えきれずに付け加えた。「わたしは閣下がそのような提案をなさることに驚いております。たいへん驚いております」

「頭のねじが飛んだか、ローレンス?」バーラム卿が言った。もはや上っ面の儀礼は消え失せていた。バーラム卿は長年、海軍の現場で過ごしたのちに閣僚となったため、いまも激昂《げっこう》すると政治家らしからぬふるまいにおよぶことがある。「テメレアは中国種のドラゴンだ。中国に戻れば、中国がいいと言い出すに決まっておる。とにかく、テメレアが中国のものであることに疑いをはさむ余地はない。わが英国が盗人《ぬすっと》の汚名を着せられてたまるか。そんなおぞましい事態を招くような提案を、英国政府が許すわけがない」

「おっしゃりたいことはよくわかりましたが――」ローレンスは言った。たとえここまで平静でいられたとしても、いまのバーラム卿のせりふでぶち切れていただろう。「勘違いもはなはだしい。こちらにおられる中国の方々は、ドラゴンの卵をフランスに渡した事実までは否定されないでしょう。そして、われわれはフランス艦から卵を奪いました。その敵艦と卵が海事裁判所において合法な戦利品として即座に収用を申し渡されたことは、閣下もよくご存じのはずです。テメレアを中国のものとする道理はどこにもありません。中国がそれほどセレスチャル種の流出を恐れるのなら、卵をフランスに渡すべきではなかったのです」

ヨンシン皇子がふんと鼻を鳴らし、ふたりの激しいやりとりに割って入った。「それは正しい」皇子は強いなまりのある堅苦しい英語をゆっくりとしゃべったが、その独特の間合いがかえって言葉に重みを与えていた。「ロン・ティエン・チエンが二番目に産んだ卵を国外に出したのが、そもそもの間違いだった。それについては、なにを言ってもはじまらない」

ローレンスも皇子もここでしばらく口をつぐみ、通訳がいまの皇子の言葉を使節団の面々にひそひそと伝える声だけが聞こえた。だが意外にもスン・カイが中国語で何事かを言い、皇子にひとにらみされ、かしこまって頭《こうべ》を垂れた。ローレンスははじめて、使節団の意見が統一されていないのではないかという疑念を持った。が、皇子の態度がこれ以上の発言は許さないという厳しいものだったので、スン・カイもそれ以上言おうとはしなかった。皇子は臣下を屈服させたことに満足したようすで、一同に向き直って発言をつづけた。「とはいえ、ロン・ティエン・シエンがそなたの手に落ちたのは不運以外のなにものでもなかった。あれはフランス皇帝に贈ったもの。一介《いっかい》の兵士のもとで苦役を強いるために送り出したわけではない」

ローレンスは身をこわばらせた。〝一介の兵士〟とは聞き捨てならない。はじめて皇子のほうを向き、その冷ややかな侮蔑のまなざしに負けないだけの断固たるまなざしを返した。「わが英国は、フランスと戦争をしております。もし中国がフランスとの同盟を望み、フランスを援助するつもりで物資を送ったのだとしたら、われわれがその物資を正当な戦いで奪い取ったからといって、責められる筋合いはどこにもありません」

「たわけたことを！」バーラム卿が大声で割って入った。「断じて、中国はフランスの同盟国ではない。わが英国は、中国がフランスと同盟関係にあるなどとは、ぜったいに見なしていない。ローレンス、おまえは皇兄《こうけい》殿下に直接口をきけるような立場にはない。控えよ」最後はすごむように締めくくった。

だがヨンシン皇子は、議論を打ち切りにしようとするバーラム卿を無視し、軽蔑もあらわに言った。「そなたらは、略奪行為《りゃくだつ》を正当化するつもりなのか。野蛮なる国家の慣習には興味がないし、商人《あきんど》と盗人が掠奪についてどのような合意に達しようが、わが王朝の関知するところではない。しかし、いまのようなわが皇帝陛下を侮辱《ぶじょく》する発言を見逃すわけにはいかぬ」

「滅相《めっそう》もございません！　いいえ、殿下、けっしてそのようなことは」バーラム卿は泡を食って答えながらも、ローレンスに憎悪の視線を向けた。「わが国王と英国政府は、貴国の皇帝陛下に深い敬愛の念をいだいております。侮辱行為が意図的に行われることなど、ぜったいにありえません。もし、われわれにあの卵の並はずれた特質についての知識があり、そちらにご異存がおありだとわかっておりましたら、このような事態にはけっして陥《おちい》らなかったかと……」

「もう何度も繰り返したことではないか」ヨンシン皇子が言った。「侮辱はいまもつづいている。ロン・ティエン・シエンはハーネスを装着され、牛馬と変わらぬ扱いを受け、荷を運び、戦場であらゆる蛮行にさらされている。しかもその連れというのが、ただの空佐《くうさ》にすぎぬ男。こんなことになるなら、いっそ卵のまま海に沈んでしまえばよかった！」

ローレンスは唖然《あぜん》としたものの、バーラム卿とポーイス空将が皇子の冷酷な発言に目を剝《む》き言葉を失っているのを見て、溜飲《りゅういん》をさげた。中国側の通訳ですらたじろいで、皇子が英語で語ったことを中国語に訳すのを控えている。

「殿下のお考えを知って以来、竜には一度たりともハーネスを付けておりません。これは間違いございません」動揺から立ち直りつつあるバーラム卿が抗弁した。「われわれはテメレアが、その……ロン・ティエン・シエンが快適に過ごせますよう、その処遇においていかなる不都合もなきよう努力を重ねております。もはやローレンス空佐は竜の担当をはずれ、この二週間は言葉も交わしておらず……」

ローレンスはその発言に胸を衝《つ》かれ、わずかに残っていた冷静さを手放した。「もしおふたりが、テメレアの快適を本気で気遣っておられるのなら、自分たちの欲得ではなく、まずは彼の心情を酌《く》みとるべきでしょう」ローレンスは、強風のなかでも命令が下せるように訓練された海軍育ちの声を張りあげた。「あなた方はテメレアにハーネスを装着するなと文句を言い、その舌の根も乾かぬうちに、わたしに嘘をついてテメレアを鎖《くさり》で拘束せよと命じ、彼の意思を無視して中国に連行しようとなさる。とんでもない、そんなことを認めてたまるか！　ばかばかしい！」

バーラム卿は、その表情からすると、ローレンス本人を鎖でつないで連行したいと思っているにちがいなかった。両目をかっと見開き、テーブルに手を突き、いまにも立ちあがりそうになった。その切っ先を制するように、きょうはじめてポーイス空将が割って入った。「そこまでだ、口を慎《つつし》め、ローレンス。バーラム卿、ローレンスをここに留め置いても、よいことはなにもありません。さあ、即刻退出だ、ローレンス。さがりなさい」

体に染みついた服従の習いには逆らえず、ローレンスは委員会室から引きさがった。ポーイス空将の仲裁のおかげで、命令不服従による逮捕はまぬがれたのだろうが、感謝の念はまったく湧いてこなかった。喉《のど》もとにいまだ何千という言葉がつかえていたため、背後で委員会室の扉がしっかりと閉ざされる音を聞いても、まだ引き返そうとした。が、扉の両脇に控えた海兵隊員が興味しんしんで、まるで珍獣でも見るような目を向けてきた。好奇のまなざしを浴びたことで、ローレンスはいくぶん冷静に返り、これ以上本音を吐き出す前に立ち去ろうと決意した。

厚い壁に阻《はば》まれていたので、なにをまくしたてているかはわからなかったが、バーラム卿のうわずった大声が廊下の端まで聞こえてきた。ローレンスは怒りで頭が混乱し、呼吸が荒くなり、ふいに視界がぼやけた。涙ではない。断じて涙ではない。これは、ほとばしる怒りのせいだ。海軍省の玄関ロビーには海軍士官や事務官、行政官らがあふれていた。速達便を手に急ぎ足で歩く、暗緑色の制服に身を包んだ逓信使《ていしんし》の姿もあった。ローレンスは、怒りで震える手を上着のポケットに深く突っこむと、人込みを肩で掻《か》き分けるように玄関へ向かい、夕方のロンドンの喧噪《けんそう》のなかに飛びこんだ。

官庁街には夕餉《ゆうげ》を求めて家路を急ぐ勤め人があふれ、雑踏《ざっとう》のそこかしこで辻馬車や荷馬車の御者《ぎょしゃ》たちが「道をあけろ」と叫んでいた。心はあたりの風景と同じように千々《ちぢ》に乱れ、本能だけで歩みを進めていたため、三回も声をかけられて、ようやく自分の名前が呼ばれているのに気づいた。

海軍の元同僚と顔を合わせ、礼を失せぬように相手をするのは気が進まないと思いながらも、しぶしぶと振り返った。予想に反して、そこに立っていたのはキャプテン・ローランドだった。それで少しほっとしたものの、まさかジェーン・ローランドがこのロンドンにいるとは思っていなかった。ドーヴァー基地のドラゴン戦隊のリーダー、エクシディウムを担《にな》うキャプテンであるジェーンは、そう簡単に任務を離れられないし、そもそも女性飛行士である以上、おおっぴらに海軍省に出入りすることもできないはずだ。ロングウィング種のドラゴンが女性の担い手しか受けつけないため、航空隊にはつねに何人かの女性士官がいる。しかし、そのことは飛行士以外にはほとんど知られておらず、世間の非難を浴びないように航空隊の極秘事項とされていた。ローレンス自身も最初は女性士官の存在にとまどったものの、いまはすっかり慣れて、目の前にいる軍服を着ていないジェーンのほうに違和感を覚えるほどだ。彼女は市井《しせい》にまぎれるためにスカートをはき、長いマントをはおっていた。だが、どちらも彼女には似合っていなかった。

「五分ほど、あなたを追いかけてたわ」ジェーンのほうからローレンスに近づき、腕を取った。「あの大きな薄暗い建物のまわりをうろうろしながら、あなたが出てくるのを待ってたの。なのに、あなたったら、ものすごい勢いでわたしの横を通り過ぎていくんだもの、捕まえそこなったわ。とにかくこの服がじゃまで、なかなか追いつけなくて。ここまで追いかけてきたことに感謝してね、ローレンス。まあ、それはともかく」ジェーンの声がやわらいだ。「その顔からすると、うまくいかなかったのね。なにか食べましょう。食べながら、話を聞かせて」

「ありがとう、ジェーン。会えてうれしいよ」こうしてローレンスは、食欲は湧かないものの、ジェーンが泊まっているという宿屋に足を向けた。「それにしても、どうしてロンドンに来る暇があったんだい？　エクシディウムになにかあったわけじゃないだろうね？」

「だいじょうぶ、ちょっと消化不良を起こしてるだけ。自業自得だわ。リリーとキャプテン・ハーコートがすばらしく腕をあげたから、レントン空将がリリーたちに哨戒《しょうかい》活動をまかせて、わたしとエクシディウムに数日の休暇をくれたの。それをいいことに、エクシディウムときたら、大きな牛をいっぺんに三頭もたいらげた。まったく食い意地の張ったやつ。今度副キャプテンになったサンダーズを留守番に置いてローレンスに会いにいくって言ったときも、あいつったら、薄眼をあけてわたしを見ただけ。わたしはさっさと街用の服をまとめて、ロンドンまで飛ぶ伝令竜に便乗させてもらったわ。ああ、もういや！　ちょっと待ってて」ジェーンは立ち止まり、脚をばたつかせ、足もとにまとわりついたスカートのもつれをほどこうとした。ローレンスは彼女が倒れないように、そのあいだ肘《ひじ》を支えていた。

それからは歩調をゆるめて、ロンドンの通りを進んだ。ジェーンの男のような足取りと顔の傷痕《きずあと》に、道行く人々が無遠慮な視線を向けてきた。ローレンスは通行人をにったたし返したが、当のジェーンは気にするようすもなく、連れの行動に気づいて言った。

「かっかしなさんな。怖い顔でお嬢さんたちを怯《おび》えさせないで。海軍省でいったいなにを言われたの？」

「もう聞いているだろうが、中国が使節団を送りこんできた。テメレアを中国に連れ戻すつもりで、英国政府も容認する方向だ。だが、テメレアが納得するわけがない。あいつらがテメレアにつきまとって何週間にもなるが、あっちへ行け、二度と来るな、の繰り返しだ」テメレアの話をすると、胸のあたりに鋭い痛みが走った。ローレンスには、テメレアのようすがありありと想像できた。テメレアは、この百年間ほとんど使われていない老朽化したロンドン基地に閉じこめられている。ローレンスやクルーの付き添いもなく、本を読んでやる者もいない。話し相手は、時折り急送文書を運ぶために立ち寄る伝令竜ぐらいのものだ。

「テメレアが行くわけないわ。あなたを置いていけと言って、彼が納得すると思ってたのかしら。あきれた話ね。ドラゴンの性質を、なにもわかっちゃいない。中国人は、自分たちこそ世界最高の竜の担い手だと自慢してるそうだけど」

「皇帝の兄だという人物は、はなからわたしを見くだしている。テメレアも自分と同じようにわたしを見くだしていて、喜んで中国行きに応じると思っていたらしい。いずれにしても、中国人はテメレアを説得することに疲れ果てたんだ。そこであの悪党のバーラムが、テメレアに嘘《うそ》をつけとわたしに言ってきた。ジブラルタルでの任務を命じられたと嘘をつき、テメレアを輸送艦に乗せて出港し、テメレアがやつらの計画に気づいたときには、もう飛んで戻れないほど陸から遠ざかっているという算段さ」

「なんて恥知らずな」ローレンスの腕を握ったジェーンの手に力がこもった。「ポーイス空将はなにも言わなかった？　バーラム卿にそんな提案をさせるなんて、どうかしてる。海軍の人間にドラゴンのことが理解できないのはともかく、ポーイス空将がなにが問題なのかをバーラム卿にきちんと説明すべきだったわね」

「おそらく、ポーイス空将にも打つ手がないんだろう。しょせんは宮仕えの身だし、バーラム卿は政府の意向で動いている。だが少なくとも空将は、墓穴を掘りかけたわたしを救ってくれた。怒りのあまりわれを忘れたとき、すかさず退出を命じてくれたんだ」

ふたりはストランド街に入っていた。行き交う人や馬車がますます増えて、互いの声が聞きとりづらい。材木を運ぶ荷馬車や辻馬車が跳ねあげる得体の知れない泥水をかわすことにも注意が必要だった。ローレンスは怒りを鎮《しず》めたものの、今度は気分が落ちこんできた。

テメレアと引き離されたときから、こんなことは長くつづかない、すぐに解決すると、自分に言い聞かせてきた。そのうち中国使節団がテメレアには戻る気がないと悟るか、あるいは、海軍省が中国のご機嫌《きげん》とりにさじを投げるか、そのどちらかだろうと期待していた。しかしそれでも、テメレアと離れて暮らすのは残酷な刑罰と同じだった。テメレアが孵化してからおよそ十か月がたつが、一日離れていたことすら一度もないのだ。ローレンスは時間のつぶしかたがわからず、暇を持て余した。だが結局、つらい二週間を過ごしたかいもなく、テメレアを取り戻せるチャンスをみずから台なしにしてしまった。中国使節団は譲歩しないだろうし、英国政府はテメレアを中国に送りとどける手段をなんとか考え出すだろう。バーラム卿たちは、目的を果たすためなら、テメレアの前で嘘八百を並べたてるにちがいない。こうなってしまっては、ローレンスがテメレアに別れを告げることさえ許さないだろう。

ローレンスはこれまで、テメレアのいなくなった人生がどうなるのかを考えないようにしてきた。代わりのドラゴンに乗り換えるなんてはなから論外だ。海軍が自分をふたたび迎え入れるとも思えない。では、商船か、あるいは民間の武装船に乗りこむか。だが、そんな仕事にやりがいを見つけられるとは思えない。これまで稼いだ拿捕《だほ》賞金を元手にそこそこの財産は築いてあるから、伴侶《はんりょ》を見つけて、在郷の有閑階級《ジェントルマン》におさまることもできるだろう。しかし、かつて想像のなかでは牧歌的で望ましく思えた暮らしが、いまでは味気なく退屈な人生にしか思えなくなった。

もっとやりきれないのは、自分の気持ちをわかってくれる人がいないことだった。海軍時代の同僚は竜から解放されて幸運だったと言うだろうし、父も母も喜ぶだろう。世間の目から見れば、けっしてなにも失っていない。だが、この運命の変わりようには、一抹《いちまつ》の滑稽《こっけい》さを覚えるほどだった。不測の事態に陥り、軍人の責任を果たすべく、やむなく飛行士に転身した。その運命の激変から一年もたっていないのに、もうほかの人生など考えられなくなっている。自分の心情をほんとうに理解してくれるのは仲間の飛行士だけ、それも、おそらくは竜を担うキャプテンだけだろう。だがテメレアが去ってしまえば、飛行士たちが世間とは一線を画して生きている以上、もう彼らと交わることもできなくなる。

ロンドンでは夕食にはまだ早い時刻だったが、〈王冠と錨亭《クラウン・アンド・アンカー》〉の食堂にはそこそこ客が入っていた。ここは、上流階級向けの洗練された店ではなく、もっと遅い時刻に食事と酒を求めてやってくる、地元の常連客で成り立っている食堂兼宿屋だった。もちろん、堅気《かたぎ》の女性が出入りする場所ではない。ローレンスにしても、以前なら足を踏み入れるのをためらっていただろう。ジェーンにぶしつけな好奇の目を向ける客がいたが、その横に正装用の剣を腰に吊した、がたいのよい男がいるとあっては、誰もそれ以上の無礼を働こうとはしなかった。

ジェーンは宿の自分の部屋にローレンスを案内し、くたびれた肘掛け椅子を勧めて、ワインを一杯ふるまった。ローレンスはそれをぐっとあおって、ジェーンの気遣うような視線をグラスでさえぎった。つい気弱なところを見せてしまいそうな気がしたからだ。「すきっ腹だと元気が出ないわよ、ローレンス。食べれば気分だってましになるわ」ジェーンは呼び鈴《りん》を鳴らしてメイドを呼んだ。ほどなく二名の給仕《きゅうじ》がうまそうな一人前の料理を運んできた。ローストチキンに野菜とグレイビー・ソース、小さなジャム入りチーズケーキ、仔牛肉のパイ、赤キャベツの煮物、小ぶりのビスケット・プディング。ジェーンはすべての料理をテーブルに並べさせると、すぐに給仕をさがらせた。

ローレンスはとても食べられそうにないと思っていたが、料理が目の前に並ぶと、空腹感を覚えた。このところ不規則な生活がつづき、食事に無関心になっていた。そのうえ、テメレアのいるロンドン基地に近いというだけで選んだ安宿の食事もまずかった。だがいまはひたすら料理を口に運んでいる。そのあいだ、ジェーンが航空隊のよもやま話で楽しませてくれた。「そう、ロイドがチームから離れたのは残念だった。彼は、ロッホ・ラガン基地で硬化がはじまったアングルウィング種の卵を担当することになったわ」ジェーンは、彼女のチームで副キャプテンを務めていた男のことを話題にした。

「その卵、見たことがあるな」ローレンスは話題に反応し、皿から顔をあげた。「オヴェルサリアが産んだ卵じゃないか？」

「そのとおり。このコンビは大いに期待されている。ロイドはもちろん大喜びよ。わたしもとてもうれしかった。とはいえ、五年も同じメンバーでやってきたのに、新しい副キャプテンを迎えるのは簡単じゃないわ。乗組員もエクシディウムも、ロイドの仕事ぶりがよかったって、未練たらたらで。だけど、新しい副キャプテンのサンダーズは心根のよい、頼れる人間だわ。グランビーに断られたあと、すぐにジブラルタルからサンダーズを呼び寄せたの」

「なんだって？　グランビーに断られた？」ローレンスは愕然《がくぜん》として、声が大きくなった。グランビーは、ローレンスとテメレアのチームで、副キャプテンを務めていた男だ。「まさか、わたしのせいで……」

「知らなかった？」ジェーンもうろたえて聞き返した。「グランビーはあまり多くを語らなかった。申し出はありがたいけど、ほかのチームに移る気はないって。てっきりあなたに相談したんだとばかり……。あなたからテメレアが戻ってくる可能性があるって聞いたんじゃないかと思ったの」

「いや」ローレンスの声が沈んだ。「この分だと、グランビーは仕事をすべてなくしてしまうかもしれないな。きみのチームの副キャプテンという願ってもない人事を断るなんて。なんとも残念だ」異動を拒否したことで、グランビーの航空隊での立場は悪くなるだろう。人事の打診を断った者につぎの誘いはなかなか来ないし、もはやローレンスに彼を救ってやれる力はない。

「ごめん。心配の種を増やしてしまったみたいね」やや間を置いて、ジェーンが言った。「レントン空将は、あなたとテメレアのチームをほとんどそのままにしてる。

バークリーとマクシムスのチームで人手が足りなくて、何人かはしかたなくそちらに回したけど……。そう、みんな、マクシムスが成長しきったものと信じこんでたの。ところが、あなたがロンドンに発《た》ってすぐ、それが間違いだとわかった。成長はあいかわらずつづいていて、あれから体長が十五フィートも伸びたわ」ジェーンは会話に明るさを取り戻そうとマクシムスの話を付け加えたにちがいなかった。しかしあまり効果はなく、ローレンスは食欲が失せてしまい、料理を半分ほど残したままナイフとフォークを置いた。

ジェーンが窓のカーテンを引いた。すでに夕日が落ちている。「音楽会にでも行く?」

「きみが行くなら、喜んで」うわの空で答えるローレンスを見て、ジェーンが首を振った。

「いえ、いいの。いまは無理みたいね。ベッドで横になりましょう。ここにすわってふさぎこんでいたって、しかたない」

ふたりは蠟燭《ろうそく》を消し、ベッドに横たわった。「どうすればいいのか、まったくわからない」ローレンスはつぶやいた。闇に包まれると、少しだけ本音を語りやすくなった。「さっきはバーラム卿を悪党だと言ったが、とにかく、テメレアに嘘をつけとわたしに命じたことが許せないんだ。紳士にあるまじきことだ。でも、彼は下っ端《したっぱ》の役人じゃない。もしほかに打つ手があるなら、あんな急場しのぎのごまかしを通そうとは考えなかったはずだ」

「バーラム卿が中国の皇子に媚《こ》びてるなんて、すごく不愉快だわ」ジェーンが枕に片肘をついて起きあがった。「空尉候補生の時代に、輸送艦に乗って広東《カントン》の港に行ったことがある。インドからの長旅の中継地点だったわ。中国式のジャンク船は、にわか雨に降られるだけで転覆《てんぷく》しそうだった。強風が吹いたらおしまい。英国と戦争をしようと思ったところで、中国は休憩地がなければドラゴンに海を渡らせることもできないんだから、どだい無理な話よね」

「わたしも最初は同じ意見だったよ。だけど、中国はドラゴンを送りこまなくても、英国との交易を打ち切れるし、その気になれば、インドへ向かう英国商船を襲うこともできる。そのうえ、ロシア帝国と国境を接しているから、もし中国がロシアに侵攻し、ロシア皇帝の地位が揺らげば、ナポレオンを倒すことを目的とした対仏大同盟の一角が崩れる可能性もある」

「この戦争に関して言うなら、ロシアはたいして英国に貢献していない。それに、金しだいで、手のひらを返す卑しい人間もいるわ。国家だって同じ」ジェーンはつづけた。「英国は資金不足ながら、なんとかやってきたし、ナポレオンを痛い目にも遭《あ》わせた。だけど、あなたからテメレアを引き離そうとするのは許せない。バーラム卿は、まだあなたをテメレアに会わせようとしないんでしょう？」

「そうだ。もう二週間になる。ロンドン基地に親切な男がいて、テメレアに伝言してくれるし、テメレアがちゃんと食べていることも報告してくれる。だけど、独房に閉じこめられているテメレアに会わせてくれとは頼めない。そんなことをしたら、ふたりとも軍法会議にかけられるだろう。でもいまとなっては、自分を抑えられるかどうか自信がなくなってきたよ」

一年前は、こんなせりふを吐くことなど想像すらしなかった。いまも軍規を破ることなど考えたくはないのだが、テメレアを思うあまり、つい本音が口を突いて出た。ジェーンがなにも言い返さなかったのは、彼女もやはり竜の担い手として生きてきたからだろう。ジェーンは手を伸ばし、ローレンスの頬《ほお》をそっと撫《な》でた。それから横たわるように促《うなが》すと、その腕のなかでありったけの慰めを与えようとした。

ローレンスは眠りを破られて、暗い部屋のなかで半身を起こした。ジェーンはすでにベッドから出ており、寝ぼけ顔の若いメイドが燭台《しょくだい》を手に部屋の入口に立っていた。蠟燭の黄色い明かりが部屋に差しこんでいる。メイドはジェーンに封緘《ふうかん》された速達便を渡したあとも、すぐには立ち去らず、淫《みだ》らなまなざしをベッドのローレンスに注いでいた。ローレンスは疚《やま》しさで赤面し、目を伏せて、上掛けをしっかりと引きあげた。

すでに手紙を開封したジェーンが、メイドの手から燭台を取りあげて言った。「さあ、これを取って、さがりなさい」メイドに一シリングを渡し、用はすんだとばかりに若い娘の鼻先でドアを閉じた。「ローレンス、すぐに出発するわ」ジェーンはベッドのそばの蠟燭にも火を灯し、声を潜めて言った。「ドーヴァー基地から連絡が来たの。フランスの輸送船団が、ドラゴンの護衛付きで、ル・アーヴル港に向かっているそうよ。海峡艦隊が追いかけたけど、火噴きのフラム・ド・グロワール〔栄光の炎〕が一頭いるから、こちらも航空隊の援護なしには追撃できないんですって」

「輸送船は何隻?」ローレンスはベッドから出て、半ズボンに片足を突っこんだ。火噴き種は木造の帆走軍艦にとって最大級の脅威となる。空からの援護があるときでも、大きな被害が出ることは少なくない。

「三十隻以上で、大量の軍需《ぐんじゅ》物資を積んでいるのは間違いないそうよ」ジェーンが髪を後ろでまとめながら言った。「そこらへんに、わたしの上着はない？」

窓の外では、空が淡い藍色《あいいろ》に変わりつつあった。すぐに蠟燭の明かりもいらなくなるだろう。ローレンスは上着を見つけ、ジェーンが袖《そで》を通すのを助けながら、輸送船団の予想される戦力はどれくらいか、それを追跡するのに海峡艦隊の何割の艦を投入すべきか、何隻くらいが港に逃げこみそうかを、頭の片隅で計算した。ル・アーヴル港は、鉄壁の守りで知られるフランスの軍港だ。きのうから風向きが変わっていなければ、敵の逃走に風は有利に働くことになる。三十隻の船は鉄や銀、水銀、火薬などの軍需物資を山と積んでいるはずだ。おそらくは、ナポレオン軍をゆうに数か月は支えられる量だろう。〈トラファルガーの海戦〉以降、ナポレオンはもはや海では恐れるに足りない存在かもしれないが、大陸ではいまもヨーロッパの覇者《はしゃ》として名をとどろかせている。

「ねえ、マントも取ってくれない？」ジェーンの声がローレンスの思考をさえぎった。ジェーンはたっぷりとしたマントで軍服を隠し、フードを頭からすっぽりとかぶった。

「さて、これでよしと」

「待ってくれ。わたしも行く」

ローレンスは上着をあわてて着こみながら言った。

「なにか役に立てると思うんだ。バークリーがマクシムスに搭乗する人手が足りないって言うのなら、乗組員になってもいい。敵の斬《き》りこみ隊を追っ払うことだってできる。ベルを鳴らしてメイドを呼んでくれ。きみの荷物をわたしの下宿に運ばせるように手配するから」

ふたりは、ほとんど人影のない通りを急いだ。汚穢屋《おわい》が肥桶《こえおけ》をガタガタと押しながら通り過ぎ、日雇い労働者たちがいつものように仕事を求めてうろうろしはじめた。メイドたちは靴台《パッテン》〔泥よけのために靴底にくくりつける木製の小さな輪〕を鳴らして市場に向かい、牛の一団が鳴き声とともに白い息を吐いた。夜のうちにじっとりと霧が立ちこめ、冷気が氷の針のように肌を刺した。人けがないので、ジェーンはマントがめくれないよう気遣う必要もなく、ほとんど駆け足になっていた。

ロンドン基地は海軍省からほど近いテムズ川西岸にある。これほど至便な立地にもかかわらず、基地周辺の建物はどれもみすぼらしく、荒れ果てていた。つまり、そこに住んでいるのは、ドラゴンの飛来する施設のそばという環境を避けて家を構える余裕のない貧しい人々なのだ。数軒の廃屋《はいおく》もあり、がりがりに痩せた子どもが数人、見知らぬ者が通り過ぎる足音を聞きつけ、不審そうに顔をのぞかせた。側溝からあふれた汚水が路肩を流れていく。ローレンスとジェーンのブーツが汚水に張った薄い氷を割り、悪臭がふたりを追いかけた。

ここまで来れば、通りには人っ子ひとりいなかった。だが突然、霧のなかから悪意が襲いかかるように大型の荷車が飛び出してきた。ジェーンがとっさにローレンスをつかんで舗道に引きあげたので、ローレンスはどうにか馬車に轢《ひ》かれずにすんだ。荷車を駆る家畜商人は速度をゆるめもせず、謝りもせず、角を曲がって消えた。

ローレンスは、黒い泥はねが点々と散った正装用の半ズボンをがっくりと見おろした。「そんなにへこまないで」ジェーンがなだめるように言う。「空の上じゃ誰も気にしない。あとで拭《ふ》けば落ちるかもしれないわよ」ローレンスはジェーンのように汚れに鷹揚《おうよう》ではなかったが、これ以上半ズボンにかまけてはいられず、ふたたび道を急いだ。

ロンドン基地の門は、陰気な街並みや、その街並みに負けず劣らず陰気な朝の天気とは対照的に、空を背にして光り輝いていた。手のこんだ細工のある鉄製の門は黒く塗り直されたばかりで、ぴかぴかに磨かれた真鍮《しんちゅう》の錠が付いている。意外にも赤い制服姿の海兵隊員がふたり門のそばにいて、二丁のマスケット銃が塀に立てかけられていた。勤務中の門番が帽子に手を添えてジェーンに敬礼し、ふたりをなかに入れようと近づいてきた。一方、海兵隊員たちはジェーンのほうを怪訝《けげん》そうにうかがった。ジェーンのマントの両肩がめくれあがり、三本の金の線章と、けっしてお粗末ではない体の線があらわになっている。

ローレンスは険しい顔で、ジェーンと海兵隊員とのあいだに割って入り、ジェーンをかばった。「ありがとう、パットソン。ドーヴァー基地から来た伝令使は？」門をくぐると、ローレンスはすぐに門番に訊《き》いた。

「なかで待ってます」門番は親指を立てて背後を示しながら、ふたたび門を閉じた。「第一宿営地にどうぞ。やつらのことは気にしないでください」パットソンににらみつけられた海兵隊員たちが頬を赤くした。ふたりともまだ少年と呼んでもいい年齢だった。一方、パットソンは、以前武具師だった大男で、眼帯と日焼けした赤ら顔がその物腰にいっそう迫力を与えていた。「やつらにはちゃんと言って聞かせますから、お気遣いなく」

「ありがとう、パットソン。さあ、行きましょう」ジェーンがそう言って奥に進んだ。

「あの海兵隊員《ロブスター》たち、どうしてここにいるのかしら。士官じゃなかったから、まだよかった。十二年前だっけ、トゥーロンでキャプテン・セントジャーメインが負傷したとき、ある陸軍士官が、キャプテンが女性だって気づいたの。そいつがまたうるさく騒ぎ立てるものだから、危うく新聞沙汰になるところだった。まったく、くだらないったらないわ」


街の汚れた空気と騒音からロンドン基地を隔てているのは、木々や建物がつくるたいして厚くもない境界だった。いくらも行かないうちに、ふたりは第一宿営地に着いた。そこは中型ドラゴンがようやく翼を広げられる程度の大きさしかなかった。パットソンの言ったとおり、一頭の伝令竜が待機している。若い雌のウィンチェスター種で、翼の紫色はまだ成竜ほど濃くはないが、ハーネスをすでに装着し、早く飛びたちたいのか、そわそわとしている。

「やあ、ホリン」ローレンスは、竜のキャプテンに握手を求めた。以前自分の部下として地上クルーの長を務めていた男との思いがけない再会だった。「この子がきみのドラゴンか？」と、いまは空佐《くうさ》の軍服に身を包むホリンに問いかける。

「はい。エルシーと言います」ホリンが喜びの笑みを浮かべて答えた。「エルシー、こちらのお方がキャプテン・ローレンスだ。ほら、ぼくをきみの担当に推薦してくださった」

そのウィンチェスターは首をめぐらし、利発そうな好奇心いっぱいの目でローレンスを見つめた。孵化からまだ三か月足らず。小型種だとしても小さいほうだが、うろこがぴかぴかに輝き、手入れをしっかりされて、大切に育てられているのがよくわかる。「それじゃ、あなたがテメレアのキャプテンね。ありがと。あたし、ホリンが大好きなの」エルシーは鳥がさえずるような声で言い、愛情たっぷりにホリンを小突いて押し倒しそうになった。

「喜んでもらえて、そして、お目にかかれて光栄だ」ローレンスは精いっぱい気持ちをこめて言ったが、いやでもテメレアを思い出し、胸の奥がきりきりと痛んだ。テメレアがここから五百ヤードと離れていない場所にいるというのに、言葉ひとつ交わせない。あの黒い巨体をひと目見ることができたらどんなにいいかと思うが、そちらの方角は建物で視界をさえぎられていた。

ジェーンがホリンに声をかけた。「準備は整った？　すぐに出発しましょう」

「はい、出発の準備はすんでいます。あとは急送文書が集められるのを待つだけです」ホリンが答えた。「あと五分ありますから、飛行前に脚をほぐしておかれてはいかがですか」

テメレアをひと目見たいという衝動に駆られて、ローレンスは唾《つば》をぐっと呑みこんだ。だが、自制心が勝った。理《ことわり》なき命令を正面切って拒むことはあっても、気に入らない命令からこそこそと逃げるようなまねはしたくない。それに、いま命令にそむいたら、ホリンとジェーンにまで迷惑をかけるだろう。「ちょっとだけ宿舎に寄って、ジャーヴィスと話してくるよ」気持ちを切り替えるため、テメレアの世話係をさがしにいくことにした。

ジャーヴィスは以前ハーネス長を務めていた初老の男で、担当のドラゴンが敵のかぎ爪で強烈に脇腹を掻き切られたときに、彼も左腕と左足の大部分を失った。そこから九死に一生を得たあとは、めったに使われることのないロンドン基地でのんびりと任務に就いている。体の左半分が金属の義手に木製の義足という外見だし、めったに仕事のお呼びがかからないので、怠惰《たいだ》でへそ曲がりなところはあったが、ローレンスが頻繁《ひんぱん》に通って彼の話に耳を傾けるうちに、いつしか温かく迎えてくれるようになった。

「伝言を頼まれてくれないか」ローレンスは、お茶をふるまうというジャーヴィスの申し出を断って、そう問いかけた。「ドーヴァー基地まで行って、役に立てることがないか確かめてみようと思うんだ。テメレアがわたしから連絡がなくて、やきもきするといけないんでね」

「喜んで。あなたからの伝言を読んで聞かせてやりましょう。あなたから知らせがないと、あの子は気が滅入っちまうでしょうからね」ジャーヴィスは、ペンとインク壺《つぼ》を取ってきて、ローレンスに手渡した。

伝言をしたためようとするローレンスに、ジャーヴィスがさらに言う。「ついさっき、海軍省のでぶっちょが海兵隊員を大勢引き連れて、派手に着飾った中国人とやってきましたよ。それでまたしてもあの子に、くだらん話をくどくどと聞かせてやがる。とっとと帰ってくれなきゃ、あの子がきょう食事をとったかどうかも見にいけやしない。あのでぶっちょ、なにが目的か知らないが、ドラゴンのことなどまるでわかっちゃいねえ。薄汚ねえ船乗り野郎のくせに――おっと、ごめんなさいよ」ジャーヴィスはあわてて謝った。

ローレンスのペンを持った手が紙の上で震え、最初の数行とテーブルの上にインクが散った。それでも、ジャーヴィスには適当に返事をし、なんとか手紙を綴《つづ》ろうとした。だが、言葉が見つからない。書きかけのまま、なすすべもなく立ちつくしていると、突然、足もとを根こそぎ奪われるような衝撃が走り、テーブルがひっくり返り、インクが床に飛び散った。宿舎の外で、史上最悪の嵐か真冬の北海の強風かというほど、すさまじい音がとどろいていた。

おかしなことに、ローレンスはそれでもまだペンを握っていた。はっと気づいてペンを放り、ドアをあけて外に飛び出した。ジャーヴィスもよろめきながらついてきた。あたりにはまだ残響がある。エルシーが後ろ足立ちになって不安げに翼を開いたり閉じたりするのを、ホリンとジェーンが落ちつかせようとしていた。基地内にいる数頭のドラゴンも伸びあがり、シューッという警戒音を発しながら木立の向こうをうかがっている。

「ローレンス！」ジェーンの呼びとめる声がしたが、ローレンスは振り返らなかった。目当ての場所まであと半分。走りながら、無意識のうちに剣のつかに手を添えていた。宿営にたどり着くと、崩壊した建物の残骸《ざんがい》や倒れた木々が散らばって、行く手をふさいでいた。

一千年前、ローマ人がヨーロッパの野生ドラゴンを飼いならしはじめたころ、中国人はすでにドラゴンの繁殖と交配を芸術の域にまで高めていた。中国ではドラゴンの美と知性が戦闘力よりも重視され、西洋では高く評価される火噴きや毒噴きの能力は二の次にされた。中国の空軍部隊は途方もない数のドラゴンを所有していたので、火噴きや毒噴きのたぐいは、さして必要もないこけおどしと見なされたのだろう。しかし、こうした特殊能力のすべてが軽んじられたわけではない。中国人は天の使い種《セレスチャル》において異種交配技術の頂点に達し、たぐいまれなる優雅さと同時に〝神の風《ディヴァインズ・ウィンド》〟――すなわち咆吼《ほうこう》によってあらゆるものを破壊しつくす恐るべき戦闘力を備える竜をつくりあげたのだった。

ローレンスは、この〝神の風〟のすさまじい破壊力を、〈ドーヴァーの戦い〉ではじめて目《ま》の当たりにした。テメレアはこのとき、ナポレオン軍の兵士を空輸する輸送船を〝神の風〟で攻撃し、甚大なる被害を与えた。しかし今回、この咆吼の直撃を受けたのは哀れな木立だった。木々の幹《みき》が砕け、マッチ棒のように地面に散っていた。安普請《やすぶしん》の何棟かの建物も押しつぶされ、粗末なしっくいが粉と化し、煉瓦《れんが》のかけらがそこらじゅうに落ちている。地震か竜巻にでも襲われた跡のようで、かつては詩的に感じられた〝神の風〟という命名が、どれほどこの能力にふさわしいものであったかを思い知らされる。

見張り役の海兵隊員は恐怖で蒼《あお》ざめ、ほぼ全員が宿営を囲む茂みまで退避し、バーラム卿だけがその場に踏みとどまっていた。中国人たちも逃げてはいないが、みなが地面に頭をこすりつけて祈っている。ひれ伏す家来たちに囲まれて、ただひとり、ヨンシン皇子だけがひるむことなく立っていた。

彼らは、倒れた樫《かし》の巨木によって宿営の端に封じこめられていた。テメレアが、根っこにまだ土のついた倒木に片方の前足をおいて、大きな肩をいからせ、彼らを威圧している。

「そんなことをぼくに言うな」テメレアはバーラム卿に顔を近づけると、歯を剝き出し、頭の周囲の尖った冠翼《かんよく》を逆立て、体を震わせた。「おまえの言うことなんか信じるもんか。そんな嘘にはだまされないぞ。ローレンスがほかのドラゴンに乗るはずがない。おまえがあの人をどっかにやったなら、ぼくは追いかけていく。もしあの人に手出しをしたら――」

テメレアはもう一度咆吼を試みようと、息を吸いこみ、烈風《れっぷう》をはらんだ帆のように胸をぱんぱんにふくらませた。このままでは、人間たちが咆吼の直撃を受けることになるだろう。

「テメレア!」ローレンスは這《は》うように瓦礫《がれき》の山をのぼり、木片の棘《とげ》が肌や衣服に刺さるのも気にせず、転げるように地面におりた。「テメレア、わたしはだいじょうぶだ、ここにいる——」

一度名前を呼ばれただけで、テメレアは声のするほうをはっと振り返り、たったの二歩で宿営を横切って、ローレンスに近づいた。ローレンスはその場に立ちつくした。心臓が早鐘を打っていたが、けっして恐怖のせいではない。恐ろしいかぎ爪のついた両の前足が、どんっとローレンスの体の両脇に着地した。すべらかな体が担い手を守るように近づいた。大きなうろこに覆われた横腹が黒い壁のようにローレンスを取り囲み、鋭角的な竜の頭部が下におりてきた。

ローレンスはテメレアの顔に両手を置き、やわらかな鼻にそっと頬を寄せた。テメレアがせつなそうにつぶやいた。「ローレンス、ローレンス。もうぼくをおいていかないで」

ローレンスはこみあげる思いをぐっと呑みこんだ。「テメレア……」そう言ったきり、どんな言葉も出てこなくなった。どんな答えも返せなかった。

ローレンスとテメレアは、黙《もだ》したまま頭を寄せ合い、誰にも浸《おか》せない竜と担い手だけの世界に浸った。が、それも長くはつづかなかった。「ローレンス！」ジェーンがテメレアの黒い壁の向こうから呼びかけた。息が切れ、声が緊張をはらんでいる。「テメレア、体をどけておくれ。いい子だから」ローレンスが声をかけると、テメレアは頭を持ちあげ、しぶしぶながら少しだけ体をほどいた。これでローレンスとジェーンは話せるようになったが、テメレアの体はなおも盾となり、バーラム卿たちの侵入を防いでいた。

ジェーンがテメレアの前足の下をくぐって、ローレンスのそばまでやってきた。「あなたが、ここへ駆けつけたのは当然よ。だけど、ドラゴンのことを知らない連中の目には違反行為と映る。お願い、これ以上バーラム卿に逆らわないで。あいつはあなたをもっとひどい目に遭わせようとする。いまは指示に従って」いったん言葉を切り、悲しげに首を振った。「ローレンス、こんなに苦しむあなたを残していくのがつらい。だけど、伝令は一刻を争う事態だと告げているの……」

「いいんだ、すぐに出発してくれ」ローレンスは言った。「ドーヴァー基地ではいまにも出撃しようと、みんながきみを待っているだろう。うまくやる。心配しないで」

「出撃だって？　戦いにいくの？」テメレアが耳ざとく反応した。こぶしをつくるようにかぎ爪を丸め、東の彼方をじっと見つめる。目を凝《こ》らせば、ここからでもドラゴン戦隊が空高く舞いあがるようすが見えるとでも思っているかのように。

「急げ、時間がない。気をつけて」ローレンスはジェーンを急《せ》き立てた。「ホリンに申し訳ないと伝えてくれ」

ジェーンがうなずいた。「とにかく先のことは心配しないで。出撃前にレントン空将に事情を話すわ。航空隊司令部が、こんなことを黙って見ているはずがない。あなたとテメレアを引き離しただけでもひどいのに、テメレアに耐えきれない重圧をかけて、ここにいるほかのドラゴンたちまで動揺させた。こんなことが繰り返されていいはずがない。誰もあなたを捕まえて罪に問うことはできないわ」

「心配いらない。早く行ってくれ。戦《いくさ》のほうが大事だ」ローレンスは語気を強めて言った。が、それはジェーンの励ましと同様に偽《いつわ》りだった。ふたりとも、ローレンスとテメレアにつらい運命が待ち受けていることはわかっていた。ローレンスは、テメレアのもとへ駆けつけたことをみじんも悔《く》いていないが、これは公然と命令に逆らう行為であり、軍法会議にかけられれば有罪はまぬがれない。バーラム卿から糾弾《きゅうだん》されるだろうし、法廷で尋問されれば、自分のしたことを否認できないだろう。戦場で軍規を犯《おか》したわけではないので、絞首刑にはならないはずだし、情状酌量《じょうじょうしゃくりょう》されないともかぎらない。だが、まだ海軍所属だったら、間違いなく除隊処分になっていた。打つ手がなにもない以上、結果を甘んじて受け入れるしかない。ローレンスは無理してほほえみ、ジェーンはローレンスの片腕をぎゅっとつかんで立ち去った。

ひれ伏していた中国使節団の面々はすでに立ちあがり、落ちつきを取り戻しつつあった。惨憺《さんたん》たるありさまの海兵隊より、彼らのほうがよほど気丈《きじょう》にふるまっている。海兵隊員には、なにかあればすぐにも逃げようという姿勢が見てとれた。中国使節団が樫の倒木を乗り越え、ローレンスに近づいてきた。若いほうの外交使節スン・カイが器用に倒木をまたぎ、従者とともに、皇子が地面におりるのを手助けした。皇子はふんだんに刺繍のほどこされた長衣がじゃまをして動きづらそうだった。折れた枝に衣《ころも》を引っかけ、色鮮やかな蜘蛛《くも》の巣のような絹糸をあとに残した。しかし、海兵隊員の顔にありありと浮かぶ恐怖を皇子が多少なりとも感じていたにせよ、顔は平然として、はた目にはまったく動じていないように見えた。

テメレアは凶暴な翳《かげ》りを帯びた目で一同をにらみつけた。「みんなが戦いに出てるのに、ここにじっとしてなんかいられない。あいつらがなにを望もうが、知ったことじゃない」

ローレンスはなだめようとしてテメレアの首を撫でた。「挑発するようなことをしちゃいけない。頼むよ、落ちつけ。怒ったところで事態は変わらないんだから」そうは言っても、テメレアはふんと鼻を鳴らすだけで、なおもぎらぎらした眼で一同をにらみつけている。冠翼も逆立ったままで、ローレンスの言葉に気を鎮めたようすはまったくない。

蒼白な顔をしてテメレアに近づこうとしないバーラム卿を、ヨンシン皇子が激しくなじった。そのしぐさからすると、テメレアに関して怒りに満ちた要求を突きつけているようだ。スン・カイが皇子からやや離れて立ち、なにかを推《お》し量《はか》るように、テメレアとローレンスのほうを見つめている。ついにバーラム卿が、恐怖が怒りに転じたような険しい顔つきで足を踏み出した。ローレンスは、戦いの前夜、兵士たちの顔に同じ表情が浮かぶのを見たことがあった。

「航空隊においても、これは軍規違反だな」バーラム卿が、嫌悪と憎しみをこめて言った。ローレンスの不服従によって自分の首がつながったと思っているにちがいなく、さらに激しく言い立てた。「こんな行為は断じて許さんぞ、ローレンス。きさまは、これで終わりだ。さあ、軍曹、すぐに彼を逮捕し――」

バーラム卿の言葉は最後までローレンスの耳に届かなかった。ローレンスの視界のなかで、バーラム卿の姿がどんどん小さくなった。地面がとてつもない勢いで遠ざかり、バーラム卿の魚のようにぱくぱくと開く赤い口がなにを叫んでいるのかすら、もうわからなかった。ローレンスの体をテメレアのかぎ爪がそっと包んでおり、漆黒《しっこく》の翼が力強く羽ばたき、ロンドンの薄汚れた大気を掻き分けるように、ぐんぐんと上昇しつづけていた。ロンドンの空に漂うすすが竜のうろこに付着し、ローレンスの手にも散った。

ローレンスはテメレアの丸まったかぎ爪に体を預け、押し黙っていた。こうなった以上は、もう取り返しがつかない。すぐに地上に戻れとテメレアに命ずるほど愚かではなかった。竜の羽ばたきには尋常ではない荒々しさがあった。爆発した怒りはそう簡単にはおさまらないだろう。テメレアは猛スピードで飛んでいた。ロンドンの中心部を囲む城壁の上を通過するとき、いくぶん不安を感じながら、ローレンスは下界を見おろした。ハーネスを付けず信号手も乗せずに飛んでいるドラゴンが、地上から銃撃される恐れは充分にある。しかし、銃声は聞こえなかった。テメレアは翼も漆黒で、翼端にだけ濃いブルーと輝くグレーの斑紋《はんもん》がある。この特異な体色ゆえに、飛んでいるのがテメレアだと認識されたのかもしれない。

あるいは、通過するスピードが速すぎて、銃撃が間に合わなかっただけかもしれない。飛び立って十五分後にはロンドンを抜けて、胡椒砲《こしょうほう》の射程よりも高度をあげていた。地上を見おろせば、雪をかぶった田園風景のなかを道が枝分かれして走り、空気もすがすがしくなっている。テメレアは束《つか》の間《ま》の空中停止《ホバリング》をしながら、頭を振ってすすを落とし、派手なくしゃみをして、かぎ爪のなかのローレンスを少し揺らした。そのあとはやや速度を落として飛びつづけ、またしばらくのちに、首をめぐらしてローレンスに話しかけた。「ローレンス、平気？　居心地悪くない？」

その言葉の気安さとは裏腹に、テメレアはいかにも不安そうだった。ローレンスはとりあえず手の届くところにある竜の前足をぽんぽんと叩いた。「いや、快適だよ、とても」

「ごめんなさい。こんなふうに、あなたをさらって」テメレアは言った。ローレンスの声の温《ぬく》もりに緊張が少しほぐれたようだ。「怒らないで。あの男があなたを逮捕しようとしたから……」

「いや、怒ってない」それはほんとうだった。いまローレンスの心を満たしているのは、ふたたびテメレアに乗って空を飛び、竜の体にみなぎる力を実感するという至上の喜びだった。これが長くはつづかないと理性ではわかっていても、高揚感は抑えようもなかった。「きみを責めるつもりもない。だけど、そろそろ引き返したほうがいいんじゃないだろうか」

「いやだ。あいつのところへ、あなたを戻すもんか」テメレアは頑《がん》として譲らず、ローレンスは、テメレアの防衛本能に反することを要求しているのだと気づき、心が沈んだ。「あいつはぼくに嘘をついて、あなたを遠ざけ、そのうえ、あなたを逮捕しようとしたんだ。ぼくに踏みつけられずにすんで、ありがたく思うべきだ」

「テメレア、自分勝手にやるわけにはいかないんだ」ローレンスは言った。「そんなことをしたら、わたしたちははみ出し者になってしまう。泥棒をやる以外に、どうやって食べていける？　それに友だちもみんななくすことになる」

「ぼくはロンドン基地にいたって、なんの役にも立たないよ」テメレアの言うことがあまりにも正論であるため、ローレンスは答えに窮《きゅう》した。「だからって、勝手なまねをしようっていうんじゃないんだ」そうは言っても、テメレアには心残りがあるようだ。「あなたと好き勝手にやれたら、楽しいだろうなあ。そこらへんから羊が二、三頭いなくなったって、誰も気にしやしないよ。戦争がつづいているあいだはやめておくけどね」

「テメレア……」ローレンスは目を細めて太陽の位置を確認し、自分たちが南西の方角へ、すなわち以前所属していたドーヴァー基地のほうへ向かっているのを知った。

「わたしたちは戦闘に送り出してもらえないよ。レントン空将は、ロンドンに戻れと命令するしかないだろう。そして、もしその命令に逆らえば、きっとバーラム卿と同じで、すぐにわたしを逮捕するだろう」

「オヴェルサリアに乗ってるレントン空将が、あなたを逮捕するわけがない」テメレアが言った。「オヴェルサリアは、ぼくにとてもよくしてくれる。彼女、うんと年上で、しかも編隊長なのに、いつも親切に声をかけてくれた。それに、ドーヴァー基地にはマクシムスとリリーもいる。逮捕されそうになったら、きっと味方してくれるよ。

それでももし、ロンドンからまたあいつがやってきて、あなたを連行しようとしたら、ぼく、あいつを殺してやる」テメレアの声には、背筋を凍らせるような殺気がこもっていた。

2 突然の出撃

ローレンスとテメレアは、出撃準備に追われるドーヴァー基地の活気と喧噪のなかにおり立った。ハーネス長が地上クルーに大声で指示を出していた。ハーネスの金具がガチャガチャと鳴り、袋に入った砲弾がぶつかり合って鈍い金属音をたてながら腹側乗組員《ベルマン》に手渡される。射撃手《ライフルマン》は、銃に弾薬を込めている最中だ。剣の刃を研ぎあげる砥石《といし》から甲高い音があがる。十数頭のドラゴンがテメレアの飛来に気づいて空を見あげ、降下がはじまると同時に、盛大な歓呼で出迎えた。テメレアも感極まったようすで挨拶《あいさつ》を返したが、テメレアの高ぶりとは裏腹に、ローレンスの心は沈んでいた。

テメレアは、オヴェルサリアの宿営地に舞いおりた。編隊長という地位にふさわしい、ドーヴァー基地でもっとも広い宿営のひとつだったが、彼女はアングルウィング種で中型よりほんの少し大きい程度だったので、テメレアの入る余地は充分にあった。オヴェルサリアはすでに装備を整え、乗組員が搭乗をはじめていた。レントン空将は飛行服に身を固めて竜のそばに立ち、部下全員が乗りこむのを待っている。離陸まであと数分というところだろう。

「おい、なにをやらかしたんだ?」レントンは、ローレンスがテメレアのかぎ爪から抜け出すのも待たずに訊いた。「キャプテン・ローランドから、ロンドン基地でおとなしくしているように言われたんじゃなかったのか? これはまずいことになるぞ」

「ほんとうに申し訳ありません。こんな厄介《やっかい》なことにあなたを巻きこんで……」ローレンスはおずおずと切り出しながら、この事態をどう説明しようかと考えをめぐらした。テメレアがロンドンに戻るのを拒否したと伝えて、責任逃れをしているように思われたくはなかった。

「いいえ、悪いのはぼくです!」テメレアが言った。うなだれて反省するふりをしているが、その眼の満足げな輝きは隠しようもなく、へたな演技としか言いようがない。

「ぼくがローレンスをさらったんです。あいつがローレンスを逮捕しようとしたから」

テメレアが今度は明らかに鼻を高くして言った。突然、オヴェルサリアが身を乗り出し、前足を振りあげて、テメレアの横っ面を張った。彼女の一・五倍はあるテメレアがよろめくほどの勢いだった。テメレアはたじろぎ、傷ついた表情でオヴェルサリアを見つめた。オヴェルサリアはフンッと鼻であしらった。「いい加減におし。いつまでも子どもでいられると思ったら大間違い。レントン、準備が整ったようね」

「よし」レントンが日差しのまぶしさに目を細めながら、ハーネスの具合を確かめた。「ローレンス、いまは話し合っている余裕がない。この件は保留だ」

「もちろんです。失礼しました」ローレンスはおとなしく答えた。「お引きとめするつもりはありません。許可をいただけるなら、お戻りまでテメレアの宿営でお待ちします」それを聞いて、オヴェルサリアの叱責《しっせき》に怖《お》じ気《け》づいていたテメレアが小さな抗議の声をあげた。

「おいおい、いつから地上勤務になった?」レントンが歯がゆそうに言った。「テメレアのような若い雄ドラゴンが、怪我もしていないのに、自分の編隊の出撃を黙って見送ることなどできるものか。バーラムや海軍省の役人どももみたいな勘違いをするな。まったく政府の役人ときたら、いつの時代も同じだ。まずは、ドラゴンが野蛮なけだものではないことを教えてやらなきゃならん。だが、やっとわからせたかと思うと、今度はドラゴンを人間扱いして、軍規に服従させられると勘違いしてくれる」

ローレンスは、テメレアは自分の命令には従うはずだと言おうとしたが、背後に視線を走らせて口をつぐんだ。テメレアは翼を半開きにして、大きなかぎ爪でそわそわと地面を掻いており、ローレンスと眼を合わせようとしない。

「そら見ろ」沈黙するローレンスに向かってレントンはそっけなく言い、ため息をつくと、わずかに胸をそらして、薄くなった灰色の髪を掻きあげた。

「中国がテメレアの引き渡しを求めているのだろう？　テメレアが装備も乗組員もなしに戦場に飛び立って負傷したとなれば、さらにまずいことになるぞ。宿営に行って、しっかり出撃の準備をしろ。話はそのあとだ」

　ローレンスは感謝の言葉を伝えようとしたが、すでにレントンはオヴェルサリアに乗りこもうとしていた。ぐずぐずしている暇はなかった。ローレンスはテメレアに合図を送ると、なりふりかまわず、いつも使っていた宿営に向かって駆けだした。さまざまな思いが強烈に、切れ切れに押し寄せてきた。ああ、言われたとおりだ。テメレアがおとなしく、ここに残るはずがない。命令にそむいて戦場に出ていくことになったら、どんなみじめな姿をさらしていたか知れたものではない。ただ、装備を整えて戦闘に臨むとしても、状況は替わっていない。そう、これがテメレアとの最後の出撃になるかもしれないのだ。

宿営にはテメレアの乗組員の多くがいて、あてもなく武具を磨いたりハーネスに油を差したりしていた。空を見あげることもなく、うつむいたまま黙々と手を動かしている。ローレンスが宿営に駆けこむと、彼らはようやく顔をあげ、何事かと見つめ返してきた。「グランビーはどこだ？」ローレンスは尋ねた。「諸君《ジェントルメン》！ ただちに総員召集だ。重戦闘に備えて出撃準備を！」

上空にはすでにテメレアがあらわれ、降下をはじめていた。宿舎からも残りのクルーが飛び出し、歓声をあげてテメレアを出迎えた。ただちに、全員が銃器や装具に殺到するいつもの光景がはじまった。かつてはそのようすが、海軍式に慣れたローレンスの目に渾沌《カオス》と映ったものだ。だが、航空隊ではこのやり方で、恐るべき速さをもって大量の装具が人とドラゴンに取り付けられる。

大騒ぎのなかに、グランビーがあらわれた。ひょろりとした黒髪の若い士官は、かつては連日の飛行で皮が剝けるほど日焼けしていたが、いまは数週間の地上勤務のせいで、本来の白いつるりとした肌に戻っている。グランビーは、ローレンスとはちがって航空隊育ちの叩きあげの飛行士で、出会った直後はいきなり上官におさまったローレンスに激しく反発したものだった。ほかの多くの飛行士と同様、彼も海軍士官が突如テメレアのような第一級のドラゴンの担い手となったことに憤《いきどお》りを感じていた。だが、ともに戦場に出てしまえば、そんな感情は長くはつづかなかった。

ローレンスは、自分とはまったく性格の異なるグランビーをチームの副キャプテンに登用し、それを一度も後悔しなかった。部下になるとすぐに、グランビーはローレンスの礼儀作法をまねようとした。紳士として育てられたローレンスにとって、礼儀作法は息をするように自然なふるまいだったが、グランビーにはそうではなかった。飛行士の常《つね》として彼は七歳で航空隊に入り、礼儀に厳しい一般社会から切り離されて生きてきた。それゆえに、礼儀を重んじる者からは、放埒《ほうらつ》と受けとめられかねない、ざっくばらんなやり方が染みついていた。

「ローレンス！　ああ、会えてよかった！」近づいてきたグランビーは、ローレンスの片手をぎゅっと握った。自分の上官を名前だけで呼ぶ無礼に気づかず、敬礼もしなかった。それどころか、片手で上官の手を握りながら、もう一方の手でベルトに剣を吊そうとしている。「そうか、連中は考えを変えたんだ。ろくなことにならないだろうって思ってましたが、テメレアを中国にやろうという考えを改めたのなら、あの海軍大臣閣下にも詫びを入れてやらなきゃいけませんね」

ローレンスは、グランビーがわざと無礼にふるまっているわけではないと承知していたし、このごろでは彼が礼儀を失《しっ》しているのに気づかないことすらあった。それにいまは、落胆させるのを申し訳なく思う気持ちのほうが強い。自分への忠誠を守り、彼がエクシディウムの副キャプテンという絶好の地位を辞退したとなれば、なおさらだった。「そういうわけじゃないんだ、ジョン。でも、いまは説明している暇がない。すぐにテメレアを出撃させる。武器は通常の半分に。爆弾は置いていく。海軍は敵艦を生け捕りにしたいだろうし、爆弾が必要になったら、テメレアが吼《ほ》えたほうが威力がある」

「了解」グランビーはすぐに宿営の向こう端まで駆けていき、大声で差配をはじめた。巨大な革製のハーネスがいつもの倍の速さで運び出された。テメレアは身を低くし、乗組員の体を固定するための幅広の革ベルトを背中に装着するのに協力した。

竜の胸と腹を保護する鎖かたびらが手早く引きあげられた。「搭乗順にかまうな」ローレンスは言った。搭乗クルーは自分の乗る場所の準備ができると、いつもの順番を無視して、われ先にとあわてて乗りこんだ。

「あの、言いにくいんですが……乗組員が十名足りません」グランビーが戻ってきて言った。「レントン空将の要望で、マクシムスのクルーとして六名譲って、ほかの四名は――」グランビーは言うのをためらった。

「言わなくていい」ローレンスは、グランビーの心情を思いやった。残る四人は、戦闘に参加できない境遇に不満をくすぶらせていたのだろう。もっとやりがいのある仕事を求めて、あるいは手っ取り早く酒や女が与える慰安に浸ろうと、こっそりいなくなったにちがいない。それがわずか数名ですんでよかった。ローレンスは、その連中に厳罰を与えるつもりもなかった。いまの自分は、とても人に道理を説けるような立場にはないのだから……。「なんとかやれるだろう。だが、地上クルーのなかにピストルや剣の扱いに長《た》けて、高所恐怖症でない者がいるなら、本人が志願すれば乗組員に加えよう」

ローレンスはすでに丈の長い、革製の重い戦闘服を着こみ、搭乗ベルトを締めていた。さほど遠くない場所から、低い雄叫《おたけ》びが重なって聞こえてきた。空を仰ぐと、上昇する小型ドラゴンが見えた。編隊の両翼を担当するドゥルシアと青灰色のニチドゥスだ。二頭は、ほかのドラゴンの離陸を待って、旋回をはじめた。

「ローレンス、まだ準備できないの？　お願い、急いで。みんな離陸してるよ」テメレアがもどかしそうに首を伸ばし、空を見あげた。上空にはすでに中型ドラゴンも姿をあらわしている。

グランビーが、長身で年若いハーネス係のウィロビーとポーターを引き連れて、すばやく乗りこんだ。ローレンスは、その三人が竜ハーネスのリングに搭乗ベルトのカラビナを連結し、体を固定して安全を確保するのを見とどけてから言った。「搭乗完了。安全確認を」

これは乗組員と装具の安全を確保するうえで省略できない儀式だ。テメレアが後ろ足立ちになり、ぶるぶるっと身を震わせた。こうやって竜ハーネスにゆるみがないか、乗組員の体がうまく固定されているかどうかを確かめる。「もっとしっかり」ローレンスは厳しく命じた。テメレアは早く飛び立ちたい一心から、安全確認に身が入っていなかった。

テメレアは鼻を鳴らしながらも、命令に従った。今度もハーネスはゆるまず、人が振り落とされることもなかった。「準備万端《ばんたん》異常なし。じゃ、乗って」テメレアは前足をどしんと地面におろし、すぐに片前足を差し出した。ローレンスがかぎ爪のなかにおさまると、いつもよりそそくさと持ちあげ、首の付け根の定位置にすとんと落とした。ローレンスは気にしなかった。気持ちが浮き立って、すべてが喜ばしかった。搭乗ベルトのカラビナをハーネスのリングに留め付けるときの心満たされる音も、油でよく手入れされたダブル・ステッチの革の手綱《たづな》のなめらかな手触りも。そして両脚の下では、テメレアの筋肉が離陸に備えてすでに力をためている。

そのとき突然、北側の林からマクシムスが飛び立った。ジェーンが話していたとおり、赤と金の巨体が前よりさらに成長している。マクシムスはイギリス海峡の守りとして配備された唯一のリーガル・コッパー種で、その大きさは他のドラゴンの比ではない。飛び立つときには、あたりの日差しをさえぎるほどだった。テメレアはうれしげにひと吼えしてから離陸し、高ぶったようすで漆黒の翼をいつもより速く動かした。

「ゆっくり」ローレンスは声をかけた。テメレアはひょいと頭をさげて応えたが、それでもすぐにマクシムスを追い越してしまった。

「マクシムス、ねえ、マクシムス。ぼく、戻ってきたんだ」そう叫ぶと、身をひるがえして降下し、マクシムスの隣についた。二頭のドラゴンはそのまま並んで、編隊の飛ぶ高度まで上昇しつづけた。「ぼく、ローレンスをロンドンからさらってきたんだ」テメレアは、こっそりささやいているつもりだろうが、その声は誇らしげでよく響いた。「やつらがローレンスを逮捕しようとしたから」

「ローレンスが誰か殺したのか？」マクシムスも響きのよい低音で尋ねた。心配するというより、むしろ興味しんしんだ。「戻ってきてくれて、うれしいぜ。おまえがいないあいだ、おれが編隊の中央で飛ぶことになったんだけど、ぜんぜん勝手がちがうからなあ」

「殺したんじゃないよ。ローレンスは、ぼくのところへやってきて、話しかけただけなんだ。でぶっちょのじじぃから禁じられてたんだけどね。だけど、そんなことで逮捕しようなんておかしいよ」

「そこのジャコバン派気どりのドラゴンどもを黙らせたほうがいいぞ」マクシムスの背からキャプテンのバークリーが怒鳴った。ローレンスはやれやれと首を振り、若い士官見習いたちのもの問いたげな視線には気づかないふりをした。

「テメレア、出撃中だぞ」ローレンスはテメレアに厳しい態度をとろうとした。だが、ここまで来た経緯をみなに秘密にしておくことはできそうにない。基地じゅうに噂《うわさ》が広まるのに一週間もかからないだろう。自分とテメレアは、いやでも事の重大さに向き合わなければならない。だったらいまは、テメレアの好きにさせてもいいのではないか。

「ローレンス！」グランビーの声が背後から聞こえた。「左側にはいつもどおりに弾薬類を積みこんだんですが、右側には爆弾を積んでません。あわてたから、バランスの調整を忘れて。いくつか場所を変えて、積み直したほうがよさそうです」

「戦闘に入る前にそれをすませてくれ。おっと、敵の輸送船団の位置も知らないんだが、聞いているか？」ローレンスの問いかけに、グランビーが当惑して首を振った。

ローレンスはプライドをぐっと抑えつけて尋ねた。「バークリー、目的地はどこだ？」

マクシムスの乗組員たちがどっと笑い、バークリーが叫び返した。「どこへ行くかって？　地獄へまっしぐらさ！　はっはあ！」周囲がまた笑いだし、敵の位置を教えるバークリーの大声さえ掻き消しそうになった。

「そうすると、飛行時間は十五分程度だな」ローレンスはすばやく計算した。「五分の余裕をみて、十分間で作業をすませてくれ」

「なんとかします」グランビーがうなずき、積み直し作業をするために、竜ハーネスの革帯をつたって下におりはじめた。革帯には等間隔にリングが付いており、グランビーは慣れた手つきで搭乗ベルトのカラビナをそのリングに付けてははずし、付けてはずし、安全を確保しながら竜の脇腹に沿って腹側の収納ネットに向かった。

ほかのドラゴンはすでに編隊の定位置についていた。テメレアとマクシムスも同じ高度まで上昇し、隊全体を守る最後尾についた。ローレンスは、先頭にいるロングウィング種のリリーの背に、編隊指揮官旗がたなびいているのに気づいた。自分がいないあいだに、キャプテン・ハーコートがついにこの隊の指揮官になったのだ。それは喜ばしいことだった。先頭のドラゴンのキャプテンに指揮権がないと、ほかのドラゴンは先頭を注視しながら、同時に側面に位置する指揮官騎乗のドラゴンに注意を払いつづけなければならない。これは各ドラゴンの年少の信号手にとって大きな負担になる。また、ドラゴンには年功序列に関係なく、つねに先頭にいるドラゴンを追おうとする習性がある。それもあるため、編隊指揮官の騎乗するドラゴンは先頭にいるのが望ましかった。

それでも、二十歳の若い女性指揮官の下につくことが、ローレンスには奇妙な感じがした。ハーコートはやがて担うことになるリリーの卵が予定よりも早く孵化したために、異例の若さで空佐《キャプテン》に昇進した。しかし航空隊では年齢に関係なく、攻撃能力の高いドラゴンに騎乗する者が隊の指揮権を握ることになる。ロングウィング種は、女性の担い手しか受け入れない種であっても、強酸噴射という高い戦闘能力ゆえに、つねに隊の先頭をまかされた。

「レントン空将から信号です——〝会敵《かいてき》地点まで進め〟」信号手のターナーが言った。すぐにリリーの信号手が旗を振り、〝編隊飛行をつづけよ〟と伝えてきた。こうしてドラゴンたちは勢いよく飛びつづけ、ほどなく十七ノットの飛行速度に落ちついた。テメレアにはなんでもないが、イエロー・リーパー種や巨体のマクシムスにとっては、長時間飛行で疲労しない範囲でもっとも速い速度だ。

ローレンスは余裕をもって、鞘《さや》におさめた剣を腰からはずし、ピストルに弾込めをした。テメレアの腹側では、グランビーが風に負けじと声を張りあげて指示を出している。その声はけっして高ぶっておらず、制限時間内に作業を終わらせるだろうと信頼できた。ナポレオンの本土侵攻作戦を阻んだ、十月の〈ドーヴァーの戦い〉に出撃したときほどの大編成ではないが、ドーヴァー基地のドラゴンたちはみごとな編隊飛行をつづけていた。

〈ドーヴァーの戦い〉のときは、主たる戦闘竜が〈トラファルガーの海戦〉に投入されていたため、小型の伝令竜に至るまで基地のドラゴンを総動員して出撃しなければならなかった。今回は、エクシディウムに乗ったジェーン・ローランド空佐率いる全十頭の編隊も同行していた。いちばん小さなドラゴンでも中型のイエロー・リーパー種という大きな竜を中心とした編隊で、年季が入った隊ならではの、羽ばたきの調整による完璧な隊形を保っている。

リリーの編隊は、まだその域には達していない。リリーの後ろには六頭のドラゴンがいて、熟練のキャプテンが騎乗する敏捷《びんしょう》な小型ドラゴンが側面を固め、若いリリーや後部のマクシムスやテメレアが経験不足からしくじった場合に補佐する役目を負《お》っていた。編隊のドラゴンどうしの距離が縮まると、中翼を飛ぶメッソリアの背に立ったキャプテン・サットンが後方を振り返り、若手ドラゴンに問題が発生していないかを確認した。ローレンスは片手をあげて問題なしと合図を返し、隣のバークリーも同じ合図を返した。

フランスの輸送船団と英国海峡艦隊の帆影が視界に入ってきた。ドラゴンたちはまだ敵艦の射程のはるか手前にいる。眼下の海原《うなばら》に輸送船や軍艦が点在するさまは、チェス盤を上から見おろしているようだった。英国海軍の戦列艦が、小型船で構成されたフランスの輸送船団を激しく追走していた。英国艦は白い帆をふくらませ、英国軍艦旗をたなびかせている。グランビーが竜ハーネスの肩ストラップを這いあがり、ローレンスのそばに戻ってきた。「積み直し作業、終了しました」

「ご苦労」ローレンスの返事はうわの空だった。テメレアの肩越しに望遠鏡で下界を見おろし、英国艦隊の雄姿にすっかり気をとられていた。艦隊の大半は高速のフリゲート艦で、そこに何隻かのスループ艦と、六十四門艦、七十四門艦が交じっている。英国海軍は最大級の一等級艦、二等級艦を、敵の火噴きドラゴンと戦わせるような危険は冒さない。発火物並みに火薬を満載した三層甲板の大型軍艦は、炎の攻撃を受ければたやすく爆発し、周囲の小さな艦まで道連れにしてしまうからだ。

「ミスタ・ハーリー、総員戦闘配置！」ローレンスが立ちあがって命じると、士官見習いのハーリーが大急ぎで竜ハーネスについた信号ストラップを赤に切り替えた。テメレアの背に並んでいた射撃手たちは、やや腹側に移動して銃撃に備え、残りの背側乗組員《トップマン》たちは、身を伏せてピストルを構えた。

エクシディウム率いる大編隊が英国艦隊に向かって高度を落とし、より強力な防御態勢をとって、リリーの隊に場所を譲った。リリーが速度を上げ、テメレアが低いうなりを発した。ローレンスの両脚にも竜のうなりが振動として伝わった。ローレンスは前傾姿勢をとり、飛行用の革手袋をはずし、しばらくテメレアの首に触れていた。言葉はいらなかった。テメレアが少し緊張を解いたのを確認すると、体を戻し、ふたたび手袋をはめた。

「敵のドラゴン編隊発見！」リリーの背に乗る見張りが甲高い声で叫んだ。その声は風に乗ってかろうじて後方まで届き、テメレアの翼の付け根近くにいる士官見習いのアレンがすぐにそれを復唱した。乗組員が一斉《いっせい》にどよめき、ローレンスはふたたび望遠鏡を手に取った。

「〝ラ・クラブ・グランド〟の陣形だな」と言い、望遠鏡をグランビーに手渡した。フランス語の〝大蟹〟をちゃんと発音できたかどうか心もとないが〔正しくは、〝ル・グラン・クラブ〟le grand crabe〕、航空隊での実戦経験が浅くとも、フランス戦隊の陣形を正しく読み取ったという自信はあった。十四頭の竜のうち何頭かの大型ドラゴンが中央を占め、その脇から蟹のはさみのように小型ドラゴンの列が左右に伸びるという珍しい陣形だ。

フラム・ド・グロワール〔栄光の炎〕種の姿は、よく似た色彩のおとりドラゴンと見分けがつきにくかった。本来の体色である青と緑の縞模様に黄色い斑点を塗料で描いて偽装した二頭のパピヨン・ノワール〔黒蝶〕が、遠目にはフラム・ド・グロワールそっくりに見えるのだ。

「ははっ、見つけたぞ、アクサンダール！　性悪《しょうわる》のフラム・ド・グロワールめ」グランビーが叫び、望遠鏡をローレンスに返して、敵の編隊を指さした。「あの雌ドラゴンは、左後ろ足のかぎ爪が一本足りなくて、右眼が見えないんです。〈栄光の六月一日の海戦〉で、胡椒弾をたっぷりお見舞いしてやったから」

「あれだな。ミスタ・ハーリー、見張り全員に伝えてくれ。テメレア！」ローレンスはメガホンを取りあげて叫んだ。「フラム・ド・グロワールが見えるか？　下の列の右のほうにいる。後ろ足のかぎ爪が足りないやつだ。右眼が見えない弱点がある」

「あれだね」テメレアが熱を帯びた声で応じ、首をわずかに回して尋ねた。「あいつを攻撃するの？」

「まずは、あのドラゴンが海峡艦隊に火を噴かないように遠ざけておくことだ。目を離すなよ」ローレンスの言葉にテメレアが頭をさげてうなずき、また首を伸ばした。

ローレンスは、戦闘になれば必要のない望遠鏡を、ハーネスに留めつけた小さな袋に戻した。「ジョン、きみは下で待機したほうがいい。敵はいずれ、編隊の端にいる小型ドラゴンから斬りこみ隊を送りこんでくるだろう」

敵のドラゴン編隊との距離がみるみる縮まり、あともう少しで追いつくかと思われたとき、いきなり敵が一斉に方向転換し、逆に向こうから近づいてきた。一頭たりとも遅れをとらぬ、鳥の群れのように優美な転回だった。ローレンスの背後で、誰かがヒュウと口笛を鳴らした。それほど圧倒される光景だった。しかし、はからずも見惚《みほ》れてしまったことが腹立たしく、ローレンスは顔をしかめて言った。「よけいな音をたてるな」

最初に、パピヨン・ノワールの片われが、いかにも火を噴くように見せかけ、かっと口を開き、突撃してきた。敵ながらドラゴンの芝居のうまさをローレンスは妙におもしろく感じた。後方に位置するテメレアは、前方にメッソリアとリリーがいるため、咆吼で攻撃することはできない。だがひるむことなく、かぎ爪を開いて応戦の構えを見せた。ついに敵味方がぶつかって交戦状態に入ると、テメレアはパピヨン・ノワールと距離を縮め、激しく襲いかかった。乗組員が振り落とされそうになるほどの勢いだった。

ローレンスは、搭乗ベルトのストラップを伸ばして、足を踏ん張った。「早くつかまれ、アレン！」そう叫んで、手を差し出す。まだ少年のアレンが、ストラップから宙にぶらさがり、ひっくり返ったカメのように手足をばたつかせていた。アレンは、ただでさえ青白い顔を真っ青にしながら、力を振り絞ってローレンスの手につかまった。ほかの士官見習いと同じく新入りで、まだ十二歳。ドラゴンが瞬時に動きを変える戦場での身ごなしがまだまだ習得できていない。

テメレアはパピヨン・ノワールをかぎ爪で捕らえて咬《か》みつき、激しく羽ばたきながら、そのまま捕らえておこうとした。テメレアよりも小さなパピヨンが、かぎ爪から逃れようと必死にもがく。「テメレア、定位置につけ！」ローレンスは大声で呼びかけた。いまは編隊の陣形を保つほうが重要だった。テメレアはしぶしぶパピヨンを離し、水平飛行に戻った。

遠くの海上で最初の砲撃音がとどろいた。攻撃したのは英国艦の艦首砲だった。運にまかせて一、二発でも命中させて、輸送船のマストを折ることを期待しているのだろう。そう簡単にはいかないだろうが、兵士たちに気合いを入れる効果はありそうだ。ローレンスの背後からは射撃手が弾薬を装塡《そうてん》する音が絶え間なく聞こえてくる。目の届くかぎり竜ハーネスに乱れはなく、流血もない。テメレアは安定した飛行をつづけていた。だが、テメレアに状態を尋ねる暇もなく、リリーから指示が出て、編隊は方向転換し、ふたたび敵の編隊に突っこんだ。

しかし今回、敵ドラゴンは反撃せずに、散りぢりになった。最初は敵が混乱したかと思えたが、そうではなく、技巧的な散開だった。小型ドラゴン四頭が矢のような勢いで上昇し、残るドラゴンが百フィートほど急降下し、またしても火噴きドラゴンのアクサンダールと、おとりドラゴンとの見分けがつかなくなった。

ローレンスたちは明確な攻撃目標を失った。そのうえ、上空にいる敵の小型ドラゴンがいつ攻撃を仕掛けてくるかわからない。リリーの背で〝敵に接近して攻撃〟を指示する旗が打ち振られた。今後は編隊を分散し、個別に攻撃を仕掛けることになる。信号手なみに旗の意味を読みとれるテメレアは、すでに流血している敵のおとりドラゴン目がけて急降下をはじめた。先刻襲った相手をさらに痛めつけたいのだろうが、いささか熱が入りすぎている。「よせ、テメレア！」ローレンスはアクサンダールの追撃を命じるつもりだったが、もう遅かった。小型ドラゴン、普及種のペシュール・レイエ〔縞のある漁師〕が二頭、テメレアを両側からはさみこむように降下してきた。

「斬りこみ隊への応戦準備！」背側乗組員《トップマン》の長であるフェリス空尉がローレンスの背

後で叫び、とりわけ屈強な空尉候補生ふたりがローレンスの背後に陣取った。ローレンスは口もとを引き締め、後ろについたふたりを振り返った。こんなふうに護衛されるのは、自分が部下を盾にする臆病者のようで、いまだ心苦しい。だがもしキャプテンの首に剣が突きつけられれば、ドラゴンはそれ以上戦えなくなってしまう。だからこれも航空隊においてはしかたのないことだった。

テメレアは、逃げようとするおとりの肩をかぎ爪で一撃すると、満足したように、体をくねらせて方向転換した。そのため、テメレアを追ってきた二頭のドラゴンはテメレアを追い越してしまい、引き返さなければならなくなった。これでわずか一分だとしても、戦場では黄金より貴重な時間を稼ぐことができた。ローレンスは周囲を見まわした。敵の軽量で敏捷な戦闘ドラゴンたちは、いまも英国のドラゴンを追い払おうと飛びまわっている。しかし大型ドラゴンの一群は、ふたたびフランス輸送船団の守りにつき、船団の速度に合わせて飛行している。

そのとき、眼下で閃光粉《せんこうふん》が炸裂した。つぎにヒューッと甲高い音がして、フランス船から胡椒弾が飛んできた。テメレアと同じ編隊に所属するイモルタリスが、敵ドラゴンを追って高度を下げすぎていた。が、幸いにも胡椒弾はイモルタリスの頭部をはずれ、肩に当たった。こうして胡椒の大半は海に散ったが、哀れなイモルタリスはこらえきれずに豪快なくしゃみを放ち、後方に吹っ飛んだ。

「ディグビー、高度計を投下して、射程を調べてくれ」ローレンスは見張りに命じた。砲撃の射程に入った際に警告するのは、竜の右側前方にいる見張りの役目だ。

ディグビーが絹ひもを穴に通して結わえた砲丸をつかみ、テメレアの肩越しに投下した。五十ヤードごとに結び目をつくった細いひもが、指のあいだからするすると繰り出される。「イモルタリスまで六結索、海面まで十七結索」ディグビーはひもを切り、イモルタリスの高度を計算した。「したがって、胡椒弾の射程は五百五十ヤードになります」そう答えたときには、つぎに測量を命じられたときに備え、高度計測用の絹ひもを新たな砲丸にくくりつけていた。

計測された射程は通常よりも短かった。打ちあげる高さを抑えて、あえて攻撃力の高いドラゴンをおびき寄せるつもりなのか。それとも、風のせいで高度が伸びないだけなのか。「テメレア、高度六百ヤードを維持しよう」ローレンスは言った。とりあえず用心するに越したことはない。

「キャプテン、信号が送られてきました――〝マクシムスの左脇につけ〟」士官見習いの信号手、ターナーが言った。

　だがすぐにはマクシムスに近づけなかった。二頭のペシュール・レイエが戻ってきて、テメレアの横に張りつき、斬りこみ隊を送りこもうとしていた。が、二頭の飛び方がどこかおかしい。どちらも、まっすぐに飛んでいなかった。「やつら、どうしたんでしょう？」マーティンが言う。ローレンスにはすぐに察しがついた。

「テメレアの咆吼の標的にされるのが怖いんだ」ローレンスは、テメレアを鼓舞《こぶ》するつもりで、声を大きくした。テメレアは嘲《あざけ》るように鼻を鳴らすと、空中でさっと身を起こしてホバリングし、冠翼を逆立てて二頭をにらみつけた。小型ドラゴンたちは、テメレアの威嚇《いかく》にひるみ、本能的に後ろにさがって距離をあけた。

「ははっ！」テメレアはホバリングしたまま、敵ドラゴンが畏縮《いしゅく》するのを見て喜んだ。ローレンスは手綱を強く引き、テメレアがまだ気づいていないリリーからの信号に注意を促した。「ふふん、了解！」テメレアはそう応えると、勢いつけて前方に飛び出し、マクシムスの左側についた。リリーはすでに右側で待機している。

　キャプテン・ハーコートの狙いは明らかだった。「全員、伏せろ！」ローレンスは乗組員に命じると同時に、自分もテメレアの首に身を寄せた。準備が整ったと見るや、バークリーが敵ドラゴンの群れを目がけてマクシムスを突撃させた。

テメレアが息を吸いこみ、冠翼を逆立て、スピードをあげた。猛スピードのもたらす風圧で、ローレンスの目から涙が噴き出した。横を見れば、リリーも攻撃態勢に入っている。マクシムスが頭を低くして敵ドラゴンの一群に突っこみ、敵よりもはるかに勝る巨体を利用して中央を突っ切った。敵ドラゴンはマクシムスの両脇に散ったが、そこには咆吼するテメレアと腐食性の強酸を噴くリリーが待ち受けていた。

敵ドラゴンが苦悶《くもん》の叫びをあげて逃げまどい、戦死者が何名か竜ハーネスから切り離され、四肢を開いた人形のように海に落ちていった。敵ドラゴンは前進をあきらめ、今回は戦術としての散開ではなく、恐慌《きょうこう》状態に陥って四散した。こうして英国側の目的は達せられた。敵の大型ドラゴンは散りぢりになり、アクサンダールを守るのは、テメレアよりわずかに大きなプティ・シュヴァリエ〔小騎士〕と、おとりドラゴンのパピヨン・ノワールだけになった。

テメレアたちは速度を落とした。マクシムスは息を荒らげ、高度を維持するのに苦しんでいた。キャプテン・ハーコートがリリーの背から大きく腕を振り、メガホンを使って、声を嗄《か》らしてローレンスに叫んだ。「アクサンダールを追撃！」同時に、同じ指令を伝える旗がリリーの背で打ち振られた。ローレンスはテメレアの首に手を添え、前方に向かえと促した。リリーがまたも勢いよく強酸を噴き、プティ・シュヴァリエとパピヨンが飛びのいた。そのチャンスをとらえて、二頭の脇をテメレアがすり抜ける。

下からグランビーの叫びが聞こえた。「斬りこみ隊に注意！」はたして数名のフランス兵がテメレアの背に飛び移っていた。ローレンスには振り返る余裕もなかった。その目と鼻の先、十ヤードとない至近距離で、アクサンダールが身をよじっていた。その右眼は白く濁り、薄黄色で縦長の瞳孔のある黒い左眼だけがぎらぎらと邪悪な光を放っている。ひたいから伸びた二本の細い角が、湾曲しながら顎のあたりまで伸びている。顎がぱっくりと開き、激しい炎が噴き出すと、熱気であたりの風景がゆがんだ。真っ赤な口のなかをのぞいた瞬間、ローレンスはまるで地獄の扉の向こうを見ているような気がした。テメレアが翼をすばやくたたみ、岩石が落ちるような降下がはじまった。

ローレンスの胃がぐっとせりあがった。背後から騒々《そうぞう》しい音と驚愕《きょうがく》の叫びがあがった。斬りこんできた者も、応戦していた者も、もはや立ってはいられない。テメレアがふたたび翼を広げて羽ばたくまでの短いあいだに、高度はかなり落ちていた。アクサンダールは高速で飛び去り、すでに輸送船の上空に戻っている。

フランスの輸送船団の最後尾の船は、英国艦の長距離砲の射程に入っていた。砲撃がつづき、硫黄《いおう》の臭いと硝煙《しょうえん》が立ちこめた。英国艦隊のなかから高速のフリゲート艦数隻が飛び出し、砲火をくぐってフランス商船をつぎつぎに追い越した。奪取する価値の高い荷を積んだ、先頭の輸送船を狙っているのだろう。だがそうすることで、フリゲート艦はエクシディウムの編隊が護衛できる範囲からはずれてしまった。それをめざとく見つけたアクサンダールが、フリゲート艦に向かって降下した。竜の横腹からこぶし大の鉄製焼夷弾《しょういだん》がつぎつぎに投げ落とされ、雨あられと落ちていく焼夷弾を目がけて、アクサンダールが炎を噴きつけた。

アクサンダールがテメレアを牽制《けんせい》して高度をあまり下げていなかったので、命中率は低く、焼夷弾の半分以上が海に落下した。しかし、いくつかはフリゲート艦の甲板に当たり、薄い鉄製の殻が砕け、熱い鉄と発火性の薬剤が反応して激しく炎を噴き上げた。たちまち甲板に火が燃え広がった。

テメレアは一隻のフリゲート艦の帆が燃えあがるのを見て、怒りのうなりを発し、勢いをつけてアクサンダールを追った。テメレアは英国艦の甲板で卵から生まれ、生後三週間を海上で過ごした。そのときに育《はぐく》まれた英国艦への深い愛着はいまも変わっていない。ローレンスも怒りに駆られ、テメレアの首に触れて声をかけ、闘争心を煽《あお》った。こうしてアクサンダールを追い、援護にくるかもしれないほかのドラゴンを警戒しているさなか、不測の事態が起きた。背側乗組員《トップマン》のクローインがいきなりローレンスの肩をかすめ、口を大きくあけ両手を広げて、テメレアの背から転がり落ちていったのだ。斬りこみ隊の敵兵に搭乗ベルトを断ち切られたにちがいなく、とっさに竜ハーネスをつかみそこね、なめらかな体表で手を滑らせたのだろう。

ローレンスはクローインの手をつかもうとしたが、間に合わなかった。まだ若いクローインは、宙で両腕を掻きながら、およそ四分の一マイルを落下して海に消えた。小さな水しぶきだけを残し、二度と浮かんでこなかった。そのすぐあとにもひとり、四肢をだらりと伸ばして落下していく者がいた。今度は死亡した敵兵だった。ローレンスは自分の搭乗ベルトのストラップをゆるめ、ピストルを抜きながら後方を振り返った。まだ七名の敵がテメレアの背で味方と戦っていた。ローレンスから数歩先で、フランス空軍空尉の肩章《けんしょう》を付けた男が、キャプテンの護衛担当の空尉候補生、クウォールと剣を切り結んでいる。

ローレンスが立ちあがると同時に、敵の空尉が剣でクウォールの右腕をなぎ払い、左手に持ったまがまがしい長いナイフを脇腹に突き立てた。クウォールは自分の剣を落とし、脇腹に刺さったナイフの柄を両手でつかみ、その場にくずおれて血を吐いた。ローレンスは銃撃に有利な場所にいた。しかし、敵の空尉のすぐ後ろで、別の敵兵がマーティンに馬乗りになって喉もとに短剣を突きつけていた。

ローレンスはピストルを構えて撃った。敵兵が胸にあいた穴から血をほとばしらせて仰向けに倒れ、マーティンがなんとか自力で立ちあがった。ローレンスがつぎの狙いを定めるより早く、敵の空尉が自分の搭乗ベルトのストラップを切るという危険を冒し、クウォールの死体を飛び越えてきた。空尉はローレンスの両腕をつかんで自分の体を安定させると同時に、ローレンスのピストルの銃口を脇へそらそうとした。大胆なのか、無謀なのかはともかく、驚嘆すべき早業《はやわざ》だった。「おみごと《ブラヴォー》！」と、ローレンスは思わず言った。敵は驚いてローレンスを見返し、顔から血が流れ落ちているにもかかわらず、にやりと笑って、自分の剣を抜いた。

当然ながら、ここではローレンスのほうが圧倒的に有利な立場にあった。もしキャプテンが命を落とせば、担い手を失ったドラゴンはすさまじい凶暴性を発揮して敵に襲いかかるだろう。これは敵にとって、このうえない脅威となる。そのため敵の空尉はローレンスを生け捕るために、慎重にならざるをえない。一方、ローレンスは思う存分、会心《かいしん》の一撃を狙える立場にある。

だがここはテメレアの首の付け根という狭い場所だったので、そううまく事は運ばず、闘いは奇妙な展開を見せた。敵の空尉は長身だったが、体が触れ合わんばかりの接近戦であるため、ローレンスは敵のリーチの長さに苦しめられずにすんだ。が、その一方で、敵に腕をつかまれたままだった。敵は、ローレンスを支えにしなければ間違いなく足を滑らせて落下するだろう。ふたりは剣を交えるというより、互いの体を押し合っていた。剣が離れてからぶつかるまでの間隔がせいぜい一インチか二インチ。この戦いはどちらかが、あるいはふたりともが落下するまで終わらないのではないかとローレンスは危ぶんだ。

そこで危険を承知で、一歩前に踏みだした。体の向きがやや変わり、味方のようすが前よりよく見えた。マーティンとフェリスと数名の射撃手が、斬りこみ隊の攻撃に持ちこたえていた。ただし、数では敵のほうが勝っている。もしわずか二名でも敵兵がマーティンらの守りを突破すれば、ローレンスは窮地に立たされることだろう。数名の腹側乗組員《ベルマン》がのぼってこようとしていたが、それを二名の斬りこみ隊員が待ちかまえていた。ローレンスの見ている前で、ジョンソンが剣で刺し貫かれて落下した。

「皇帝万歳《ヴィヴ・ランプール》！」ローレンスと戦っているフランス軍空尉が部下たちを鼓舞《こぶ》するように叫ぶと、ローレンスの脚を狙って剣を振りおろした。ローレンスはそれを自分の剣で跳ね返したが、剣と剣がぶつかるときの妙な音を聞き、いま握っているのは前日に海軍省へ出向いたときの正装用の剣だと気づいて背筋が寒くなった。いきなりの出撃だったので、実戦用の剣に取り替える時間がなかったのだ。

　動きを小さくして、敵の剣が自分の剣の刃の中央より下に当たらないようにした。剣が折れるにしても、刃をまるごと失いたくはない。またも敵の剣が、ローレンスの右腕目がけて振りおろされた。前と同じように剣で払ったが、鋼鉄の刃が五インチも折れて吹っ飛び、ローレンスの顎《あご》に細長い傷を残して、炎のあがる海に落ちていった。

　これで敵の空尉に剣のもろさを気づかれてしまった。敵は剣を打ち砕くことに専念し、ローレンスの剣はまたもひび割れて、途中から折れた。刃はもう六インチも残っていなかった。銀のつかの模造宝石が持つ者を嘲るように輝いている。ここで負けるものかと歯を食いしばった。降伏して、テメレアがフランス軍に引き渡されるのを見るなんてまっぴらだ。責めを負うべきは自分だ。いますぐここから飛びおりて、助けを求めれば、テメレアは受けとめにきてくれるだろうか。だがたとえ失敗して海の藻《も》屑《くず》と消えても、テメレアをナポレオンに引き渡すような愚昧《ぐまい》は犯さずにすむ。

　そのとき怒声が響いた。グランビーがカラビナの助けも借りず、竜の尾にかかるストラップをよじのぼってきた。彼は搭乗ベルトのカラビナを手近なリングに留めつけ、ハーネスの腹ストラップを守っていた敵兵に剣を突き立てた。敵兵が即死するのと同時に、六名の腹側乗組員《ベルマン》が竜の背に駆けあがった。生き残っているフランス兵は一丸となって身構えたものの、またたくまに降伏か死かの選択を迫られた。マーティンは腹側から駆けつけた援軍のおかげで自由の身となり、すでにクウォールの遺体を乗り越えて、キャプテンを守るべく敵に向かって剣を構えていた。

「ああ、なんという惨状だ《ア・ヴォワシ・アン・ジョリ・ガシ》」敵の空尉が絶望の声をあげた。しかし彼は果敢にも最後の抵抗を試み、ローレンスの剣のつかを自分の剣で下からとらえ、長い剣を梃子《てこ》のように使ってローレンスの剣を持ちあげた。こうして渾身《こんしん》の力でローレンスの手から剣をもぎ離したが、つぎの瞬間、顔に驚愕の表情を浮かべてよろめき、鼻から血を流し、ローレンスの腕に力なく倒れこんだ。その後ろには、まだ少年のディグビーがふらつきながら高度計測用の砲丸を手に立っていた。見張りの持ち場であるテメレアの肩から這ってきて、敵の空尉の後頭部に砲丸を振りおろしたのだ。

「よくやった」ようやくなにが起きたかを理解して、ローレンスは言った。少年は誇らしげに頬を上気させた。「ミスタ・マーティン、この空尉を下で手当てしてやれ」

ローレンスは敵の空尉のぐったりした体をマーティンに引き渡した。「敵ながら、獅子《し》奮迅《ふんじん》の、みごとな戦いぶりだった」

「承知しました」マーティンはさらに口を動かし、なにか話したが、上空に響き渡るドラゴンの雄叫びでなにも聞こえなくなった。ローレンスは雄叫びを聞いたのを最後に、意識を失った。

テメレアの不穏な低いうなりが、ローレンスの朦朧《もうろう》とした意識のなかに入りこんできた。体を動かそうと、周囲を見まわそうとしたが、強烈な日差しに目を射られてなにも見えず、両脚もまったく反応しなかった。ふとももをまさぐると、搭乗ベルトのストラップが脚にからまっていた。どうやらその留め具が肉に食いこみ、そこから出血していたらしい。

一瞬、捕虜になってしまったのかと考えた。が、あたりからは英語が聞こえてくる。バーラム卿の怒鳴る声に、グランビーの気色ばんだ声がつづいた。「だめです！　これ以上、一歩も近づかないでください。テメレア、あの兵士たちが銃を構えたら、張り倒していいからな」

ローレンスが力を振り絞って起きあがろうとすると、誰かがそれをそっと制した。「動かないでください。だいじょうぶですか？」士官見習いのディグビーの声がして、水を満たした水筒を渡された。ローレンスは水で口を湿らせるだけにした。ただでさえむかむかするのに、水を飲んだら吐いてしまいそうだ。「立ちたい。手を貸してくれ」かすれた声で言い、わずかでも目をあけようとした。

「いいえ、立たないでください」ディグビーが切迫した声でささやいた。「頭を強く打っておられます。それに、あいつらはキャプテンを逮捕しにきたんです。グランビー空尉が、しばらくキャプテンを隠して、レントン空将の到着を待とうとおっしゃいました」

ローレンスは、テメレアの丸めた前足を防御壁にして、宿営地の踏み固められた地面に寝かされていた。前方見張りのディグビーとアレンも、膝《ひざ》をついてそばにいる。テメレアの前足から黒々とした血がしたたり、ローレンスに近い地面に染みこんでいた。「テメレアが怪我《けが》をしている」ローレンスは語気鋭く言い、もう一度起きあがろうとした。

「ミスタ・ケインズが止血用の繃帯《ほうたい》を取りにいってます。テメレアは、敵のペシュール・レイエに肩をやられたんですが、かすり傷程度ですみました」ディグビーが言い、ローレンスを地面に押し戻した。ローレンスはねんざした脚を曲げることも、まして や脚に体重をかけることもできなかったので、ディグビーに押し戻されるままに横になった。「横になっていてください。いま、ベイルズワースが担架を取りにいってます」

「いや、けっこう。とにかく起こしてくれ」ローレンスは荒々しく言った。レントン空将は、戦いのあとに、それほどすぐには来られないだろう。そのあいだに事態が悪くなるのを横たわったまま見ているわけにはいかない。ディグビーとアレンの手を借りて立ちあがり、足を引きずってテメレアのつくる防御壁の外に出た。ふたりの士官見習いが両脇からローレンスを懸命に支えていた。

バーラム卿が十数名の海兵隊員を従えて立っていた。ロンドンでバーラム卿の護衛を務めていたような尻の青い連中ではなく、百戦錬磨《ひゃくせんれんま》の年かさの兵士たちだった。その後ろには一門の胡椒砲も控えていた。砲身の短い小型タイプだが、この距離なら充分だろう。バーラム卿は怒りで顔を赤黒く染め、宿営の端でグランビーと言い争っていたが、ローレンスの姿を認めると、敵意もあらわに目を鋭く細めた。「遅いぞ。臆病者のようにこそこそと隠れているつもりだったのか。早く、あのけだものをおとなしくさせろ。軍曹、ローレンスの身柄を確保してくれ」

「ローレンスに近づくな！」テメレアが、ローレンスがなにか言うより早く、海兵隊員たちに凄《すご》みをきかせ、歯を剥き、かぎ爪を振りあげた。肩や首から血を流し、冠翼を逆立てたテメレアの姿は、恐ろしく凶暴に見える。

兵士たちはひるんだが、軍曹はまったく動じることなく、「伍長、大砲の発射準備を」と言い、海兵隊にはマスケット銃を構えるように命じた。

ローレンスはこのなりゆきにあわて、テメレアにかすれた声で呼びかけた。「テメレア、やめろ。落ちつけ」だが、無駄だった。怒りで眼を真っ赤にしたテメレアは、ローレンスの呼びかけにも気づいていなかった。マスケット銃で深手を負うことはないとしても、胡椒砲で視力を奪われるだけで逆上し、手がつけられなくなるだろう。それは人間にとっても、テメレア自身にとってもきわめて危険な状態だ。

そのとき宿営地の西の林が突然揺れて、茂みのなかからマクシムスの巨大な頭と両肩がぬうっと突き出した。マクシムスは首をそり返し、のこぎり状の歯を剝き出した大あくびをして、全身をぶるぶるっと震わせた。「戦いは終わったんじゃないの？なんの騒ぎだい？」

「そこのでかいの！」バーラム卿が、巨体のリーガル・コッパー種に向かって、声を張りあげた。「あのドラゴンを捕まえろ！」その指が指し示しているのはテメレアだった。

だが、ほかのリーガル・コッパーと同様、マクシムスの眼も極度の遠視だ。宿営地でなにが起こっているかを見定めるためには、後ろ足立ちになって伸びあがり、地面から充分な距離をとらなければならなかった。いまではマクシムスはテメレアの倍の体重があり、体長も二十フィートほど長かった。体のバランスをとるために半開きになった翼が、マクシムスの前方に長い影を落とし、翼の薄い皮膚に走る血管が逆光に浮かびあがった。

マクシムスは伸ばしていた首を戻し、宿営をのぞきこんで、おもしろそうにテメレアに尋ねた。「なんで、おまえを捕まえなきゃなんないの?」

「捕まってたまるか!」テメレアが冠翼を震わせ、シューッとうなりをあげた。その肩からは血がだらだらと流れている。「こいつらが、ぼくとローレンスを引き離そうとするんだ。ローレンスを逮捕して、牢屋《ろうや》に入れて、死刑にするつもりなんだ。そんなことぜったいに許すもんか」そう言って、バーラム卿のほうに向き直る。「ローレンスが止めたって、おまえを踏みつぶしてやるからな」

「なるほど、そうだったのか……」ローレンスは愕然とした。テメレアがなにを恐れていたのか、いまようやくわかった。テメレアはこれまで一度だけ、人間が逮捕される場に居合わせたことがある。そのとき逮捕されたフランス人スパイは、ほどなく彼の担っているドラゴンの前で処刑された。処刑を目撃することになったテメレアをはじめとする基地の若いドラゴンたちは、担い手を失ったドラゴンに深く同情し、幾日も悲嘆に暮れていた。それを考えれば、逮捕と聞いてテメレアが恐慌状態に陥ったのも納得がいった。

マクシムスの闖入《ちんにゅう》で一同の注意がそがれた好機を逃さず、グランビーがテメレア担当の士官らに集合を促す合図を送った。フェリスとエヴァンズがぱっと立ちあがってグランビーにつづいた。リグズと彼の率いる射撃手たちも駆けつけてきた。たちまち全員がテメレアの前に居並んで壁となり、ピストルとライフルを構えた。実のところ、フランス輸送船団を追う戦いで弾を使い果たし、銃を構えたのははったりにすぎなかった。しかしそうだとしても、彼らのしでかしたことが大目に見られるわけではない。ローレンスは万事休《ばんじきゅう》すと目を閉じた。グランビーをはじめとする部下たちが進んで厄介な状況に身を投じ、公然と反抗し、キャプテンと運命を共にしようとしている。これは謀反《むほん》と呼ばれても否定しようがない行為だ。

マスケット銃を構えた海兵隊員はひるまず、別の隊員は大きな丸い胡椒弾を、火薬を押さえるおくりとともに胡椒砲の砲身に押しこんだ。「攻撃準備完了！」と伍長が叫ぶ。ローレンスには打つ手がなかった。テメレアに胡椒砲を破壊せよと命じれば、任務を遂行しているだけの兵士を攻撃することになる。そんなことは、考えるのもいやだ。もちろん、自分の目の前で海兵隊がテメレアと自分の部下に銃火を浴びせるという状況も同じくらいおぞましい。

「あんたら、ここでなにをしてるんだ？」そのとき、テメレアの治療をまかされた竜医のケインズが宿営にあらわれた。助手ふたりが、新品の繃帯と傷の縫合《ほうごう》に使う絹糸を大量にかかえて、あとを追ってくる。ケインズはあっけにとられる海兵隊員らを押しのけて進んだ。彼のごま塩頭と血の飛び散った白衣が、有無を言わさぬ通行証の役割を果たしていた。海兵隊員らは道を譲り、ケインズはついに胡椒砲までたどり着き、横に立つ兵士から火縄《ひなわ》を引ったくった。

その火縄を地面に投げ捨て、踏みにじって火を消し、バーラム卿と海兵隊員、グランビーと航空隊士官らを交互ににらみつけ、怒りを爆発させた。「テメレアは、戦場から戻ったばかりなんだ。あんたら、頭がイカれたか？　戦ってきたばかりのドラゴンをこんなふうに挑発するんじゃない。すぐに基地のドラゴンたちが首を突っこむぞ。あそこにいるでっかい出しゃばりだけではすまなくなる」

その言葉どおり、ほかのドラゴンたちもいったい何事かと、宿営を取り囲む木々の梢《こずえ》から、枝をバキバキと折りながら首を突き出していた。一方、ケインズに出しゃばりと呼ばれてうろたえたマクシムスが、いまさらながら野次馬根性を見抜かれまいとぱっと身を伏せ、地面を揺らした。バーラム卿は、好奇心満々の巨大な闖入者たちを不安げに見まわした。ドラゴンたちは戦場から戻るとすぐに食事をとるため、多くのドラゴンたちが顎から血をしたたらせ、派手な音をたてて骨を嚙《か》み砕いていた。

ケインズは、バーラム卿に態勢を立て直す隙《すき》を与えなかった。「さあ、とっとと出ていってくれ。全員だ。こんなばか騒ぎのどまんなかで手術なんかできるか。それにあんたも」ローレンスに向かってぴしゃりと言う。「すぐに横になれ。外科医を手配しておいた。そんな脚でひょこひょこ跳ねまわって、どうなっても知らんぞ。ベイルズワースはどうした、担架を持ってくるはずなのに」

気圧《けお》されていたバーラム卿が、この言葉に反応した。「ローレンスを逮捕する。そこにいる謀反人どもといっしょに牢屋にぶちこんでやる」だが、そのせりふはなんの効力も発揮せず、ケインズがバーラム卿に向き直って言った。

「逮捕したいんなら、明日の朝にしてくれ。脚を外科医に診《み》せて、ドラゴンの手当てもすんだあとで。深手を負った人間とドラゴンのもとへずかずかと踏みこんでくるとは、なんと下劣で、野蛮な――」ケインズは、バーラム卿の面前でこぶしを振りかざして演説をはじめた。その手に握られたまがまがしい鉤《かぎ》付きの特大鉗子《かんし》のせいでかなり不穏な状況ではあったが、その主張は理にかなっており、バーラム卿はしぶしぶと後ろにさがった。それを海兵隊員は、撤退の合図と喜んで受けとめ、胡椒砲とともに引きあげはじめた。味方に去られたバーラム卿は、なすすべもなく、あきらめるほかなかった。

こうして、わずかながらも時間稼ぎができた。外科医らはローレンスの脚の診断に頭を悩ませた。骨は折れていないが、少し触れるだけで息も止まるほどの激痛が走る。青痣《あおあざ》が脚全体をまだらに覆《おお》っているが、目立った外傷はない。頭痛もすさまじく、医師たちは鎮痛剤として阿片《アヘン》を処方しようとしたが、ローレンスが服用を断ったために、結局、脚に体重をかけないようにと指示するだけにとどまった。しかしそんな助言を受けずとも、ローレンスは立ちあがろうとするだけで、痛みのあまり卒倒しそうになった。

テメレアのほうは幸いにも軽傷で、傷口の縫合もすんだ。ローレンスは気が立っているテメレアをなだめすかして少量の食事をとらせた。翌朝になると、テメレアは目に見えてよくなり、傷のせいで発熱することもなく、バーラム卿と衝突した一件をこれ以上先に引き延ばすことは不可能になった。レントン空将からローレンス宛てに、基地本部に出頭せよとの正式な召喚状が届いた。ローレンスは苛立《いらだ》って落ちつきのないテメレアを残し、肘掛け椅子を神輿《みこし》代わりにして本部まで運んでもらわなければならなかった。「明日の朝までに戻らなかったら、ぼくがあなたをさがしにいくからね」テメレアは断固たる決意をこめて言い、ローレンスを見送った。

ローレンスは、正直なところ、テメレアを安心させるような言葉はかけてやれなかった。レントン空将がバーラム卿を説得するという奇跡を起こさないかぎり、ローレンスが逮捕される可能性はきわめて高い。そのうえ数々の軍規にそむいたのだから、軍法会議で死刑を宣告されることもありえない話ではない。通常、飛行士は明らかな反逆罪でないかぎり、絞首刑に処せられることはない。だがおそらく、バーラム卿はローレンスを海軍の査問《さもん》委員会に引きずり出そうとするはずだ。そこでは航空隊よりはるかに厳しい追及が待っているだろうし、テメレアをこのまま航空隊に在籍させるという選択肢など議題にものぼらないことだろう。テメレアは中国からの返還要求によって、すでに英国籍の戦闘ドラゴンという身分を失っているのだから。

これはけっして安穏《あんのん》としていられない状況だ。そのうえローレンスにしてみれば、部下の立場を危うくしたことがいっそうつらかった。グランビーは前日の妨害行為の責任をとらされるだろう。エヴァンズ、フェリス、リグズなど、ほかの空尉たちも同じだ。誰かが、あるいは全員が、航空隊を除隊させられるかもしれない。幼少のころからこの世界しか知らずに育った飛行士にとって、あまりにも過酷な運命だ。まだ空尉候補生なら、放逐《ほうちく》はされず、どこかの繁殖場か基地で仕事を与えられて、仲間たちのいる世界にとどまれたかもしれないが……。

ローレンスの脚はひと晩眠っていくらかはましになっていたが、本部の正面階段を無理してのぼっただけで貧血状態になり、脂汗《あぶらあせ》をかいた。脚の痛みはしだいに激しさを増し、眩暈《めまい》すらはじまり、レントン空将のオフィスに入るときには立ちどまって息を整えなければならなかった。

「こりゃ、ひどい。医者は加療の必要なしと診断したと聞いていたが……。倒れる前にこの椅子にかけろ、ローレンス。そして、これを飲め」レントンは、バーラム卿の苛立った険悪な表情を無視して、ローレンスにブランデーのグラスを手渡した。

「ありがとうございます。おっしゃるとおりです、医師の診断では、入院の必要なしとのことです」ローレンスはレントンに気を遣って、ブランデーをひと口だけ飲んだ。ただでさえ頭の働きが鈍っているのに、ここでグラスの酒を一気にあおるわけにはいかない。

「いい加減にしろ。こいつをいたわるためにここへ呼んだのではないぞ」バーラム卿が言った。「わたしは生涯、ここまでけしからぬふるまいを見たことがない。まったく、一介《いっかい》の士官ごときが。ローレンス、わたしはけっして絞首刑を好む人間ではないが、今回の件については適切な処置と考える。ところが、レントン空将が、そうなればあのけだものが手のつけられない状態になるだろうと言っている。それが、目下の状況とどうちがうのか、わたしには見当もつかんのだがね」

バーラム卿の尊大なもの言いに、レントン空将が唇を引き結んだ。おそらく彼は、バーラム卿に状況を正しく理解させようと、耐えがたく長い時間を費やしたのだろう。レントン空将の地位は海軍における提督に相当し、すばらしい勝利をおさめて戦場から戻ったばかりだ。しかしその肩書きも戦功も、航空隊を一歩出れば、たいして意味がない。バーラム卿は臆することなくレントンに無礼を働いている。英国海軍の提督なら、政治的影響力やしかるべき縁故があり、もっと丁重《ていちょう》な扱いを要求できたはずだった。

「ローレンス、きみは除隊だ。議論の余地はない」バーラム卿がつづけて言った。「だが、あのけだものを中国に戻すためには、残念ながら、きみに協力を求めねばならんのだ。あれを説得する方法を考えろ。きみの処遇はその結果しだいだ。さらにあれの抵抗がつづけば、きみを絞首台に送りこむ。もちろん、あのけだものも撃ち殺す。中国人がなにを言おうが知ったことか」

ローレンスは脚の痛みも忘れ、椅子から腰を浮かしそうになった。が、肩に置かれたレントンの手がここはこらえろと言っていた。「お言葉がすぎるのではありませんか?」レントンが言った。「わが国では、人を襲って食べた場合を除いて、ドラゴンを射殺した例はありません。その方針は今後も変わらないでしょう。もし、変わるようなら、航空隊で反乱が起きます」

バーラム卿が顔をしかめ、航空隊は規律の乱れがはなはだしいなどと、口のなかでぶつぶつつぶやいた。ローレンスは、一七九七年に英国艦隊で起こった大規模な反乱事件〔英国海軍の歴史を揺るがす水兵による大規模な反乱が、一七九七年、スピットヘッドとノアでつづけて起こった〕を思い出した。あのころはバーラム卿もまだ現役の軍人として艦に乗りこんでいたはずだ。あの不祥事《ふしょうじ》も忘れたのかと苦々しい思いがこみあげる。バーラム卿が言った。「まあ、そのような事態に陥らないことを願おう。スピットヘッドに輸送艦を停泊させてある。アリージャンス号だ。一週間もあれば航海の準備が整うだろう。問題は、あの梃子《てこ》でも動かぬけだものを、どうやって艦《ふね》に乗せるかだな」

ローレンスは答える気になれなかった。一週間とは短すぎる。いっそテメレアと空を飛んで逃げてしまおうかと夢想した。テメレアならドーヴァーからヨーロッパ大陸まで楽々と飛行するだろう。プロイセン地方の深い森には、いまも野生ドラゴンの棲息地がいくつかある。もっとも、そこにいるのは小型種にかぎられているのだが……。

「それはどうでしょう」レントン空将が言った。「率直に申しあげて、この件に関しては、事の発端から対処を間違えている。テメレアはいまやひどく動揺しており、望まぬことを強いるのは容易ではありません」

「言い訳はけっこうだ、レントン。いい加減にしろ」バーラム卿がまだなにか言おうとしているときに、ノックの音がした。三人がはっとしてドアのほうを見やると、空尉候補生が蒼《あお》ざめた顔をのぞかせ、「あの、あの――」と言った。だが用件を述べる前に、後ろから来た一団に道を譲った。中国の兵士たちが空尉候補生を踏み越えんばかりに部屋になだれこみ、ヨンシン皇子に道をつくった。

三人はふいを突かれて、最初は椅子から立ちあがることさえ忘れていた。ローレンスは、ヨンシン皇子が入室してからもなお、立ちあがろうともがいていた。従者たちがあわてて椅子——バーラム卿の椅子だ——を引き寄せ、皇子に勧めた。が、皇子が手を振ってそれを退《しりぞ》けたので、ほかの者も立っているしかなくなった。レントンが、ローレンスの腕にさりげなく手を添えて、体を支えてくれた。だがそれでも、ローレンスには部屋が傾いてぐるぐる回りはじめたように感じられた。そのうえ皇子の衣の鮮烈な色彩がちかちかと目に飛びこんでくる。

「これがそなたらの天子《てんし》に対する礼の尽くし方なのか」ヨンシン皇子がバーラム卿に言った。「そなたらは、またしてもロン・ティエン・シエンを戦場に送りこんだ。しかも、こうやって秘密会議を開き、盗んだ宝を返さずにすますための謀《はかりごと》をめぐらしている」

さっきまで中国をこきおろしていたバーラム卿が蒼白になり、舌を嚙みそうになりながら言った。「殿下、そのようなことはいささかも——」だが、ヨンシン皇子の怒りはおさまりそうになかった。

「余《よ》は、そなたらが〝基地〟と称する、この家畜小屋を見てきた。そしてようやく納得がいった。そなたらの野蛮な扱いのせいで、ロン・ティエン・シエンは、自分の〝守《も》り人《びと》〟に対して見当違いな愛着をいだくようになったのだ。このような環境に置かれているから、たとえ行き届かない世話であろうと、自分の面倒を見てくれる人間と引き離されるのを望まないのだ」ヨンシン皇子はローレンスに向きなおり、尊大な態度で上から下までにらみつけた。「そなたは、あの竜の幼さと世間知のなさにつけこんだ。だがもうこれ以上、許しておくわけにはいかない。もうこれ以上、返還の遅れについて言い訳は聞きたくない。ロン・ティエン・シエンも母国に戻り、本来いるべき場所におさまれば、自分よりもはるかに劣る卑しい者を好むという愚かさに気づくことだろう」

「殿下、それはちがいます。われわれは全面的に、殿下をお助けします」レントン空将が正面切って言った。バーラム卿がもっと洗練されたもの言いをひねり出そうと呻《しん》吟《ぎん》していたところだった。レントンはつづけた。「ですが、テメレアはローレンスを置いてはいきませんよ。それはご承知のはずです。ドラゴンを送り出すなんて不可能だ。ただ導くことができるのみ」

ヨンシン皇子が氷のような冷ややかさで言った。「では、キャプテン・ローレンスも連れていかねばなるまい。それとも、今度はこの者を送り出すことなど不可能だとでも言い出すつもりか?」

レントン空将とバーラム卿とローレンスはあっけにとられてヨンシン皇子を見つめた。ローレンスには、自分がヨンシン皇子の言葉を正しく理解できたと言いきる勇気がなかった。すると、バーラム卿が勢いづいて言った。「おお、それはそれは。お望みならば、どうぞローレンスもお連れくださ い。それでけっこうですとも」

それ以降の話し合いは、ローレンスにとって霞《かすみ》の向こうで進行しているようなものだった。当惑と安堵《あんど》が交互に押し寄せ、なにを見ても聞いても身が入らなかった。眩暈がいっこうにおさまらず、適当な受け答えをしているうちに、とうとうレントンがその場を取りなし、ローレンスをベッドに送りこんだ。ベッドの上でテメレア宛てに短い手紙をしたためてメイドに託すと、ローレンスは気絶するように眠りに落ちた。

翌朝、十四時間の眠りから覚めると、ベッドのかたわらにキャプテン・ジェーン・ローランドがいた。ジェーンは椅子の背に頭をあずけ、口を開いて居眠りしていた。ローレンスが身動きすると、ジェーンも目を覚まし、両手で顔をこすりながらあくびをした。「ローレンス、寝ぼけてない？　もうだいじょうぶ？　あなたったら、みんなをものすごく心配させたのよ。エミリーが知らせてくれたの。テメレアがひどく動揺してるわ。いったいどうしてあんな手紙をテメレアに書いたの？」

ローレンスは自分がなにを書いたか懸命に思い出そうとした。昨日の伝言のことがすっかり記憶から飛んでいる。いちばん肝心なことは頭にこびりついているのだが、それ以外はなにも残っていない。「だめだ、ジェーン。なにを書いたか、ぜんぜん思い出せない。テメレアは、わたしがいっしょに中国へ行くとわかっているんだろうか」

「ええ、いまはね。ここに来る前に、レントンが教えてくれたから、それをテメレアにも伝えたわ。だけど、この手紙じゃ、テメレアにはさっぱりわからなかったでしょうね」そう言って、ジェーンはローレンスに紙切れを手渡した。

その短い手紙は間違いなくローレンスの筆跡で、署名までしてあるのだが、文面はまったく覚えのない、意味をなさないものだった。

テメレアへ
心配するな。わたしが行く。天子が遅れを許さないから、バーラムがわたしを行かせることにした。忠誠がわれわれを運んでくれる！　なにか食べるんだよ。

Lより

いったい、なぜこんなものを書いたのだろうと、自分のことながら理解に苦しんだ。

「なにがなんだかさっぱり……待てよ、そうでもないな。〝忠誠《アリージャンス》〟はドラゴン輸送艦の名前だ。〝天子〟というのは、ヨンシン皇子が中国皇帝をそう呼んでいるんだ。しかしなんで、わざわざそれをこの手紙に使ったのかな」ローレンスはジェーンに手紙を返した。「きっと頭のねじがゆるんでしまったんだ。それは火にくべて燃やしてくれ。テメレアには、わたしは元気になったと伝えてくれ。すぐに戻るからと。それから、呼《よ》び鈴《りん》を鳴らして、誰か手を貸してくれる者を呼んでくれないか。服を着たいんだ」

「その顔色からすると、じっとしていたほうがよさそうね。だめよ、まだ起きちゃ。しばらく休みなさい。わたしの知るかぎり、急を要する件はなにもない。それと、バーラム卿があなたと話したがってるわ。そう、レントンも。じゃあ、わたしはテメレアのところへ行って、あなたは死んでないし、気がふれたわけでもないって伝えてくる。テメレアと伝言をやりとりしたいなら、これからはエミリーを使って」

ローレンスはジェーンの言うとおりにした。実のところ、起きあがる気力すらなく、バーラム卿が再度の話し合いを求めているのなら、それに備えて体力を温存しておく必要があった。だが結局、バーラム卿との会見は実現せず、代わりにレントン空将がひとりで部屋にやってきた。

「ローレンス、きみはとんでもなく長い航海をすることになりそうだ。長旅の無事を祈る」レントンは椅子を引き寄せながら言った。「一七九〇年代のことだが、わたしの乗ったインド行きのドラゴン輸送艦が三日間強風にさらされた。氷雨《ひさめ》が降りそそぎ、ドラゴンたちは気晴らしに艦の上を飛ぶこともできなかった。かわいそうに、オヴェルサリアはそのあいだずっと船酔いに悩まされた。ドラゴンの船酔いほど悲惨なものはない。ドラゴン自身にとっても、同乗する人間にとっても」

海軍時代にドラゴン輸送艦を指揮した経験はなかったが、ローレンスにはそのようすがありありと想像できた。「幸いにも、テメレアは海でちっとも苦しんだことがないんです。苦しむどころか、船旅を満喫するでしょう」

「はたして大嵐に巻きこまれても、テメレアは船旅が好きだと言えるだろうか」レントンは首を振った。「むろん、こんな状況で、今回の旅に異論があるとは思えないが」

「もちろんです」ローレンスは心から言った。もしかしたらこの事のなりゆきは〝小難を逃れて大難に陥る〟というやつかもしれないが、そうだとしても、ゆっくりと大難に陥っていけるのはまだましだった。何か月も航海がつづくのだから、中国に着くまでにもさまざまなことが起きるだろうし、そこになにか希望を見いだせるかもしれない。

レントンがうなずいた。「顔色があまりよくないな。手短に話そう。バーラム卿となんとか話をつけた。そして、きみに一切合財《いっさいがっさい》を持たせて、つまり部下も付けて送り出すことにした。さもないと、きみの部下のうち数名は不愉快な目に遭《あ》うだろうからな。とにかく、バーラム卿の気が変わらないうちに、出発してしまうことだ」

ローレンスにとっては願ってもない話だった。「空将、あなたのおかげでどれほど――」

「ばかな。礼など言う必要があるか」レントンはわびしい灰色の髪をひたいから掻きあげ、ぶっきらぼうに言った。「ローレンス、今回の件については、ほんとうにすまないと思っている。わたしがきみの立場なら、とっくにぶち切れていた。まったく無茶苦茶な話じゃないか」

ローレンスは返す言葉に詰まった。こんなふうに同情されることなど期待していなかったし、自分が同情を受けるに値《あたい》するとも思っていなかった。ややあって、レントンがまた言った。「充分な療養期間をとってやれず申し訳ないが、艦に乗ってしまえば休養以外にたいしてやることもないだろう。バーラムは、アリージャンス号に一週間で航海の準備をさせると中国使節団に約束した。聞いたところでは、艦長を見つけるのに相当苦労しているようだがな」

「カートライトがアリージャンス号の艦長になるはずだったのでは？」ローレンスは記憶をたどって言った。いまも〈海軍公報〉に目を通しているので、各艦の人事は大まかにつかんでいる。その昔ゴライアス号に乗り合わせた仲間であるカートライトの名前は、おぼろながら記憶にとどまっていた。

「そのとおりだ、アリージャンス号がノヴァスコシアのハリファックスに到着するまではな。カートライトが新しく乗る艦を、目下、ハリファックスで建造しているそうだ。だが、海軍としては、彼が中国へ行って戻ってくるまで、二年間も待つわけにはいかない」レントンが答える。「いずれにせよ、誰か見つかるだろう。きみは体調を整えておけ」

「心配ご無用です。出航までに万全の状態にしておきます」

楽観的にそう返したものの、やはりそれはローレンスにとって根拠に乏しい見通しだった。レントンが去ったあと、手紙を書こうとしたが、頭が割れるように痛んで、結局、断念した。幸いにも一時間後、グランビーが顔をのぞかせた。彼は中国への航海に胸をふくらませ、航空隊でのキャリアを棒に振るかもしれなかった、あの無謀な反抗のことなどみじんも悔いていなかった。

「あの悪党があなたを連行し、テメレアに銃を向けたときは、ああするしかなかったんです。孵化寸前の竜の卵を投げ捨てても悔いはないという心境でしたよ」グランビーは言った。「それはさておき、書くことを言ってください。ぼくが筆記しますから」

ローレンスは、グランビーに慎重に行動せよと忠告するのをあきらめた。グランビーの忠誠はうれしかったが、その忠誠は、出会った当初の反発と同じくらい頑固なものだった。「ほんの数行でいいんだ。宛名は、トマス・ライリー艦長。〝われわれは一週間後、中国を目指して出航する。輸送任務でかまわなければ、アリージャンス号の艦長になってくれないか？　海軍大臣のバーラム卿が艦長をさがしている。だが、バーラム卿には、わたしから聞いたとはぜったいに言わないこと〟」

「承知しました」グランビーは、ペンでガリガリと書き飛ばした。流麗《りゅうれい》という形容からいちばん遠い、のたくったような筆跡だったが、読みとれないわけではない。「キャプテンがよくご存じのお方ですか？　誰が艦長になろうが、ぼくらは海軍所属の人物のもとで長期間我慢しなきゃならないわけですよね」

「旧知のあいだがらだ」ローレンスは答えた。「トム・ライリーはわたしの部下として、ベリーズ号では第三海尉を、リライアント号では第二海尉を務めてくれた。そう、テメレアの孵化にも立ち会った。優秀な士官にして一級の船乗りだ。彼以上の人選は望めないだろう」

「伝令使のところまでひとっ走りして、確実に届けるように頼んでおきます」グランビーが請け合った。「艦長が海軍の石頭どものひとりでないとわかって、実にほっと——」そこまで言って、決まり悪そうに口をつぐんだ。グランビーが、ローレンスを〝石頭ども〟のひとりと見なしていたのは、そう昔の話ではないからだ。

「ありがとう、ジョン」ローレンスは、グランビーに気まずい思いをさせないように、あわてて言った。「まだ喜ぶのは早いかもしれないぞ。政府は、この任務にはもっと年かさの艦長が望ましいと考えるかもしれないからな」そう言いつつも、心のなかでは、ライリーがアリージャンス号の艦長に任命される可能性は非常に高いと考えていた。バーラム卿は、この任務を喜んで引き受ける人物をそう簡単には見つけられないはずだ。

新米水兵にとっては特別任務のように思えるかもしれないが、ドラゴンの輸送というのは、艦長にとってはかなり面倒な任務の部類に入る。同じ港にえんえんと停泊し、乗船するドラゴンを待ちつづけなければならないし、そのあいだ乗組員は陸で遊んで憂《う》さを晴らすから問題も起こしやすい。長距離を飛ぶドラゴンの休憩地点として何か月も海のまんなかに停泊し、同じ場所にとどまりつづけることもある。海上封鎖の任務と似ていなくもないが、ほかの艦と交流がない分だけもっと退屈だった。戦いや戦功にはほとんど縁がなく拿捕賞金も期待できない。もっと旨《うま》みの多い任務が望めるのなら、これをけっして魅力的な仕事とは見なさないだろう。

しかし、ライリーが艦長を務めるリライアント号は、〈トラファルガーの海戦〉のあと、強風に見舞われて損傷し、長期間のドック入りを余儀なくされた。艦長のライリーは陸にあがったが、後ろ盾もなく艦長として経験も浅い彼に、別の艦を任されるチャンスはそうそうめぐってこないはずだった。ライリーはこの話を聞いて大喜びするにちがいない。もちろん彼がアリージャンス号の艦長になれば、ローレンスもうれしい。艦長が決まらず焦《あせ》っているバーラム卿が、最初に名乗りをあげた人物に飛びつく可能性は大いにあった。

翌日、ローレンスは昨日よりはいくぶん効率よく、今後のために必要な手紙を書きつづった。まさか長期の船旅に出るなどとは考えてもおらず、その旅程はドラゴン便の巡回に頼って本国と通信する範囲を超えていた。それに、さんざんだったこの数週間、個人的な手紙への返信が滞《とどこお》っていた。とくに実家には返信しておく必要があった。〈ドーヴァーの戦い〉以降、ローレンスの父、アレンデール卿は、息子の新たな職業に前よりは寛容な態度を示すようになった。まだ直接手紙をやりとりするには至っていないが、少なくとも父に隠れて母と文通する必要はなくなり、これまで何度か母に宛てて公然と手紙を書いた。ただし、父が今回の一件を知れば、母と文通する自由がふたたび阻害されるかもしれない。

しかしおそらく、バーラム卿があえて今回の出来事をこまごまと父に知らせるとも思えなかった。なぜならいまは、海軍大臣バーラムとアレンデール卿にとって政治的な盟友であるウィリアム・ウィルバーフォースが、次期国会にふたたび奴隷《どれい》廃止法案を提出しようとしている微妙な時期であるからだ。

ローレンスは母への手紙を書きあげると、ほかにも十数名の人々に、およそ自分のものとは思えない筆跡で手紙を書き飛ばした。ほとんどは海軍時代の友人で、急な出航という事態をよく理解してくれる相手ばかりだった。説明をかなり省略したものの、手紙を書く作業はそれなりの労力を要し、ジェーン・ローランドがふたたび見舞いに訪れたときには、またもや消耗しきって枕によりかかり目を閉じていた。

「いいわ、わたしが投函してきてあげる。あなたったら、ろくでもないことばかりして」ジェーンは手紙をひとつにまとめながら言った。「頭を打つと、深刻な症状が出ることもあるのよ。頭蓋骨《ずがいこつ》を骨折していなくてもね。以前、黄熱病に罹《かか》ったとき、わたしは、すぐに跳ねまわるようなことはしなかった。お粥《かゆ》とミルク酒だけとって、ベッドでおとなしくしてた。そのおかげで、西インド諸島で黄熱病に罹った誰よりも早く、復帰することができたってわけ」

「ありがとう、ジェーン」ローレンスは、ジェーンに逆らおうとは思わなかった。気分が悪くてそれどころではなく、彼女が部屋のカーテンを引いて、ほどよく薄暗くしてくれたことに感謝した。

数時間後、ドアの外から口論の声がして、ローレンスは眠りから覚めた。ジェーンの声がした。「いますぐ出ていかないと、廊下の向こうまで蹴り飛ばしてやる。どういうつもり？ わたしが出て行った隙に忍びこんで、ローレンスの回復のじゃまをしようとするなんて」

「キャプテン・ローレンスにお会いしなければならないんです。火急の用件で――」そう言い返しているのは聞き覚えのない声で、かなりうろたえている。「ロンドンから馬で駆けつけてきたんです」

「そんなに急を要するなら、レントン空将に話せばいい」ジェーンが言った。「だめ、部屋には入れない。あなたが政府の人間だろうと関係ない。うちの空尉候補生みたいな年頃じゃない。そんな若造が、明日の朝まで待てないほどの火急の用件をかかえているなんて、信じられないわ」

ここでジェーンがドアを閉めたため、廊下にいる両者の口論は聞こえなくなり、ローレンスは眠りに落ちた。が、翌朝になると、部屋へ侵入しようとする人物を阻《はば》む者は誰もいなくなった。ジェーンが独断で決めたのか、粥と温かいミルク酒というおよそ食欲の湧かない朝食をメイドが運んできたあと、その人物は首尾よく侵入に成功した。

「このようなかたちでお目にかかることを、お許しください」その見知らぬ人物は、勝手に椅子を動かしながら、早口で言った。「どうか事情を説明させてください。おかしな登場の仕方だとは、じゅうじゅう承知しております」椅子をベッドのそばにおろし、ちょこんと腰かける。「ハモンドです。アーサー・ハモンド。政府代理に任じられ、中国皇帝のもとまであなたとごいっしょすることになりました」

ハモンドは驚くほど若く、おそらくは二十歳ぐらいと思われた。痩《や》せて青白い顔をしているが、無造作な黒髪と真剣な表情がきりっとした印象を与えている。脈絡のない話し方をするのは、礼儀としての謝罪と、早く本題に入りたいという気持ちとのあいだで引き裂かれているせいなのかもしれない。「紹介状もなく、突然お訪ねして、すみません。それにしても驚きました、実に驚きました。バーラム卿はわれわれの出航日を、今月の二十三日に決定されたのです。もしあなたのご希望があれば、数日の延期くらいはバーラム卿に掛け合えるかと」

航海の延期を海軍大臣に掛け合うなんてとんでもない。ローレンスはハモンドの勇み足に驚いて言った。「いえ、異存ありません。決定事項をくつがえしてまで出航日を延期しようとは思いません。ヨンシン皇子にその日に出航すると伝えてあるのなら、延期は無理でしょう」

「ですよね！　同感です」ハモンドが胸を撫でおろす。その顔は見れば見るほど若く、ローレンスは一瞬、彼がこの仕事をまかされたのは、たんに出航までの時間が迫っていたからではないかと疑った。しかし、その疑いはすぐに払拭《ふっしょく》された。ハモンドは喜んで中国に行くからというだけでこの任を振られたわけではなかった。椅子に腰をすえ、上着の胸をふくらませていた書類の束を取り出すと、今回の任務についての見通しをとうとうと語りはじめた。

ローレンスは最初、ハモンドの話にほとんどついていけなかった。そこには時折中国語が交じった。漢字で書かれた書類に目を落としてしゃべっているので、無意識に出てしまうにちがいない。中国語が交じらなくなったのは、十四年前にマッカートニー卿が率いた訪中使節団について話しはじめてからだった。その当時、新米海尉だったローレンスは、海と軍艦と自分の任務のことで頭がいっぱいで、訪中使節団の経緯どころか、その存在すら記憶から消えかかっていた。

だが、ハモンドの話の腰を折るようなことはしなかった。彼があまりに淀《よど》みなく語りつづけるものだから、口を挟む隙がなかったし、彼の話しぶりにはローレンスを安心させるものがあった。この青年は歳に似合わぬ落ちつきを備え、中国問題にも精通しているようだ。また、これがいちばん重要な点なのだが、バーラム卿や政府の人間たちのような無礼な態度がハモンドにはまったく感じられなかった。ローレンスは先《せん》達《たつ》の経験を参考にするために、どんなことでもありがたく傾聴《けいちょう》した。マッカートニー卿の使節団についてローレンスがあらかじめ知っていたことと言えば、そのライオン号がヨーロッパ船としてははじめて青島《チンタオ》湾を海図に記したことぐらいだ。

「おっと……」ハモンドもやがて聞き手の知識量を見誤っていたと気づき、ややがっかりしたように言った。「まあ、この話はそれほど重要ではありません。あの訪中は惨憺《さんたん》たる結果に終わりました。マッカートニー卿が、中国の皇帝に対して敬意を示すための作法、いわゆる〝叩頭《こうとう》の礼〟を拒否し、中国側が立腹したためです。かくして、英国大使館の設置の是非は検討されることもなく、マッカートニー卿は十数頭のドラゴンに警備されながら東シナ海を出たというわけです」

「ああ、そうだ。それは憶えている」ローレンスは言った。英国の外交使節が侮辱されたことに腹を立て、士官室でこの件について友人たちと語り合い、怒りを燃やしていたことをうっすらと思い出した。「叩頭の礼は、確かに屈辱的な作法だった。政府だって、マッカートニー卿に床に頭をこすりつけるようなまねはさせたくなかっただろう」

「他国を訪問したら、その国の慣習を軽んじるわけにはいきませんよ。謙虚であらねば」ハモンドは真剣な顔になり、身を乗り出した。「あの事件がどんなにひどい結果をもたらしたかはご存じでしょう。あのときに生じたわだかまりが、いまの冷えきった英中関係につながっていると、わたしは考えています」

ローレンスは眉をひそめた。ハモンドの主張は正しい。なぜヨンシン皇子が英国に足を踏み入れた当初からあれほどけんか腰だったのか、その理由も見えてくる。「あの事件があったから、中国はナポレオンに天の使い《セレスチャル》種を贈ることにしたのだろうか。マッカートニー卿の訪中からは、だいぶ月日がたっているが」

「正直、なんとも言えませんね、キャプテン」ハモンドが言った。「英国はマッカートニー卿の訪中以来十四年間、中国との外交におけるある確信、ある強い確信に安心を見いだしてきました——つまり、中国がヨーロッパ情勢に寄せる興味は、われわれがペンギンに寄せる興味に等しい、ということです。しかしいまやその確信は完全にくつがえされてしまったのです」

3　アリージャンス号出帆

　アリージャンス号は艦《ふね》の形をした揺れる巨獣だった。全長四百フィート。その長さに比して横幅は異様に狭いが、前檣《フォアマスト》から艦首まであるドラゴン用の特大甲板だけは海に向かって広々と張り出している。それを上から眺めると、ほぼ扇形の奇妙な形をしている。ただし、ドラゴン甲板の下から艦体はいきなり細くなり、竜骨《キール》には楡材《にれ》ではなく鋼鉄が使われ、錆《さ》びないように白い塗料が厚く塗られている。艦の中心を走るこの一本の白い筋が、巨大な輸送艦にどこか粋《いき》な風情を与えていた。

　嵐にも耐える安定性を確保するために、喫水〔船体のいちばん下から水面までの距離〕は二十フィート以上もある。そのために港には接岸できず、沖に建てられた幾本もの石柱に繋留《けいりゅう》され、幾隻ものボートが港と艦とを行き来して必要な物資を運んだ。その光景は、まるで堂々たる貴婦人が、せかせかと動きまわる従者に囲まれているようだった。ローレンスとテメレアは、ドラゴン輸送艦に乗った経験はあるものの、本格的な外洋航海はこのアリージャンス号の旅がはじめてだった。以前ジブラルタルからプリマスまで乗ったのは、甲板の横幅をわずかに広げてドラゴンを三頭だけ運べるようにした、アリージャンス号と比べれば、ちっぽけな輸送艦だった。

「すごくいい艦だね。基地の宿営より居心地がいいくらいだ」テメレアは満足そうに言った。竜が独占する特等席からは、視界をさえぎられることなく甲板で働く人々が見える。真下にはオーヴンを備えた厨房《ちゅうぼう》があり、下からの熱気でぽかぽかと暖かい。

「ローレンス、あなたは寒くない?」テメレアはこれでおそらく三度目になる質問をして、ローレンスをのぞきこんだ。

「いや、ぜんぜん」ローレンスはそっけなく返した。周囲から気を遣われすぎて、いささかうんざりしていた。眩暈と頭痛は頭のたんこぶといっしょに治っていったが、打撲して痣だらけの脚は、時折りズキズキと痛みだし、なかなかおさまらなかった。

乗船するために、ボースンズ・チェア〔乗船や下船のためにロープで吊って人を運ぶブランコ状の椅子〕で吊りあげられるという、元船乗りとしてはまことに不名誉な手段をとり、そのまま肘掛け椅子に押しこまれ、ドラゴン甲板まで椅子ごと運ばれて、病人のように毛布にくるまれた。そしていまは、テメレアがやけにぴったりとローレンスに体を寄せて、風よけになっている。

ドラゴン甲板にあがる階段が前檣《フォアマスト》の両側にあり、通常は、この階段下から主檣《メインマスト》までの前半分を飛行士たちが、後ろ半分を水兵たちが使うことになっていた。テメレアのクルーたちはすでに自分たちの領域に陣取り、巻かれたロープなどを見えない境界線の向こうに押しやっていた。反対に、境界線ぎりぎりのこちら側には、革製ハーネスやリングや留め具を詰めたかごが山と置かれて、航空隊には航空隊の仕事があるのだから海軍の指図はいっさい受けない、という無言の主張をしている。道具の片づけに追われていないクルーたちは、境界線沿いを歩いたり、くつろいだり、あるいは仕事するそぶりだけ見せていた。士官見習いたちは航空隊のなわばりを守るのが役割と心得、三人の見習い生、エミリー・ローランドとモーガンとダイアーに、なわばりでずっと遊んでいるように命令した。まだ体が小さな子どもの三人は、艦《ふね》の手すりの上を軽やかに歩くことができる。そうやって遊んでいたが、そのうち大胆にも、手すりの上を走って行ったり来たりするようになった。

ローレンスは、鬱々《うつうつ》とした気持ちで三人をながめた。いまもなお、エミリーを連れていくことに抵抗を感じていた。「どうして置いていこうとするの？　エミリーになにか至らない点でも？」この件について相談すると、ジェーンはそう尋ね返した。自分がなにを心配しているかについて、ジェーンに正直に説明するのは決まりが悪かった。エミリーを小さな見習い生のうちから現場に出すことには、それなりの意味がある。エミリーが母親のジェーンが退役したあと、後継者としてエクシディウムを担うことになれば、男性士官たちを束ねてキャプテンを務めなければならない。そのときに備えて過保護にしすぎないことがエミリーのためなのだろう。

とはいえ、アリージャンス号に乗りこむと、すぐに後悔にかられた。輸送艦の環境は航空隊基地とはちがう。乗組員にも、ご多分に洩れず、たちの悪い――いや、相当にたちの悪い飲んだくれや荒くれ者や前科者が交じっていた。荒っぽい男たちに囲まれて働くエミリーをしっかり守ってやるのは、ローレンスの責任だ。もちろん、航空隊に女性隊員がいるという秘密がばれずにすむなら、それがいちばんいい。

エミリーに男のふりをしろと命じたり、ほかの少年とはちがう任務を与えたりするつもりはなかった。しかし心の底では、真実が明るみに出ないことを願っていた。エミリーはまだ十一歳。ズボンと短い上着という制服姿を一見するかぎり、女の子には見えない。ローレンス自身も、最初は少年と見間違えていた。ただローレンスとしては飛行士と艦の乗組員が友好的に接することを、少なくとも敵対しないことを望んでおり、両者が親しく交わるようになれば、早晩エミリーの性別に気づかれてしまう可能性は充分にあった。

だが、いまのところは、だいじょうぶだ。一方、飛行士と乗組員の友好関係となると、そうはいかなかった。荷物を積みこむ水兵たちが「お客気取りでぶらぶらしているやつらがいる」と、聞こえよがしにしゃべっていた。「誰かがロープを投げて寄こしたせいで、また巻き直さなきゃならなくなった」と声高に文句を言う水兵もいた。ローレンスはやれやれと首を振るだけで、黙っていた。自分の部下たちが越権行為をしたわけではないのだが、かといって、ライリー艦長の部下たちを咎《とが》めても、ろくな結果にならないことはよくわかっている。

ところが、水兵たちの会話を聞いていたテメレアが、フンッと鼻を鳴らし、冠翼をかすかに逆立てて言った。「あのロープ、ぜんぜんほどけてないじゃないか。みんな、すごく慎重に扱ってたよ」

「いいんだ、気にするな。ロープの巻き直しなんて、たいしたことじゃない」ローレンスはあわてて答えた。テメレアが、ローレンスばかりかその部下たちにまで保護本能や独占欲を発揮するようになったのは、もう何か月も生活を共にしているのだから、当然のことではある。しかし、いまそうされるのは、タイミングが悪すぎる。水兵たちは、最初のうちは、ドラゴンの存在に神経を尖《とが》らせる。そんななか、もしテメレアが飛行士と水兵の争いに首を突っこむようなことになれば、両者の緊張はますます高まるだろう。

「事を荒立てないでくれ」ローレンスは、テメレアの脇腹を撫でて、自分のほうに注意を引いた。「航海のはじまりは、とても大切なんだ。同じ艦に乗る者どうし、仲良くやっていきたい。だから、対立を煽るようなまねをしちゃいけない」

「まあ、そうだね」テメレアが態度をやわらげた。「だけど、なにも悪いことをしてないのに、文句を言われるのはちょっとね」

「まもなく出航だ」ローレンスは、テメレアの気を逸《そ》らそうとした。「潮が変わった。いま積みこまれているのが、おそらく中国使節団の最後の荷物だ」

アリージャンス号は、いざとなれば、中型ドラゴンを十頭まで運ぶことができた。テメレア一頭はこの艦にとってはたいした重荷ではなかったし、船倉の収容量も圧倒的だった。にもかかわらず、使節団の荷物というのがとてつもない量だったので、アリージャンス号の積載能力をもってしても追いつかないのではないかと危ぶまれた。衣類箱《シーチェスト》ひとつで航海してきたローレンスは、驚くほかなかった。随行員の数が多いのはわかるが、それにしても荷物の総量が半端ではない。

中国使節団には十五名ほどの兵士がいた。三人の医師もいて、ひとりが皇子に、もうひとりが二名の外交使節に付き、残るひとりがその他全員を受けもっていた。三人とも助手を連れていた。さらに一名の通訳と、やはり助手を引き連れた二名の料理人、十数名の従者と、ほぼ同数の、外から見るかぎり役割の判然としない人々。詩人と紹介されたお付きもいたが、その男は詩人というより小役人の風情《ふぜい》で、ローレンスは通訳が間違って伝えたのではないかと疑ったほどだった。

皇子の衣装箱だけでも、およそ二十箱あった。どの箱にも精緻《せいち》な彫刻がほどこされ、黄金の鍵とちょうつがいが付いていた。ずうずうしい水兵が箱をこじあけようとするたびに、掌帆長《しょうはんちょう》の鞭《むち》がうなった。おびただしい数の食糧品の袋もつぎつぎに運びこまれた。袋は中国からの航海を経ているためにかなりくたびれており、八十ポンドの大きな米袋が甲板で大きく破れて、上を舞っていたカモメたちを大喜びさせた。水兵たちは、まさに狂喜乱舞する鳥の集団を追い払いながら作業をつづけた。

荷物を積みこむ前にも、使節団の乗船をめぐって、ひと悶着《もんちゃく》があった。ヨンシン皇子のお付きの者が、皇子のためにアリージャンス号に降《お》りる通路を設けよと要求したのだった。だが、どだい無理な話だ。たとえ通路をつくれるほどアリージャンス号を埠頭《ふとう》近くに曳航《えいこう》できたとしても、甲板の高さまでは変えられない。哀れなハモンドは、皇子を甲板に吊りあげるのは不名誉でもないし危険でもないと説得するのに一時間近く費やした。そのあいだ、言葉に詰まるたび、憤然としてアリージャンス号を指さしていた。

そしてついには、ほとほとうんざりしたようにローレンスに尋ねた。「キャプテン、この海はうねりが高くて危険ですか?」もちろん、そんなはずがない。待機している送迎艇《そうげいてい》は寒風にさらされ、時折り繋留ロープにぶつかっていたが、波の高さは五フィートもなかった。だが、ローレンスが驚いて否定しても、お付きの者は納得しなかった。このままでは皇子の乗船は永久に見送りかと思われたとき、しびれを切らした皇子が厚く覆いのかかった輿《こし》から姿をあらわし、従者たちの狼狽《ろうばい》ぶりをよそに、乗組員があわてて差し出した手も無視して、送迎艇に乗りこんだ。これで一件落着だった。

いまは、皇子につづいてやってきた使節団の面々が、右舷側《げんそく》からぞくぞくとアリージャンス号に乗りこんでいる。十数名の海兵隊員と見てくれのまともさだけで選ばれた水兵たちが、舷側通路に並んで、折り目正しい敬礼で出迎えていた。海兵隊の赤い上着と白ズボン、水兵の青の短い上着、その色の取り合わせがなんとも美しい。

若いほうの外交使節、スン・カイが、ボースンズ・チェアから軽々と飛びおり、人があわただしく動きまわる甲板を見まわしながら、考えごとをするようにしばしたたずんだ。甲板の騒がしさと混乱ぶりが気に入らないのだろうか、とローレンスは一瞬思ったが、そうではなく、スン・カイは甲板に立つ方法をさぐっていたのだった。慎重に前後に何歩か歩き、少し遠くまでよろけずに歩き、さらに自信をつけたのか、舷門〔舷側にもうけられた出入り口〕まで行って戻ってきた。そのあとは両手を背中で組んだまま、眉間《みけん》にしわを寄せ、複雑にからみ合った帆綱《ほづな》をその出どころから行きつく先までを確かめるように熱心に見あげていた。

スン・カイのこの出方に、居並ぶ水兵たちは大いに満足した。というのも、彼らは出迎えの見返りとして、もの珍しい中国人を思う存分観察することができたからだ。ヨンシン皇子は乗船するなり艦尾の特別室に引きこもってしまい、水兵たちをがっかりさせた。スン・カイは長身で、それなりに威厳もある。ひたいを剃《そ》りあげ、頭頂部から辮髪《べんぱつ》を長く垂らし、赤や橙色の刺繍をほどこした鮮やかな青の長衣をまとった姿は、皇子に劣らず見栄《みば》えがした。しかも、彼は自分の船室をさがすそぶりも見せない。

ほどなく、水兵たちはさらなる見ものに恵まれた。最初は艦の下方から怒声や悲鳴が聞こえた。スン・カイが右舷に駆けつけ、下をのぞきこむ。椅子の上で身を起こしたローレンスは、ハモンドが恐怖に蒼ざめ、スン・カイと同じ方向に走っていくのを見た。確かにさっき、バシャンと大きな水音を聞いた気がする。しばらくすると、年配のほうの外交使節が、ボースンズ・チェアで右舷に引き揚げられてきた。長衣の下半分が濡れて、しずくがぽたぽたと垂れている。だが白髪交じりの顎ひげを垂らした使節は、自分の災難を豪快に笑い飛ばし、しきりに謝罪するハモンドを、手を振って退けると、情けなさそうな顔をつくって、でっぷりした腹をぽんと叩き、スン・カイとともに歩み去った。

「危ないところだったな」ローレンスは椅子の背に身を沈めて言った。「落ち方しだいでは、あの長衣が水を吸って、溺れ死んでいただろう」

「みんな、落っこちちゃえばよかったのに」テメレアが、体重二十トンのドラゴンにしては小さな声でつぶやいた。つまりはそんなに小さな声でもなく、甲板にいる水兵たちはにやにや笑い、ハモンドは心配そうにあたりを見まわした。

残りの随行員たちは何事もなく乗船し、荷物とともに船室にはいっていった。ハモンドは心底ほっとしたようすで、寒風にさらされながら、ひたいに浮かんだ汗を手の甲でぬぐい、舷門近くに置かれた格納箱にぐったりとすわりこんだ。これには水兵たちがやきもきした。ハモンドがじゃまになって、用がすんだ送迎艇を艦に引き揚げられなかったのだ。しかし、ハモンドはこの輸送艦の客であり外交官でもあるので、どけと言うわけにもいかない。

ハモンドにも水兵にも同情したローレンスは、誰かいないかとあたりを見まわした。ドラゴン甲板でおとなしくしているように命じられたエミリーとモーガン、ダイアーの三人が、甲板のふちに並んで腰かけて脚をぶらぶらさせていた。「モーガン!」ローレンスが声をかけると、黒髪の少年がすぐに飛んできた。「ミスタ・ハモンドのところまで行って、よろしければこちらでごいっしょしませんか、とお誘いしてくれ」

ハモンドはこの誘いに顔を輝かせ、すぐにドラゴン甲板にあがってきた。自分の背後で、水兵たちがすぐさま滑車ではしけを吊りあげはじめたことには気づいていない。

「ありがとうございます。ご厚意に感謝いたします」ハモンドは、モーガンとエミリーが用意した格納箱に腰をおろして言った。ブランデーを勧められると、またも感謝の言葉を口にし、一杯所望した。「もしリウ・バオが溺れていたら、どうなっていたことやら……」

「あの外交使節は、リウ・バオという名前なんですか？」ローレンスが海軍省の会議室にいた年配の外交使節について覚えているのは、口笛のようによく響くいびきだけだった。「彼が溺れたら、幸先《さいさき》の悪い出航になっていたでしょうね。ですがヨンシン皇子も、あの男が海に落ちたからといって、あなたを責めることはできませんよ」

「いえ、責めるでしょう」と、ハモンドが答える。「彼は皇子ですからね。誰のことだって責められるのです」

ローレンスとしては冗談として片づけたかったが、ハモンドは真剣にそう思っているらしく、ブランデーをあらかた飲みほし、彼らしからぬ沈黙をつづけたのちに、切り出した。「どうか気を悪くなさらずに聞いてください。言っておきます。あのような発言はきわめて有害です。軽はずみなひと言が、重大な結果を招くこともあるのですから」

ローレンスは一瞬考えたのち、〝軽はずみなひと言〟というのが、先ほどのテメレアのつぶやきを指しているのだと気づいた。察しのよいテメレアが、ローレンスに先んじて答えた。「あいつらに嫌われてもいいんだ。そうなったほうが、ぼくにかまわなくなるだろうし、中国に残らなくてすむかもしれない」ふいにこれを名案だと思ったらしく、意気ごんで頭を持ちあげた。「ぼくがものすごく無礼な態度をとったら、やつらはどっかへ消えてくれるかな。ねえ、ローレンス。なにをやったら、とびっきりの侮辱《ぶじょく》になるんだろう？」

ハモンドは、〝パンドラの箱〟が開いて災いがばらまかれるのを見ているような顔になった。ローレンスは笑いだしそうになったが、彼への同情から笑いを噛み殺した。若くして重責を担ったハモンドは、才能に恵まれながらも、自分には経験が足りないと感じているようだ。笑ってしまえば、彼にますます気後れを感じさせる。

「そんなことをしても無駄だよ」ローレンスはテメレアに返した。「中国人たちは、きみが礼儀知らずになったのは、わたしたち英国人のせいだと決めつけるだろう。かえって、きみを手もとに置こうと固く決意するはずだよ」

「ふふん」テメレアは残念そうに頭をおろし、前足に乗せた。「中国に出かけるのはいいんだけど、基地のみんなが、ぼくなしで戦うのが気がかりだよ」声にあきらめをにじませて言う。「だけど、船旅はすごく楽しいだろうね。それに中国も見てみたい。やつらはどうせまたローレンスをぼくから引き離そうとするに決まっているけど、ぜったいにそんなことを許すもんか」

ハモンドはこの話題にはあえて反応せず、急に思いついたように言った。「いったい、積みこみ作業にどれだけ時間をかけるんでしょうね。まさかこれがふつうではないでしょう？　予定では、正午にはイギリス海峡半ばまで南下しているはずだった。なのに、まだ出航もしていないんですから」

「もうあらかた終わりですよ」ローレンスは答えた。最後の荷である巨大なたんすが滑車で吊りあげられて、待ち構えている水兵たちの手に渡ろうとしていた。水兵たちは疲労困憊《こんぱい》だった。皇子の身のまわりの品々の積みこみに、ドラゴン十頭分の積みこみ作業に相当する時間を費やしたのだから無理もない。昼飯時から半時間は過ぎていた。

最後のたんすがようやく船倉に消えると、ライリー艦長がドラゴン甲板への階段をのぼってきて、ローレンスとハモンドに近づき、軍帽を脱いでひたいの汗をぬぐった。「使節団は、どうやってあの人員と大量の荷物を英国まで運んできたのでしょう。見当もつきません。まさか商船で来たわけじゃありませんよね？」

「もしそうなら、その船で中国に戻るだろう」ローレンスは答えた。そう言えば、これまでそれについて考えたことがなかった。いったい、中国使節団はどうやって英国までやってきたのだろう。「陸路で来たのかもしれないな」

ハモンドはなにも答えず、眉をひそめて沈黙していた。明らかに、心の内で考えごとをめぐらしている。

「陸路なら、ぜったいおもしろいはずだよ。いろんな国に行けるから」テメレアが言った。「艦で行くのがいやだっていう意味じゃないんだ。ぜんぜんそうじゃないんだけど……」あわてて付け加え、不安げにライリーを見おろし、機嫌を損ねていないかどうかを確かめた。「海から行くほうが、だいぶ早く着けるの？」

「いや、ぜんぜん」ローレンスは答えた。「ロンドンからボンベイまで、急使船で二か月かかると聞いた。広東までなら、七か月で着ければいいところだろう。だが陸路となると、安全な経路がないんだ。残念ながらフランスが途中にあるし、追いはぎもごまんといる。険しい山脈やタクラマカン砂漠も越えなくちゃならない」

「船だと、まず八か月はかかると思いますよ」ライリーが言った。「終始追い風で六ノットで航行したとしても。しかし、この船の航海記録から考えると、おそらくそれ以上かかるでしょうね」水兵たちが総出で、とも綱を解いたり帆をあげたりと、大車輪で出航の準備が進められていた。いまは引き潮で、風と同じ方角から波がやさしく打ち寄せている。「さて、ローレンス、艦長として出航の準備をしなきゃなりません。今夜は甲板にいて艦を見守りますが、明日の夜なら、晩餐《ばんさん》をごいっしょできます。いかがですか？　もちろん、ミスタ・ハモンドもごいっしょに」

「艦長」ハモンドが言った。「海軍のしきたりには詳しくありません。ですから失礼な申し出ならお許し願いたいのですが、その晩餐に、中国使節団の方々もお招きできないものでしょうか」

「どうしてまた——」ライリーが驚いて、言葉を失った。無理もない、とローレンスは思った。招待されてもいない人たちを他人のテーブルに招いてほしいと言い出すなんて、ずうずうしすぎる申し出だ。しかしライリーは感情を抑え、丁重に返した。

「なるほど。しかし、そのような招待は、まずはヨンシン皇子のほうからなされるべきではないでしょうか」

「それを待っていたら、広東に着いてしまいますよ――いまのような中国側との関係がつづくなら」ハモンドが言った。「それではまずいのです。なんとかして、中国使節団を取りこまなければなりません」

ライリーはまだ納得しなかった。だがハモンドの決意は固く、なだめたり、おだてたり、はぐらかしたりで、自分の主張を通そうとした。ライリーは抵抗しつづけたかったのかもしれないが、水兵たちが全員、錨《いかり》をあげよという命令を待ち受けており、潮の流れも刻々と変わりつつあった。ライリーはついに音《ね》を上げ、ハモンドが話を締めくくった。「ご高配に感謝します。さて、わたしはこれにて失礼。陸にあがれば中国語の筆跡には自信があります。ですが、揺れる船上で、あちらが気に入るような美しい筆跡で招待状をしたためなければなりません。それには、いささか時間がかかると思われますので」そう言って立ちあがり、まだ気持ちの揺れているライリーが承諾を取り消さないうちに、さっさと立ち去った。

「さてと」ライリーがうんざりしたようすで言う。「ハモンドが招待状を書き終える前に、できるだけ遠くまで艦を進めておきましょう。この追い風なら、中国人たちがわたしの無礼にかんかんに怒って、わたしを陸に返そうと考えたところで、もう港に戻れる距離ではないと言えますからね。マデイラ島あたりまで行っておけば、彼らもあきらめてくれるでしょう」

ライリーがドラゴン甲板から飛びおりて、錨をあげよと命令した。ただちに、全長が人の身長の四倍はある巻きあげ機《キャプスタン》のそばに付いていた者たちが、力をこめて棒を回しはじめた。下層甲板から彼らのうなる声、うめく声が聞こえ、やがて錨が海面から姿をあらわし、錨索《びょうさく》が鉄製の吊錨架《キャットヘッド》を使って巻きあげられた。アリージャンス号のいちばん小型の小錨《ケッジ》でも、ふつうの船の右舷大錨ほどの大きさがあり、錨のひとつひとつの爪は人の身の丈よりも長かった。

ライリーが曳《ひ》き綱で艦を出せとは命じなかったので、重労働をまぬがれた水兵たちは胸を撫でおろした。数人の水兵が艦をつないでいた石柱に乗り、鉄棒で艦体を押し出そうとした。しかし、それもほとんど必要なかった。北西の風が右舷に吹きつけ、しかも引き潮だったので、アリージャンス号はやすやすと港から離れることができた。最初は中檣帆《トップスル》しか張られていなかったが、とも綱が解かれると、艦長はすぐに上檣帆《トゲルンスル》も張るように命じ、艦の針路を指示した。ライリーの悲観的な予測をくつがえし、アリージャンス号はかなりの速度を出した。長く太い竜骨のおかげで風下に押し流されることなく安定が保たれ、威風堂々とした姿でイギリス海峡を南下していく。

テメレアは頭を進行方向に向けて、風を楽しんでいた。その姿は、昔の海賊船の船首像にそっくりで、ローレンスは思わず笑みを浮かべた。テメレアはローレンスの笑みを認めて、甘えるようにそっと体を押しつけた。「本を読んでくれないかな? 日が落ちるまで、もうそんなにないよ」

「いいよ」ローレンスは答え、椅子の上で身を起こし、手伝ってくれる誰かをさがした。「モーガン、船倉におりて、わたしの衣類箱《シーチェスト》のいちばん上に入っている本を取ってきてくれ。ギボンの歴史書だ。二巻目を読んでいるところなんだ」

艦尾にある提督用船室がヨンシン皇子のための特別室に改造され、艦尾楼甲板下にある艦長用船室がふたりの外交使節のために分割され、そのそばにあるさらに小さな区画が大勢の護衛や従者たちに振り分けられた。そのおかげでライリー艦長ばかりか、副長のパーベック卿、船医のポリット、航海長ほか数人の士官たちまでもが艦尾から追い出されてしまった。幸いにも、通常は上級飛行士に割り当てられる艦首側の区画が、乗船するドラゴンがテメレア一頭だけなのでがら空《あ》きになっており、そこを艦尾から追い出された者全員で分け合っても、まだ余るほどだった。そこで晩餐会に備えて、船匠《せんしょう》とその助手たちが船室どうしの隔壁を急いで取りはずし、広いダイニングルームをつくりあげた。

しかしハモンドが、できあがったダイニングルームを見て、あまりに広すぎると異議を唱えた。「皇子よりも広い空間を使っていると見られては困ります」ハモンドはそう主張し、隔壁を艦首方向に六フィートほど移動させた。すると、部屋に集められたテーブルがにわかにぎゅうぎゅう詰めの状態になった。

ライリーは、フランス艦とテメレアの卵を奪取した戦功に対して、ローレンスとほぼ同額の莫大な賞金を与えられ、そのおかげで上等の大きなテーブルを指揮艦の船室に置けるようになっていた。しかし、その一卓だけではとても足りず、この晩餐会には艦のあらゆる家具が総動員された。ライリーは中国側が全員ではないものの晩餐会への出席を表明したと聞いて驚いたが、すぐに上級士官たち全員とローレンスの部下の空尉たち、さらにそこそこ行儀《ぎょうぎ》がよくて会話ができそうな乗組員を晩餐会のために集めるように手配した。

「ですが、ヨンシン皇子は出席されません」ハモンドが言った。「それから、出席される方々全員を合わせても、英単語を数個しかご存じないはずです。もちろん通訳は例外ですが、使節団に通訳はひとりしかいません」

「ならば、全員がむっつり黙りこくって食事することにならないよう、せいぜいわれわれが騒ぐとしましょうか」ライリーが言った。

だが、ライリーの望みはかなわなかった。中国人たちがダイニングルームにあらわれるや、沈黙が部屋を支配し、晩餐のあいだ居すわりそうな気配を見せた。中国人たちは通訳が同席しているにもかかわらず、誰も口を開かなかった。年配の外交使節、リウ・バオは欠席しており、スン・カイが代表を務めていたが、代表であるにもかかわらず、到着したときに儀礼的な挨拶を控えめにしただけで、あとは沈黙を保っていた。ただし、天井から床まで貫く前檣《フォアマスト》には興味が湧いたらしく、熱心に見つめていた。フォアマストは樽《たる》ほどの太さがあり、黄色の縞模様に塗られてテーブルのまんなかを突き抜けていた。スン・カイはわざわざテーブルクロスの下をのぞきこみ、それが床板を貫いて下へつづいているかどうかを確認した。

ライリーはテーブルの片側すべてを中国人の席とし、客人たちに着席を勧めたが、ライリーや士官たちが自分たちの席につこうとしても、中国人たちは誰ひとりすわろうとせず、英国側を困惑させた。すわりかけていた者たちは、しかたなく尻を浮かせたまま客人たちの出方を待った。うろたえたライリーが席につくようにと強く促した。中国人たちをなんとか着席させるまで、さらに催促《さいそく》が繰り返された。そんなぎくしゃくしたはじまりだけに、会話はいっそう弾《はず》まなかった。

士官たちはとりあえず食事に集中しているふりをしたが、うわべだけの行儀のよさは長つづきしなかった。中国人たちはナイフとフォークを使わず、持参した塗り箸《ばし》を使って料理を食べた。その巧みな箸さばきに、不作法にも、英国側の半分が見とれてしまった。新たな料理が運びこまれるたび、その技を観察する新たな機会がめぐってきた。ロースト・マトンが運ばれてきたとき、客人たちは一瞬、ためらった。それは羊の脚を焼いて、肉を大きなひとひらに削《そ》いだ料理だったが、ややあって、若い随行員のひとりが箸で慎重に肉を巻き、それを持ちあげ、三回に分けて嚙みちぎった。すると、すぐにほかの者も彼のやり方にならった。

ライリーの部下の海尉候補生のなかで最年少のトリップは、でっぷりとしてかわいげのない十二歳だった。親族に国会議員が三人もいるおかげでこの艦に乗りこんでいるのだが、晩餐に同席したのは必要とされたからではなく、むしろ本人への教育のためだった。だがそのかいもなく、中国人の箸さばきを見たトリップは、箸の代わりにナイフとフォークの柄で中国人の食べ方をこっそりとまねはじめた。だが、うまくいかず、洗濯したての半ズボンにソースの染みをつくった。末席にいるトリップをにらみつけて制する上官もおらず、近くの席の者たちは、ただただ中国人の箸使いにぽかんと見とれ、少年の行動には気づいていなかった。

ただし、ライリーにいちばん近い上座をスン・カイが占めており、ライリーは、このトリップの滑稽なふるまいにスン・カイが気づかぬよう、あえて彼に向かってグラスを持ちあげ、ハモンドに目配せをしながら「あなたの健康を願って」と言った。ハモンドが急いでテーブルの向こうに小声で通訳し、スン・カイはうなずいてグラスを掲げ、少量ながら礼儀正しくひと口飲んだ。グラスの中身はワインの発酵《はっこう》後にブランデーを加えてつくる、度数の高いマデイラ酒だった。この酒なら荒波にもまれても品質が変わらないので、海の上では重宝される。しばらくは、ライリーの気遣いのおかげで晩餐会が盛りあがるかと思われた。ほかの士官たちも遅ればせながら紳士としての務めを思い出し、客人たちに向かって乾杯をはじめたからだ。グラスを持ちあげるしぐさは通訳の助けを借りなくとも理解できたので、自然に場がなごんでいった。テーブルのあちこちで笑顔と会釈《えしゃく》が交わされ、ローレンスの隣にすわったハモンドが、小さな安堵のため息を洩らし、少しだけ料理を口にした。

ローレンスには、自分が果たすべき役割を果たしていないという自覚があった。だが、膝がテーブルの脚につかえて痛みはじめており、そのうえ儀礼的にグラスを口に運ぶ程度しか飲んでいないのに、頭にどんよりと霧がかかりはじめていた。もうこうなると、周囲を気まずくさせなければそれでよしという心境になった。晩餐会のあとで、この無気力ぶりをライリーに謝ることにしよう。

ライリーの部下で第三海尉のフランクスという士官は、しゃちこばって黙りこみ、三回目の乾杯まではかすかな笑みとともにグラスを掲げるだけだったが、酒がまわるにつれて饒舌《じょうぜつ》になった。フランクスは、まだ戦争がはじまっていなかった少年時代に、東インド会社船に乗りこんだ経験があり、そこで片言の中国語を覚えていた。彼は、目の前に並ぶ紳士たちを相手に、覚えたなかでも卑猥《ひわい》ではない、まずまず穏当《おんとう》な言葉を試そうとした。きれいにひげを剃った、ひょろりとした長身に上等な長衣を着こんだイエ・ビンという名の青年が、持てるかぎりの英語の知識でそれに応じようとした。

「とても、すばらしい――」イエ・ビンがなにかを褒めようとして言葉に詰まった。フランクスが〝風〟〝夜〟〝晩餐〟など、それにつづきそうな英単語を挙げてみせたが、イエ・ビンはかぶりを振り、結局、手を振って通訳に助けを求めた。通訳がイエ・ビンに代わって言った。「あなたがたの艦《ふね》には感服しました。実にみごとな工夫が凝らされていますす」

まさに船乗りの心をつかむ賛辞だった。これを聞きつけたライリーが、ハモンドやスン・カイと交わしていたアリージャンス号の南回りの予定航路に関するぎくしゃくした二か国語の会話を中断し、通訳に呼びかけた。「そちらの紳士のありがたいお言葉に、謝意をお伝え願いたい。みなさんの旅が快適なものとなるように願っております」

イエ・ビンは一礼し、通訳を介して言った。「ありがとうございます。われわれは往路よりもかなり快適に過ごしています。われわれがこちらに来る際には、船が四隻必要でした。そのうちの一隻が、あいにく速度が出なかったものですから」

「ライリー艦長、あなたは以前も、喜望峰を回る航海をなさったことがあるそうですね」ハモンドがいきなり切り出した。場の話題を無視した不作法さにローレンスは驚き、ハモンドをちらりと見やった。

ライリーも一瞬驚いたようすを見せたが、すぐに礼儀正しく返事しようと、ハモンドのほうを向いた。しかしフランクスはちがった。ほぼ二日間悪臭が漂う船倉で荷積みを監督していた彼は、酔いも手伝ったくだけた口調でイエ・ビンに尋ねた。「たった四隻？　六隻いらなかったとは驚きですね。四隻じゃ、ぎゅうぎゅう詰めだったでしょう？」

イエ・ビンがうなずく。「あの船団はどの船も長旅には小さすぎたのです。ですが皇帝のためなら、どんな苦行も喜びに変わります。ともかく、あのとき広東で手配できたいちばん大きな英国船が、あの四隻だったのです」

「ほう。では、あなたがたは、東インド会社船を雇われたのですか？」マクリーディーが尋ねた。海兵隊中尉のマクリーディーは、小柄だが屈強な男で、傷痕だらけの顔には不似合いな眼鏡をかけていた。彼の質問に悪意はなかったものの、まぎれもない優越感が漂っており、海軍の者たちが交わした笑みにもそれが見てとれた。〝フランス人は船を作れても動かせない、スペイン人は激しやすくて無節操、中国人はろくな艦隊を持っていない〟というのが海軍のなかの定説で、それを裏づける話はいつも歓迎された。

「広東港に英国船が四隻ですか。あなたがたはその船倉を絹や磁器ではなく、大荷物で満たしたわけだ。さぞやふっかけられたことでしょうね」フランクスが付け加えた。

「それは異なことをおっしゃる」イエ・ビンが答えた。「皇帝の命を受けて旅をしようというわれわれに、ある英国船の船長は金銭を要求し、なおかつ許可なく出航しようとまでしたのです。悪霊にでも取り憑《つ》かれていたにちがいない。東インド会社の役員が医者を見つけて彼を治療し、われわれも船長の謝罪を受け入れましたが」

当然ながら、フランクスは目を丸くした。「支払いもせずに、なんでまた英国船があなたがたをここまでお連れできたのです?」

イエ・ビンも、フランクスと同じくらい目を丸くした。「あの船団は皇帝の命《めい》により徴発《ちょうはつ》されたのですよ。それに従わないわけがありません」イエ・ビンはこれで話題はおしまいとばかりに肩をすくめ、料理に関心を戻した。そんなささいな情報など、ライリーの料理人がテーブルに供したばかりの小さなジャムタルトほどの価値もない、と考えているように。

ローレンスはナイフとフォークを皿に置いた。もとより食欲はあまりなかったが、いまや完全に失せてしまった。中国側は英国船を没収した話を、つまり、英国の船乗りが他国の王朝に無理やり服従させられた話を、平然としゃべっている。あまりにも信じがたい話なので、最初は聞きちがえたのではないかと疑った。この事実を知ったら、国内の新聞はこぞって騒ぎ立てるだろう。英国政府も公式に抗議したにちがいない。ローレンスはハモンドを見つめた。ハモンドは蒼白になるほど緊張していたが、けっして驚いてはいなかった。彼は知っていたのだ。なるほど、そういうことか。ローレンスは、なぜバーラム卿が中国使節団に対して腫《は》れ物に触るような態度をとったのか、なぜ先刻、ハモンドが不作法を犯してまで会話の流れを変えようとしたのか合点《がてん》がいった。

英国側のほかの者たちも、ローレンスから少し遅れて事の次第を理解したようだ。士官たちがひそひそと会話し、真相がしだいにテーブル全体に広がっていった。そのあいだ、ライリーはハモンドの質問に答えていたが、受け答えの速度が遅くなり、やがてぴたりと止まった。ハモンドが切羽《せっぱ》詰まったようすで、ライリーに「喜望峰を回った際は、海は荒れていませんでしたか？　われわれもこの先、悪天候に悩まされなければいいのですが」と話しかけ、会話を促したものの、もう遅かった。トリップがくちゃくちゃと料理を噛《か》む音を除いて、晩餐の席は沈黙に包まれた。

航海長のガーネットがトリップを肘《ひじ》で小突くと、咀嚼《そしゃく》の音がやんだ。スン・カイがワイングラスを置き、眉をひそめてテーブルの上座から下座までを見渡した。場の空気が変わり、雲行きが怪しくなったと気づいているようだ。すでに大量にマデイラ酒が消費されていたが、食事はまだ半分しか進んでいなかった。出席した多くの若い士官たちが、屈辱と怒りで頬を紅潮させていた。海軍士官には、平和な時代に、あるいは後ろ盾がないせいで艦から降ろされたときに、東インド会社船に乗り組んだ経験を持つ者が少なくない。英国海軍と英国東インド会社の商船は強い絆《きずな》で結ばれている。そのために中国の侮辱行為がなおさら心に突き刺さったのだ。

中国使節団の通訳は不安そうに宴席のそばに立っていたが、おおかたの随行員はまだなにも気づいていなかった。ある随行員が隣席の者の発言に反応した大きな笑いが寒々と室内に響き渡った。

「なんたることだ」フランクスが大声を張りあげた。「聞き捨てならない――」

隣席の士官があわててフランクスの腕をつかみ、席に押しとどめ、上官たちのほうをうかがいながらなだめにかかった。しかし、ほかの士官たちのささやきはしだいに大きくなった。ある者が「よくも、のうのうとこの席に！」と言い、それに対して怒気を含んだ賛同の声がつづいた。テーブルはまさに一触即発の状態だった。ハモンドだけがこの場を丸くおさめるために会話をつづけようとするのだが、誰も耳を貸そうとしない。

「ライリー艦長」ローレンスが荒々しく大声を出すと、憤りのささやきがぴたりとやんだ。「今回の航路について、ご説明を願えないでしょうか。ミスタ・グランビーが、われわれのたどる航路を知りたがっておりまして」

グランビーは、ローレンスからいくつか席を隔ててすわっていた。その日焼けした顔からは血の気が引いていたものの、彼はローレンスの意図を読み、ライリーに向かってうなずいた。「ええ、ぜひ。それはありがたいです」

「承知した」ライリーは、ややぎこちなくはあったが、そう答えると、背後の格納箱に手を伸ばし、地図を取り出し、それをテーブルに広げて、いつも以上に大きな声で航路の説明をはじめた。「イギリス海峡を出たあとは、フランスやスペインを避けて迂回《うかい》しなければなりません。その後はやや陸地に近づき、できるだけアフリカ大陸沿岸を航行します。そして喜望峰に寄港。そこまでに要する日数にもよりますが、港に一週間から三週間ほど停泊し、夏の季節風が吹きはじめるのを待ちます。そのあとはずっと季節風に乗って、南シナ海まで航海します」

こうしてなんとか最悪の状況を脱し、ぽつりぽつりとだが会話が戻ってきた。だがもはや誰も中国使節団とは口をきこうとしなかった。ハモンドだけが時折りスン・カイに話しかけたが、同胞の非難のまなざしにたじろぎ、やがて黙りこんだ。ライリーが事態を収拾しようとデザートを運ばせ、晩餐会は迷走の果てに、通常よりもはるかに短い時間で終わることになった。

それぞれの海軍士官の席の後ろに、海兵隊員や水兵たちが従者の役割を果たすべく待機していたが、彼らも隣の者とひそひそ話をはじめていた。こうしてローレンスがはしごをのぼるというより腕力で体を引きあげて甲板にたどり着くころには、海兵隊員たちがすでに甲板に散って、中国側の発言をそこらじゅうに広めていた。航空隊の飛行士たちまで、厳格に引いたはずの境界線を越えて、隣の区画にいる水兵たちと話をしていた。

甲板にあがってきたハモンドが、そこに満ちた緊張感と低いざわめきに気づき、唇を噛みしめた。その顔が、心にかかえる不安のせいか、老《ふ》けてやつれて見えた。ローレンスはハモンドに同情する気にもなれず、憤りを感じるだけだった。彼が英国にとって不名誉な事件を意図的に隠蔽《いんぺい》しようとしたことは間違いない。

ライリーがハモンドのかたわらに立っていた。手にはコーヒーカップがあるが、口はつけられていない。その匂いからすると、焦げてはいないまでも、かなり煮詰まったコーヒーのようだった。「ミスタ・ハモンド」ライリーがおだやかだが、威厳のある口調で呼びかけた。部下としてのライリーしか知らないローレンスにとっては、これまでの彼からは聞いたこともない威厳のある声で、ふだんのライリーの気安さはどこかに消えていた。「中国人たちに、ぜったいに甲板に出ないように伝えてください。どう理由を説明しようとかまいませんが、いま甲板に出たら、命の保証はできません。それからキャプテン」ローレンスのほうに向き直って言う。「ただちに部下の方々を就寝させてください。あの雰囲気はよくありませんから」

「そうしよう」ライリーの心情を酌《く》んで、ローレンスは言った。興奮した水兵たちが暴力的になり、そこから反乱につながる可能性は充分にある。そうなると、怒りの原因がそもそもなんであったかなど問題にもならない。ローレンスはグランビーを手招きした。「ジョン、みんなを下に行かせてくれ。おとなしくしているように説得するんだ。騒動はごめんだぞ」

グランビーがうなずいた。「それにしても、ひどい話じゃ――」グランビー自身も怒りのあまり険しい目をしていたが、ローレンスが首を振ると、口をつぐんで立ち去った。飛行士たちは解散し、おとなしく下におりた。それが功を奏したのか、同様に下に行くように命じられた水兵たちも、けんか腰にはならなかった。結局のところ、水兵たちはこの件に関して自分たちの敵は上官ではないとよくわかっていた。みなが胸に怒りの炎を燃やし、ひとつの感情を共有することで連帯感が生まれていた。副長のパーベック卿が甲板を歩きまわり、いかにも貴族階級らしい気どったアクセントで「ジェンキンズ、すぐ下へ行け。ハーヴェイ、おまえもだ」と命じたときも、乗組員たちは口のなかでぶつぶつと文句を言うだけだった。

テメレアはドラゴン甲板で頭を高く持ちあげ、眼を輝かせて待っていた。くだんの話を洩れ聞いて、好奇心を燃やしていたようだ。ローレンスが話をすべて語り終えると、鼻を鳴らして言った。「自分たちの船で来られないなら、中国でおとなしくしてりゃよかったのに」

とはいえ、テメレアの発言は中国の侮辱行為に対する憤りというより、たんに日頃の鬱積《うっせき》から出たもので、それほど憤慨《ふんがい》しているようには見えなかった。多くのドラゴンと同様、テメレアも財産権に関してはかなりおおざっぱなとらえ方をする。ところが、自分が所有する黄金や宝石となると話は別で、テメレアはローレンスと話しながらも、ローレンスから贈られた大粒のサファイアのペンダントを磨く作業に忙しかった。テメレアは、それを磨くときにしかぜったいに体からはずそうとしない。

「英国国王に対する侮辱だ」ローレンスはそう言うと、脚を軽く叩いてさすった。この負傷がうらめしかった。こういうときに、歩きまわれたらどんなにいいだろう。ハモンドが艦尾甲板の手すりのそばで煙草をふかしていた。煙を吸いこむたびに、火先《ほさき》がほのかに赤く燃え、汗に濡れた青白い顔を照らし出す。ローレンスは、人影のまばらになった甲板の向こうに立つ青年を苦々しい思いでにらんだ。「いったいどういうつもりだろう？　ハモンドもバーラム卿も、中国の非道な行為を唯々諾々《いいだくだく》と受け入れた。まったく、耐えがたい話じゃないか」

テメレアが驚いて眼をしばたたいた。「でも、中国との戦争は、なんとしても避けなくちゃいけないんでしょう？」まっとう至極《しごく》な意見だった。テメレアはこの数週間、英中問題について講義を受けており、講義した者のなかには、ほかならぬローレンスもいた。

「中国かフランスか、ましなほうを選べと言われたら、わたしだったら間違いなく、ナポレオンとの和平を結ぶ」ローレンスは言った。怒りのあまり、いまはテメレアの質問について理性的に考える余裕がない。「少なくともナポレオンには、英国国民を捕らえる前に宣戦布告するだけの良識があった。われわれからの反論などありえないかのように、傲慢《ごうまん》な暴言を吐くこともなかった。もっとも英国政府も、中国に態度を改めさせるような措置《そち》をとったわけじゃない。駄犬《だけん》の群れのように地面に寝ころがって腹を見せた。それに、考えてもみてくれ」ローレンスの怒りはおさまらなかった。「あのハモンドのやつ、わたしに〝叩頭《こうとう》の礼〟をしろとまで言い出したんだ。中国がどんな暴挙に出たかを知っていながら」

テメレアはローレンスの勢いに驚き、鼻を鳴らし、ローレンスをそっと鼻で小突いた。「そんなに怒らないで。体にさわるよ」

ローレンスは、テメレアに反論するためではなく、ただやりきれなさゆえに、首を振った。そしてなにも答えず、テメレアにもたれかかった。こんなふうに怒りをぶちまけたところで、なんの得もない。むしろ、甲板に残っている者たちが聞きつけたら、短絡的な行動に走るお墨付《すみつ》きを与えるようなものだ。それに、テメレアを悩ませたくなかった。ローレンスには、ここへきて、ようやく事の次第が呑みこめてきた。英国政府はあそこまで侮辱的な行為を受け入れたのだから、ドラゴンの一頭を差し出すぐらいなんでもないだろう。テメレアを中国に渡せば、あの不愉快きわまりない事件の記憶を抹消《まっしょう》できる。事件そのものを完全に消し去ってしまえれば、政府にとってこれほど好都合なことはない。

ローレンスは、テメレアの脇腹を撫でながら、心を落ちつけようとした。テメレアがなだめるように言った。「しばらく、ここにいたらどう？ すわって休むといいよ。あんまりかりかりかりしないで」

実のところ、ローレンスもテメレアのそばを離れたくなかった。テメレアの確かな鼓動を指の腹に感じると、不思議《ふしぎ》とおだやかな気持ちになれた。いまは風もそう強くない。全員が下へおりたわけではなく、夜の当直が何人か甲板に残っていた。自分がここにいても、不自然ではないだろう。「ああ、ここにいるよ。艦に不穏な空気が漂っているというのに、ライリーひとりにまかせっぱなしにするわけにいかないからな」ローレンスはそう答え、脚を引きずりながら毛布を取りにいった。

4 夜襲

北東の風が強まり、冷えこみが厳しくなった。ローレンスは浅い眠りから覚めて、星空を見あげた。眠りについてからまだ数時間。テメレアの脇腹のそばで毛布にくるまり、やむことのない脚の痛みからなんとか気を逸らそうとした。甲板は奇妙に静まり返っていた。ライリー艦長が厳しく監視の目を光らせているので、甲板に残っている乗組員たちはほとんど言葉を交わしていない。それでも時折り、マストの上のほうから、ひそひそ声が聞こえてくる。空に月はなく、甲板にランタンがいくつか灯っているだけだ。

「寒そうだね」テメレアから不意に声をかけられ、ローレンスは自分をじっと観察しているテメレアの深いブルーの眼を見返した。「船室に入ってよ、ローレンス。体を治さなくちゃ。ライリーはぼくが守る。中国人のことも——あなたが彼らのことを心配しているならだけどね」テメレアは最後にそう付け加えたが、あまり乗り気ではなさそうだ。

　ローレンスは力なくうなずき、なんとか立ちあがった。さしあたり、危険な状況は回避できたようだし、自分が甲板にいてもあまり役に立てそうにない。「ここの居心地はいいかい？」と尋ねた。

「うん。下から熱があがってきて、ぬくぬくだよ」とテメレアが答えたとおり、ローレンスの靴底からもドラゴン甲板の温かさが伝わってくる。

　船室に入って寒風を避けられるのはありがたかった。はしごを使って上級士官用の下層におりる途中で、脚に激痛が走った。それでも腕だけで体を支え、痛みの発作がおさまるのを待って、その後なんとかはしごから転落せずに船室までたどり着いた。

　ローレンスの船室には、たんなる通風用ではない、景色を楽しめる嵌《は》め殺しの丸窓があった。また、厨房に近いため、寒風吹きすさぶ夜でも暖かかった。吊りランタンにはすでに明かりが灯っている。ギボンの歴史書が格納箱の上に開かれたままになっていた。ローレンスは脚の痛みにもかかわらず、すぐに眠りに落ちた。心地よいハンモックの揺れは、どんなベッドよりも体になじんでいたし、舷側を洗うおだやかな波の音は言うに言われぬ安心感をもたらした。

しかし、眠りは唐突に破られた。ローレンスははっと息を呑んで、目をあけた。音以上に衝撃がすさまじかった。いきなり床が傾いたので、頭を天井にぶつけないよう片手を上に突き出した。一匹のネズミが床を滑って格納箱にぶつかり、暗がりへ逃げこんだ。

艦体の傾きはすぐに戻った。異常な突風のせいでも、高波のせいでもなかったようだ。とすると、これはテメレアが甲板から飛び立った衝撃以外に考えられない。ローレンスは部屋着にマントを引っかけ、部屋から飛び出した。鼓手《こしゅ》が〝戦闘配置につけ〟を合図する小太鼓を連打しており、小気味よいリズムが壁に反響した。ローレンスが船室からよろめき出るのと同時に、船匠とその助手たちが隔壁をはずすために〔戦闘時には艦の内部を仕切る隔壁をはずして戦いやすくした〕走り過ぎていった。ふたたび艦《ふね》に衝撃が走った。今度は爆撃だ。グランビーが駆けつけてきた。半ズボンをはいたまま寝ていた彼のほうが、部屋着のローレンスよりはいくらかましな恰好だ。ローレンスはためらうことなくグランビーの腕を借りて、人込みと喧噪を掻き分け、どうにかドラゴン甲板に戻った。水兵たちが戦闘に備えてあわただしくポンプに駆けつけ、バケツに水を汲んでは甲板にぶちまけたり、帆を湿らせたりする。巻きあげられた後檣帆《ミズンスル》の端から、オレンジ色の炎が燃え広がろうとしていた。海尉候補生で、出航の朝にはふざけていた十三歳のにきび面《づら》の少年が、勇敢にも帆桁《ほげた》にのぼり、水で濡らした自分のシャツで火を叩いて消し止めた。

闇夜だったので頭上でなにが起きているのか見えず、空中戦の音も、甲板の叫びや物音に掻き消されて聞こえなかった。もちろん、テメレアが力いっぱい咆吼していたならば、誰も聞き逃すはずはなかったろう。「すぐに照明弾を打ちあげよう」ローレンスは、甲板に駆けつけてきたエミリー・ローランドから自分のブーツを受け取りながら言った。エミリーのそばに、ズボンを差し出すモーガンの姿もある。

「キャロウェイ、照明弾の箱を取ってこい。閃光粉《せんこうふん》もだ」グランビーが命じた。「敵はフルール・ド・ニュイ〔夜の花〕にちがいない。月明かりもなしに夜目がきくのは、あの種くらいだ。まわりが静かになるといいんだがな」グランビーは目を細くし、むなしく夜空を見あげた。

その瞬間、激しい衝撃音がとどろいた。ローレンスは、覆いかぶさってきたグランビーのおかげで、幸いにも木っ端《こっぱ》をわずかに浴びる程度ですんだ。甲板の下から叫び声があがった。空から降ってきた爆弾は、甲板の弱い部分を突き破り、下の厨房に落ちた。甲板にあいた穴から熱い蒸気と、翌日の夕食に使われる塩漬け豚の匂いが立ちのぼってきた。明日は木曜日か、とローレンスは思った。海軍時代の一週間の献立がいまも体にしみついているのだ。

「下にお連れします」グランビーがふたたびローレンスの腕をとり、「マーティン!」と叫んで、部下を呼んだ。

ローレンスは驚いて、グランビーをにらんだ。グランビーはそれに気づきもせず、マーティンも当然とばかりにローレンスの左腕をとる。「わたしはここに残る!」ローレンスは憤然と言い放った。

砲手のキャロウェイが照明弾の箱をかかえ、息を切らして戻ってきた。ただちに最初の照明弾が打ちあげられ、ヒューッという音とともに白黄色の光が夜空を照らした。一頭のドラゴンが吼えた。が、テメレアの声にしては低すぎる。ローレンスは照明弾の明かりが消えるまでの短いあいだに、アリージャンス号を守るように上空でホバリングしているテメレアの姿をとらえた。フルール・ド・ニュイはテメレアからやや離れた暗闇で、首をねじって光を避けていた。

テメレアが雄叫びをあげ、フランスのドラゴンに突撃した。しかし照明弾は燃え尽き、空にはまた闇が広がった。「つぎだ、つぎ。ぐずぐずするな！」ローレンスは、ほかの者といっしょに空を見あげているキャロウェイに怒鳴った。「テメレアに明かりが必要なんだ。どんどん打ちあげろ」

キャロウェイを手伝おうと駆け寄った者たちが多すぎて、三発の照明弾が立てつづけに打ちあげられた。グランビーが駆けつけて無駄打ちをやめさせた。まもなく打ちあげのタイミングが調整された。一発、また一発と規則正しく打ちあげられて、前の一発が落ちていく瞬間に、つぎの一発が炸裂《さくれつ》するリズムができた。煙が渦巻くなか、テメレアがうなりをあげ、フルール・ド・ニュイに突進すると、かすかな黄色い光に照らされて翼から煙がたなびくのが見えた。フルール・ド・ニュイは急降下してテメレアから逃れ、爆弾は不発のまま、大きな水音とともにアリージャンス号のそばに沈んだ。

「照明弾はあと何発だ？」ローレンスが小声でグランビーに訊いた。

「四ダースかそこらです」グランビーが厳しい声で答えた。照明弾の数はみるみる減っていいた。「それも、アリージャンス号の分と、われわれの持ちこんだ分を合わせてです。アリージャンス号の砲手が、自分たちの分まで、こちらに回してくれたんです」

キャロウェイが残り少ない照明弾をできるだけ長くもたせようと、打ちあげの間隔をあけたため、ふたたび照明弾が炸裂する合間に漆黒の闇が広がるようになった。照明弾の煙に燻《いぶ》られながら、消えゆく明かりに目を凝らしていたみなの目が、ちくちくと痛みはじめた。ローレンスは、テメレアがひとりきりで、しかもほとんどなにも見えない状態で、砲手やライフル兵を乗せて武装した敵のドラゴンと、どうやって戦っているのかと気をもんだ。

「キャプテン！」エミリーが右舷側の手すりから合図した。ローレンスはマーティンに支えられてそちらに向かったが、エミリーのもとへたどり着くより早く、残りわずかな照明弾の一発が打ちあげられて、アリージャンス号の後方の海を鮮やかに照らしだした。フランス軍の重装備のフリゲート艦二隻が、追い風に乗ってアリージャンス号に迫っていた。と同時に、兵士を満載した十数隻の手漕ぎボートが、アリージャンス号の両舷を目指して突き進んでいた。

当然ながら、檣楼《しょうろう》の見張りもこれを発見した。「敵艦発見《セイル・ホー》！　斬りこみ隊が来るぞ！」見張りが叫び、またも艦全体があわただしくなった。水兵たちが甲板を走って斬りこみ隊の侵入を防ぐ網を張り、ライリー艦長は操舵手《そうだしゅ》とふたりの屈強な水兵とともに、巨大な二重操舵輪のそばに陣取った。ただちにアリージャンス号の艦首を回し、舷側を風上の敵に向けて応戦しようというのだ。まともにフランス艦から逃げようとしても無駄あがきにしかならない。この風ならゆうに十ノットは出せる敵のフリゲート艦からアリージャンス号が逃げきれるはずもないだろう。

厨房の煙突をつたいのぼり、砲列甲板の話し声や足音がくぐもって聞こえてきた。すでにライリーの部下である海尉や海尉候補生たちが攻撃準備をはじめている。甲高く張りつめた声が指示を繰り返す。まだ寝ぼけてとまどっている砲手たちの頭に、数か月かけて訓練されるべき内容を叩きこもうとしているのだ。

「キャロウェイ、照明弾を節約しろ」ローレンスは不本意な命令を下した。暗闇状態がつづけば、それだけテメレアがフルール・ド・ニュイから攻撃されやすくなる。だが照明弾は残りわずかだ。敵ドラゴンに致命的な打撃を与える可能性が生まれるまでは、なんとか数を保っておかなくてはならない。

「斬りこみ隊の撃退準備！」掌帆長が叫んだ。アリージャンス号は、あともう少しで風上に舷側を向ける。艦に一瞬、静寂が訪れた。暗い海面ではフランス軍のボートのオールが水を跳ねあげ、波間からフランス語のかけ声が聞こえてくる。ライリー艦長が命じた。「回頭終了と同時に発射!」

砲列甲板の大砲が轟音《ごうおん》をあげて赤い炎と煙を吐いた。敵方にどれほど打撃を与えたかは定かでないが、叫び声とボートの砕ける音がした。何発かは命中したようだ。揺れる片舷から一斉砲撃しながら、アリージャンス号はふたたびゆっくりと回頭しはじめた。だが最初の砲撃のあと、乗組員の経験の浅さが影響をおよぼしはじめた。

再装塡を終えて第一射が轟音をあげるまで、前回から少なくとも四分が経過した。第二、第三射は不発に終わった。第四、第五射は同時に発射され、音から判断するかぎり敵になんらかの損害を与えたが、第六射の砲弾は明らかに海中に沈んだ。第七射も同様だった。副長のパーベックが「砲撃をつづけろ」と命じた。しかしアリージャンス号は敵から離れすぎてしまい、ふたたび敵に向き直るまでは砲撃できない状態にあった。その隙に、敵の斬りこみ隊がアリージャンス号にさらに近づいてしまうだろう。ボートの漕《こ》ぎ手たちは、ここぞとばかりにスピードをあげるにちがいない。

砲撃音が鎮まり、濃い灰色の硝煙が海上に立ちこめた。アリージャンス号はふたたび闇に包まれ、甲板のランタンだけが揺れながら小さな光を投げかけていた。「キャプテン、テメレアに乗ってください」グランビーが言った。「まだ陸からそう遠くありません。テメレアなら飛んで陸まで戻れます。それに陸に近づけば、英国艦も何隻かいるでしょう。ハリファックスからの輸送艦が、いまごろこの海域にいるかもしれません」

「ここから逃げ出して、百五十門武装輸送艦をむざむざと敵に渡すつもりはない」ローレンスはきっぱりと返した。

「持ちこたえてみせます。たとえここでやられても、フランス軍がこの艦を港に曳航《えいこう》する前に奪還できる見込みは充分にあります。キャプテンが援軍を呼んでくださるなら」グランビーは決然と言った。これが海軍ならば、ここまで上官に自分の意見を主張することはない。だが航空隊の軍規は海軍よりもはるかにゆるく、またグランビーの主張も理にかなっていた。ローレンスのもとで副キャプテンを務める彼は、キャプテンの身の安全を第一に考えているのだ。

「もし、ここで負けてしまえば、フランス軍は、英国艦隊の海上封鎖を避けて、アリージャンス号をやすやすと西インド諸島かスペインの港まで曳航するだろう。そして、フランス軍の乗組員に入れ替えられる。この艦を渡すわけにはいかない」ローレンスは言った。

「それでも、キャプテンにはテメレアに乗っていただきたいんです。たとえ降伏するしかなくても、あなたを敵の手に渡すわけにはいかない」グランビーが答える。「とにかく、なんとかして敵をテメレアから引き離さなくては」

「あの、いいでしょうか」キャロウェイが照明弾の箱から顔をあげた。「胡椒弾《こしょうだん》がひとつあれば、閃光粉と合わせて砲弾をこしらえ、テメレアがひと息つく時間をつくれるかもしれません」そう言って、空を見あげた。

「マクリーディーに掛け合ってみます」フェリスが即答し、海兵隊中尉のもとに駆けていった。

　胡椒砲の長い砲身がふたつに分けられた状態で、二名の海兵隊員によって運ばれてきた。そのあいだにキャロウェイは、胡椒弾のひとつを慎重にこじあけ、中身の胡椒を半分ほど取り出した。閃光粉をしまった鍵付きの箱から、パウダーを包んだ太いこよりをつまみ、ふたたびしっかりと箱を閉じる。腕を伸ばし、こよりを体から遠く離して持った。助手がふたり、ぐらつかないようにキャロウェイの腰を支えた。キャロウェイは、こよりをほどき、中身の黄色い粉を先ほど穴をあけた砲弾のなかに注意深く注ぎ入れた。顔を半分そむけて片目だけで作業し、もう片方の目はすぼめている。

彼の頬には閃光粉を扱う者に特有の黒い火傷《やけど》の痕《あと》がいくつもあった。閃光粉は導火線を必要とせず、衝撃を与えれば発火し、火薬より燃え尽きるのは早いが、はるかに高温で燃えあがる。

キャロウェイは砲弾を密封し、まだ粉が付着していることよりをバケツの水に突っこんだ。助手がそれを艦から捨てているあいだに、砲弾の封をした部分にタールを少量塗りつけ、さらに全体をグリースで覆った。こうして出来あがった砲弾を胡椒砲に詰めたあと、砲身の上部分が取り付けられた。「完成です。爆発するとは確約できませんが、まずだいじょうぶでしょう」キャロウェイはそう言い、緊張を解《と》いて、両手の汚れをぬぐった。

「上出来だ」ローレンスは答えた。「待機してくれ。照明弾を三発残しておいて、この砲弾を撃つときの明かりにする。マクリーディー、これを撃てる者がいるか？　いちばん腕のいい者を選んでくれ。必ず命中させて、敵に打撃を与えなければ」

「ハリス、おまえが撃て」マクリーディーは長身痩躯《ちょうしんそうく》の、十八歳ぐらいの部下を指名した。「長距離砲を撃たせるなら目のいい若者がいい。撃ち損じなくやってくれるでしょう」

そのとき、怒気をふくんだざわめきが艦尾甲板のほうから聞こえてきた。ローレンスたちはそちらに視線を向けた。外交使節のスン・カイが甲板を歩いていた。彼のあとにつづく従者ふたりが、中国側が持ちこんだ巨大な荷箱のひとつをかかえていた。水兵やテメレアのクルーの大半は、斬りこみ隊の襲来に備えて、短剣やピストルを手に甲板の手すり沿いに待機している。ところが、敵が間近に迫っているというのに、槍《やり》を持ったひとりの男が、スン・カイのほうに一歩踏み出すという不穏な動きを見せた。いち早く掌帆長が気づき、作業中のロープを握ったまま怒鳴りつけた。「列を崩すな。列を崩すんじゃない!」

敵の襲来のせいで、ローレンスは惨憺《さんたん》たる結果に終わった晩餐会のことをほとんど忘れていた。まるで何週間も前のことのように思えるが、スン・カイはいまも晩餐会と同じ、華やかな刺繡をほどこした長衣を着こみ、両手を袖《そで》のなかで組んでいる。その落ちつき払ったようすに、いまも中国側への怒りがおさまらない者たちが、感情を爆発させそうになった。「気は確かか?　ここへ来させるのはまずいだろう……。もし!　下にいてください。船室に戻って!」ローレンスはスン・カイに向かって叫び、船室への通路を指さした。が、スン・カイは従者を手招きすると、ドラゴン甲板につづく階段をあがった。ふたりの従者が大型の荷箱をかかえて彼の後ろからゆっくりとのぼってくる。

「あの役立たずの通訳はどこだ?」ローレンスは言った。「ダイアー、通訳をさがしに――」だが、従者たちはすでに荷箱を運びあげていた。荷箱の鍵がはずされ、蓋《ふた》があいた。するともう、通訳は必要なかった。花火だ。わらの詰め物のなかから、子どものおもちゃのような赤、青、緑、金銀の渦巻き模様で彩《いろど》られた、とても手のこんだ、しかしどう見ても花火以外ではありえないしろものが大量に出現した。

キャロウェイが即座に、そのひとつをつかんだ。白と黄の縞模様が描かれた青い花火で、従者のひとりが身振り手振りで導火線への点火の手順を教えた。「わかった、わかった」キャロウェイはじれったそうに答え、導火線を引き出した。点火すると、シューッと音をたてて空に飛び出し、照明弾が炸裂していた位置よりもはるかな高みまで飛んで、視界から消えた。

最初に白い閃光が空に走り、雷鳴のようなとどろきとともに、きらきらと輝く無数の黄色い星の輪が夜空に広がった。花火が炸裂した瞬間、フルール・ド・ニュイがおよそ似つかわしくない、すっ頓狂《とんきょう》な叫びをあげて、その姿が海面から百ヤードほど上空にくっきりと浮かびあがった。テレメアが歯を剝き出し、猛々《たけだけ》しいうなりをあげて、敵に向かって上昇した。

驚いたフルール・ド・ニュイが、テメレアの開いたかぎ爪の下をすり抜けて降下し、艦からの射程に入った。「ハリス、撃て！　撃て！」マクリーディーが叫び、若い海兵隊員は目を細めて狙いを定めた。胡椒弾は、やや高く飛びすぎたものの、まっすぐ上に向かい、フルール・ド・ニュイのひたいではなく、すぐ上から突き出す、曲がった細い二本の角《つの》に当たって炸裂した。閃光粉が発火し、白くまばゆい光を放った。フルール・ド・ニュイは、苦悶《くもん》の叫びをあげ、猛烈な勢いでアリージャンス号の上をかすめて、暗闇に逃げこんだ。そのときアリージャンス号のぎりぎり上を飛んだため、羽ばたきの風圧で帆がバタバタと煽られた。

ハリスが胡椒砲から体を離して立ちあがり、みなのほうを振り向き、すきっ歯を剝き出して、にやりと笑った。が、つぎの瞬間、驚愕に顔をゆがめて倒れこんだ。片腕がまるごと消えていた。マクリーディーが、ハリスを受けとめそこねて押しつぶされた。ローレンスは、自分の腕に突き刺さったナイフほどの長さの破片を引っこ抜き、飛び散った血を顔からぬぐった。胡椒砲が完全に吹き飛ばされていた。フルール・

ド・ニュイが飛び去るとき、乗組員が投下した爆弾が、胡椒砲を直撃したのだ。

水兵ふたりがハリスの死体を引きずって、海に放り出した。ほかはどうやら助かった。艦全体が奇妙な静けさに包まれている。キャロウェイがさらに二本の花火を打ちあげると、オレンジ色の光が照明代わりに夜空の半分を照らし出した。だがローレンスは、花火の音が左耳でしか聞こえなくなっていた。

こうしてフルール・ド・ニュイが退散したあと、テメレアが艦を少しだけ揺らして甲板に舞いおり、「早く、急いで!」と言った。クルーたちが駆けつけ、ハーネスの装着に取りかかる。テメレアは頭を低くして革帯を通すのに協力した。「あの雌ドラゴン、ものすごく、すばしっこくて、秋に戦ったフルール・ド・ニュイほど光に弱くないみたいだ。あの眼はふつうのフルール・ド・ニュイとはなんかちがう」苦しげに喘《あえ》ぎ、翼をかすかに震わせながら言った。今回、テメレアはかなり長い時間、同じ場所でホバリングをつづけて戦っており、こうした戦法は実戦で経験したことがなかった。

スン・カイは甲板にとどまって周囲を観察していたが、テメレアにハーネスを装着しても、異議は唱えなかった。己れの身に危険が迫っているときならテメレアを戦わせても平気なのか、とローレンスは苦々しく思った。ふと、テメレアの体から赤黒い血が甲板にしたたり落ちているのに気づいた。「どこを怪我した？」

「たいしたことないよ。二回やられただけ」テメレアは頭を後ろにねじって、右の脇腹を舐《な》めた。そこには浅い切り傷が、さらに背中に近い部分にはかぎ爪による別の引っ搔き傷があった。

ローレンスは心配し、この航海に同行している竜医のケインズをただちに甲板に呼んだ。彼がすぐにテメレアの傷に繃帯《ほうたい》を巻きはじめるのを見て、ローレンスはきつい口調で尋ねた。「縫わないでいいのか？」

「あほらしい」ケインズが答えた。「このままでかまわん。かすり傷とも呼べないほどだ。そうかっかするな」そばでひたいの汗をぬぐっていた海兵隊中尉のマクリーディーが、その口のきき方はなんだとばかりにケインズをにらみ、ローレンスのほうも横目でちらりと見た。そのうえ、手当てをつづけるケインズが、「心配性のキャプテンに、過保護な部下どもときたか」などとぶつぶつ言ったものだから、マクリーディーは航空隊特有のぞんざいな口のきき方に度肝《どぎも》を抜かれたようだった。

ローレンスは、ケインズの返事に、かちんと来るどころか、ただただ胸を撫でおろした。「諸君《ジェントルメン》、準備はいいか？」と尋ね、自分のピストルと剣を確認する。剣は本物のスペイン産鉄鋼でつくられた上質で頑丈な長剣で、実戦用のつかが付き、手に心地よいずっしりとした重みがあった。

「準備できました。騎乗を」ハーネス匠《しょう》のフェローズが、最後のストラップをきつく締めて言った。テメレアが前足を伸ばし、いつものようにローレンスをつかんで肩に乗せた。「乗ってからまた締めてください。ゆるんでいませんか？」フェローズが尋ねる。ローレンスは定位置にすわり、いま一度ハーネスを確認した。

「きっちり締まっている」ハーネスに体重をあずけて確かめながら、下に向かって答えた。「ありがとう、フェローズ。上出来だ。グランビー、チームの射撃手を海兵隊員といっしょに檣楼《しょうろう》にあげろ。残りの者は、斬りこみ隊の撃退に回してくれ」

「了解しました。それとローレンス――」グランビーは、テメレアを戦場から遠ざけるようにと、念を押したかったのだろうが、ローレンスはテメレアを膝《ひざ》で軽く突いて離陸を促し、部下の忠告を最後まで聞かなかった。アリージャンス号が、テメレアが飛び立つ勢いでふたたび揺れた。こうして、テメレアとローレンスはまたいっしょに空を飛べるようになった。

アリージャンス号の上空には、花火の煙と刺激臭が漂っていた。その臭いは火打ち石式銃の硝煙の臭いにも似て、寒風のなかでも舌や皮膚にまとわりついた。「いたよ、あの雌ドラゴン」テメレアが上空に向かって羽ばたきながら言った。ローレンスはテメレアの視線をたどり、空の高みから舞いおりてくるフルール・ド・ニュイを見つけた。テメレアの言ったとおり、このドラゴンは以前戦った同じ種に比べて閃光にやられてからの回復が早い。もしかすると、新たな交配で生まれたドラゴンなのかもしれない。「追いかける?」と、テメレアが尋ねた。

ローレンスはためらった。テメレアの安全を確保するためには、まずフルール・ド・ニュイを撃退しなければならない。もしアリージャンス号がやむなく降伏し、テメレアが陸まで戻らなければならなくなったとき、道中このドラゴンが闇に乗じてまた攻撃してくるかもしれないからだ。だが一方、フランスのフリゲート艦が、アリージャンス号に甚大《じんだい》な被害を与える可能性もあった。艦尾から縦射《じゅうしゃ》されれば大量の死者が出るだろう。そのうえアリージャンス号が拿捕されれば、海軍と航空隊の双方が大打撃をこうむることになる。英国はアリージャンス号の代わりとなるような大型輸送艦をほかに保有していない。

「いいや」と、ローレンスは、結論を出した。「まず第一に、アリージャンス号を死守しよう。それが、われわれの責務だ。あのフリゲート艦をどうにかしなければ」ローレンスはテメレアにというより、自分自身に言い聞かせるように言った。この判断を正しいと思うが、疑念もないわけではない。ふつうの軍人なら勇敢と称《たた》えられる行為も、稀少なドラゴンの命をあずかる飛行士がすれば、無謀という非難を受けることになる。つねに慎重を期するのがグランビーの務めであり、それを全《まっと》うする彼の判断も誤ってはいなかった。だが、ローレンスは航空隊育ちではないため、ときにドラゴン乗りに課せられる規制をうとましく思った。そして自分は航空隊のやり方より自尊心を優先して物事を判断しているのではないか、そんな疑問も感じていた。

つねに戦いを好むテメレアは、ローレンスに反論こそしなかったが、フリゲート艦を見おろし、疑わしそうに言った。「敵艦はどれもアリージャンス号よりずいぶん小さく見えるけど……ほんとに危険なの?」

「非常に危険だ。フランス艦は、アリージャンス号を縦射するつもりだろう」ローレンスが答えているあいだに、また一発、花火が打ちあげられた。空にいるため、近くで花火が炸裂すると、あまりのまぶしさに片手で目を覆わなければならない。ようやく視界から火花の残像が消えると、風下にいるフリゲート艦が、突然、錨を海に投じて急旋回するのが見えた。ローレンスは驚いて目を凝らした。あれは捨錨上手回《クラブホーリング》しという危険な操法だ。ローレンスなら、艦の向きを有利にするためだけに、あの方法はけっして用いないだろう。しかし、公正に見て、敵はみごとにそれをやってのけた。いまやアリージャンス号は、フランスのフリゲート艦の左舷に並ぶ砲門に、無防備な艦尾をさらしている。「まずい。あそこへ行こう！」ローレンスは焦るあまり、テメレアからは見えるはずのない指でアリージャンス号を示した。

「あれだね」テメレアがそう言ったときには、すでに降下がはじまっていた。テメレアの脇腹が〝神の風《ディヴァインズ・ウィンド》〟に必要な空気を吸いこんで盛りあがる。胸が厚くふくらみ、きらめく黒い体表がぴんと張りつめる。テメレアの体内で反響する低いうなりを、破壊的な力が行使される前触れを、ローレンスはじかに感じとることができた。

フルール・ド・ニュイがテメレアの狙いを察知して追いかけてくる羽ばたきが聞こえた。しかし、テメレアのほうが速度を増しており、降下の際は体重の重さが有利に働いた。フルール・ド・ニュイの射撃手たちが発砲した。派手な銃撃音が聞こえたが、暗闇で当てずっぽうに撃っているだけだった。ローレンスはテメレアの首に身を伏せて、さらにスピードをあげるように促した。

眼下では、フリゲート艦の左舷の大砲が大量の煙とともに火を噴いていた。噴き出す紅蓮《ぐれん》の炎が、テメレアの黒い胸に反射する。そのとき、甲板からライフル銃の発砲音がして、テメレアの体がびくっと反応した。撃たれたのか？　ローレンスは不安に駆られてテメレアの名を呼んだ。が、テメレアはそのままフリゲート艦を目指して突っこみ、充分に高度をさげたところで水平飛行に移り、攻撃の体勢をとった。ローレンスの叫びは〝神の風〟の轟音に掻き消された。

テメレアは〈ドーヴァーの戦い〉で、フランス兵を運ぶ軽量材でつくられた輸送艇を木っ端みじんにした。だが、〝神の風〟で軍艦を攻撃するのは初めてだ。ローレンスはドーヴァーのときと同じような効果を期待した。甲板を砕き、帆桁を壊し、うまくすればマストまで折ってやれるかもしれない。だが、フリゲート艦の造りは堅牢《けんろう》だった。オークの張板は二フィートもの厚みがあり、マストや帆桁は、戦闘に備えて、索具《さくぐ》を鉄鎖で補強してあった。

だが、マストや帆桁ではなく、帆が咆吼の衝撃をもろに受けた。帆は一瞬ばたついてから、はち切れんばかりにふくらんだ。いくつもの転桁索《てんこうさく》がバイオリンの弦が切れるように弾《はじ》け飛び、すべてのマストが傾いた。だがマストは倒れず、木と帆布が騒々しくうなるだけだったので、ローレンスは少し落胆した。見たところ、さほどの被害は与えていないようだ。

だが、艦体の破損により受けた力が分散されなければ、必然的に全体がたわむ。テメレアが咆吼を終えてフリゲート艦の横をかすめ飛ぶのと同時に、艦全体がぐるんと向きを変え、舷側を風上に向けた。そして、ゆっくりと横に傾き、転覆しかかった。水兵たちが索具や手すりからぶらさがり、足で宙を蹴りながら、ばらばらと海に落ちていった。

ローレンスは振り返って、フリゲート艦を見た。テメレアが海面すれすれを飛んでいたので、艦尾に鮮やかな金文字で〝ヴァレリー号〟と流麗に記されているのが、キャビンの窓辺のランタンに照らされて見えた。ランタンは逆さになりそうなほど激しく揺れていた。ヴァレリー号の艦長は有能な人物であるらしく、命令を発する大声が聞こえ、すぐさま乗組員たちが動き出した。彼らはいくつもの海錨《シーアンカー》をかかえて船腹によじのぼり、大綱を繰り出し、艦体を立て直す作業に取りかかろうとした。

だが、手遅れだった。テメレアが通過したあとの海面は、〝神の風〟の衝撃波で激しくうねり、途方もない高波が生まれようとしていた。波は入念な計画でも練るかのように、ゆっくりと高くせりあがり、一瞬、動きを止めた。ヴァレリー号は、夜闇のなかに輝く巨大な海水の壁のてっぺんで静止した。そしてつぎの瞬間、高波が崩れた。波はヴァレリー号をおもちゃの船のようにてっぺんから叩き落とし、その砲門を沈黙させた。

ヴァレリー号は二度と艦体を立て直せなかった。青白い泡が海面に漂い、あちこちに立った小波が、大波を追いかけてひとつになり、水面から突き出した艦の一部にぶつかって崩れた。しかしそれも束の間だった。水面から出ていた部分も徐々に沈んでいき、夜空を照らす打ちあげ花火の金色の火花が雨あられと降りそそいだ。フルール・ド・ニュイは泡立つ海面の上空を旋回し、味方の艦が突然消えてしまったことが理解できないように、低く悲しげな声を発した。

アリージャンス号からも、この光景は見えていたはずだが、歓声はあがらなかった。ローレンスも茫然《ぼうぜん》と押し黙った。三百人か、もしかしたらそれ以上の人間が沈んでいった海は、いまは鏡面のように平らかで、波ひとつ立っていない。軍艦といえども、強風や突風、四十フィート以上の高波などに襲われて、沈没することはある。ときには、えんえんとつづく戦いの果てに炎上したり爆発したり、座礁《ざしょう》したりする。だがヴァレリー号は無傷のまま外洋を航行しており、波はせいぜい十フィート、風は十四ノットしかなかった。にもかかわらず、跡形もなく消え去ってしまったのだ。

テメレアが湿った咳《せき》をした。痛そうな音だった。ローレンスは声をからして言った。

「すぐにアリージャンス号に戻ろう」しかし、フルール・ド・ニュイが猛烈な勢いで近づいてきた。また新たな花火が打ちあげられて、その鮮やかな光に、テメレアに乗り移ろうと構える斬りこみ隊の影が浮かびあがった。剣やナイフやピストルの輪郭が白くぎらりと光った。テメレアは苦しげに、大儀そうに飛んでいた。フルール・ド・ニュイが近づくと、テメレアは残る力を振り絞り、もう一度距離をあけたが、もはや敏捷《びんしょう》には動けず、敵ドラゴンをかわしてアリージャンス号までたどり着けるかどうかも危ぶまれた。

ローレンスは、テメレアの傷を手当てさせるために斬りこみ隊を迎え入れようかとさえ考えた。テメレアの翼が羽ばたきながら震えている。先刻の鈍い衝撃を、おそらくは竜の体に銃弾が撃ちこまれた、いまわしい瞬間を思い出す。こうして飛んでいるあいだも、刻一刻とテメレアの傷口は広がっているにちがいない。しかし、フルール・ド・ニュイの乗組員は、猛々しく叫んでいた。その声にこもる悲嘆と恐怖が、通訳なしでも、ローレンスには理解できた。いまの彼らは、こちらの降伏をけっして受け入れないだろう。

「新しい羽ばたきが聞こえる」テメレアが喘ぎながら言った。声が苦痛のために高く細くなっている。新たなドラゴンが近づいてくると知らされ、ローレンスは暗闇を見わたした。敵か、味方か……。フルール・ド・ニュイが速度をあげて近づいてきた。テメレアは体勢を立て直し、もう一度、激しい加速を試みた。そのとき、シューッと威嚇《いかく》する声が聞こえ、ニチドゥスが姿をあらわし、銀灰色の翼で激しく空《くう》を打ちながら、フルール・ド・ニュイの頭部に襲いかかった。ニチドゥスの背で、キャプテン・ウォーレンが搭乗ベルトを付けたまま立ちあがり、ローレンスに向かって軍帽を大きく振りながら叫んだ。「早く逃げろ！」

つぎにあらわれたのは、ドゥルシアだった。ニチドゥスとは反対側からフルール・ド・ニュイに近づき、脇腹に咬みつき、自分のほうに敵ドラゴンをおびき寄せようとした。ニチドゥスとドゥルシアは編隊のなかで最も敏捷な小型ドラゴンで、体重では大型のフルール・ド・ニュイにかなわないが、しばらくは敵を攪乱《かくらん》してくれそうだ。テメレアはすでに大きな弧を描いて方向転換をすませ、翼を震わせながらも、アリージャンス号に近づいていた。艦上のクルーたちがテメレアの着陸に備えて、厚板の破片やほどけたロープ、ねじれた金属などが散らばったドラゴン甲板をあわただしく片づけている。アリージャンス号はヴァレリー号からの縦射で甚大な被害を受けており、いまなお一隻の敵フリゲート艦が下層甲板目がけて砲撃をつづけていた。

テメレアはほとんど倒れこむようにぶざまな恰好で着地し、艦を大きく揺らした。ローレンスは着陸が終わるのも待たずに搭乗ベルトをかなぐり捨て、竜ハーネスに手も添えずに、テメレアの肩から滑りおりた。甲板にがつんと降り、痛めている脚で体を支えきれずによろめいたが、それでも体を起こし、テメレアの頭までよろよろと歩いた。

ケインズがすでにテメレアの手当てにかかり、傷口のどす黒い血だまりのなかに腕を肘《ひじ》まで突っこんでいた。テメレアはケインズが治療しやすいように、大勢の腕に助けられて、ゆっくりと横向きに体を倒した。何人かのハーネス係が明かりを持ちあげ、ケインズの手もとを照らしている。ローレンスはテメレアの頭のそばにひざまずき、やわらかい鼻づらに頬を押しあてた。半ズボンに竜の温かい血が染みこみ、目がちくちくと痛んで、視界がぼやけた。自分がなにを言っているのか、ちゃんとした言葉になっているのか、わからなかった。それでもテメレアは、言葉こそ発しなかったが、ローレンスに温かい息を吹きかけて、それに応えた。

「あったぞ、これだ。鉗子《かんし》をよこせ。アレン、ばかか、ぼうっと見てるんじゃない」ケインズが背後の助手に叫んだ。「よし。焼きごては充分熱くなってるか？　じゃあ、いくぞ。ローレンス、テメレアを動かすな」

「いい子だ。動くんじゃない」ローレンスはテメレアの鼻を撫でながら言った。「我慢してじっとしているんだ。動かないで」テメレアはシュッと息を吐くだけで答え、赤い鼻孔から苦しげな音をたてて呼吸した。どくんどくんと鼓動が聞こえたあと、テメレアがはーっと息を吐き出した。ケインズによって摘出された先の尖った弾丸が、トレーに転がされ、カランと音をたてた。テメレアは傷口に熱い焼きごてを当てられると、もう一度小さくシュッと息を吐いた。肉の焦げる臭いを嗅いで、ローレンスは吐きそうになった。

「よし、終わった。傷口はきれいなもんだ。弾は胸骨に当たって止まっていた」ケインズが言った。風があたりの煙を払い、突然ローレンスの耳に長銃の発射音や反響音、艦全体のあらゆる物音が戻ってきた。周囲の世界がふたたび意味と形を取り戻していった。

ローレンスはふらつきながら立ちあがった。「エミリー。モーガンといっしょに、余った帆布を分けてもらえないか訊いてきてくれ。テメレアの下になにか敷いてやらなければ」

「モーガンは死にました」エミリーが答えた。ローレンスはランタンの明かりのもと、少女のすすまみれの顔についた白い筋が汗ではなく涙の跡だと気づいた。「帆布はダイアーとさがしてきます」

エミリーとダイアーは、ローレンスがうなずくのも待たずに駆け出した。たくましい水兵たちに交じったその姿がひどく小さく見えた。ローレンスはしばしふたりの姿を目で追い、顔をこわばらせて、視線を戻した。

艦尾甲板が血でぬらぬらとして、黒い塗料を流したように鈍く光っていた。多数の死傷者が出て、なおかつ、索具が破壊されていない状況からすると、フランス軍は対人用の散弾を撃ちこんできたにちがいない。ローレンスの推測を裏づけるように、甲板には小弾を詰めていたケースの破片が散らばっていた。

フランス軍はありったけの兵士を斬りこみ要員としてボートで送りこんできたため、いまなお二百人余の兵士が生き残り、ヴァレリー号の沈没に激昂《げっこう》し、死にもの狂いでアリージャンス号に乗りこもうと戦っていた。フランス兵たちは四重、五重に群がって白兵戦《はくへいせん》に飛びこんでくるので、ひとり倒してもその背後から新たな兵士があらわれた。手すりにしがみついて離れない兵士もいた。敵兵を寄せつけまいと奮闘する英国軍水兵たちの背後には、人けのない甲板が広がっている。ピストルの発射音が響き、剣を切り結ぶ音がつづく。水兵たちは押し寄せる大量の斬りこみ隊目がけて、長い槍を繰り出した。

ローレンスは、艦上の熾烈《しれつ》な戦いを、かつてとはちがう奇妙な立場から見つめていた。こんなに近いのに、とても遠い。それでも、せめてなにかしなければと、ふところからピストルを抜いた。テメレアのクルーの多くがこの場にいなかった。グランビーの姿も、第二空尉のエヴァンズの姿もない。ドラゴン甲板のすぐ下の艦首楼で、マーティンがランタンの明かりを黄色い髪に受けて、敵兵の前に身を躍らせた。が、つぎの瞬間にはこん棒を持った大柄な敵兵から一撃を食らい、姿が見えなくなった。

「ロー・レン・ス！」自分の名前が呼ばれた気がした。それは妙な具合に三音節に引き延ばされて、「ラオ・レン・ツェ」と聞こえた。振り返ると、スン・カイが風上の北方の空を指さしていた。だが、打ちあげ花火がすでに光を弱めており、スン・カイがなにを示そうとしているのか判然としなかった。

艦の上空で、フルール・ド・ニュイがいきなり吼え、両脇から攻撃を加えるパスカルズ・ブルー種のニチドゥスとグレー・コッパー種のドゥルシアから逃れ、そのまま西の夜空に消えようとした。それを、グレー・コッパーの野太いうなりと、パスカルズ・ブルーの甲高い叫びが追いかけた。竜たちが空に巻き起こす風が、横静索《よこせいさく》を揺らして騒がしい音をたて、打ちあげ花火の火花を四方八方に散らした。

残る一隻のフリゲート艦が、全艦の明かりを一斉に消し、闇にまぎれて逃走をはかろうとした。が、そこへリリー率いるドラゴン編隊があらわれ、フリゲート艦のそばを低空飛行した。風圧で艦のマストがガタガタと揺れる。編隊がさらにもう一度艦上を通過したとき、花火の深紅の残り火のなか、フリゲート艦のフランス国旗がゆっくりとおろされるのをローレンスは見た。アリージャンス号の甲板では、斬りこみ隊のフランス兵たちが武器を投げだし、へたりこんで降伏した。

5　仲間との別れ

　ご子息のふるまいは、いかなるときも高潔で、紳士にふさわしいものでした。ご子息のご逝去《せいきょ》に、お近づきの栄に浴した者たちは哀惜《あいせき》の念に堪《た》えません。ご子息は、聡明にして勇敢な士官として、英国および英国国王の忠実なる僕《しもべ》して、みごとに務めを果たされました。ご子息が勇猛果敢に、全能の神のほかには恐るるものなく死に赴《おもむ》かれ、祖国に命を捧げた英雄に列する栄誉を得られたことに、どうかお心の慰めを見いだされますように。

敬具
ウィリアム・ローレンス

　ローレンスはペンを置き、手紙を折りたたんだ。充分に思いを伝えきれない堅苦しい文面ではあるが、精いっぱい書いた。海尉候補生や新米海尉だったころは、同年代の仲間を数多く失い、はじめて艦長として指揮をとったときには、十三歳の士官見習いをひとり失った。それでも、本来ならば学校に通い、おもちゃの錫《すず》の兵隊で遊んでいてもおかしくないような、十歳の少年の死を知らせなければならない事態ははじめてだった。

今回書いた死亡通知のなかで、最後に書いたこれがいちばん短いものになった。あまりにも若すぎる死には、触れるべき武勲《ぶくん》もなかったからだ。ローレンスはその手紙を脇に取りのけ、自分の母に宛てて手紙を数行したためた。昨夜の戦闘のことは官報に確実に載るだろうから、母がそれを読んで心配する前に知らせておきたい。だが訃報を書いたあとでは、なかなかペンが進まなかった。母には自分とテメレアの無事を知らせるだけとし、艦全体の被害には触れずにおいた。すでに戦闘の詳細を伝える報告書を海軍省に宛てて書いている。身を切るような思いでまとめたその長文を、母のためにより軽く脚色し直す気にはなれなかった。

すべての手紙を書き終えると、書き物机を閉じた。封をしたそれぞれの手紙をひとつにまとめ、雨や海水を防ぐために油布でくるんだ。しかし、すぐには立ちあがれず、船室の窓から茫漠《ぼうばく》とした海をしばらく見つめていた。

それからゆっくりと、慎重にドラゴン甲板を目指した。艦首楼までたどり着くと、脚を引きずって左舷の手すりに近づき、そこにつかまって、拿捕したシャントゥーズ号を眺めるふりをしながら休憩をとった。シャントゥーズ号の帆はことごとく帆桁からだらりと垂れて、風にあおられており、水兵たちがマストにのぼって索具を取り付け直していた。そのようすが、ローレンスのいる場所からは、せわしなく動く蟻《あり》のように見える。

ドラゴン甲板の風景が昨日までとは打って変わり、一編隊ほぼすべてのドラゴンがひしめき合っていた。テメレアは怪我のために右舷側を独占できたが、ほかのドラゴンたちは残りの場所で体を重ね合わせ、身動きもできず、入り組んだ色とりどりの小山を築いている。巨大なマクシムスはその体だけで甲板の残りのほとんどを占め、ドラゴンたちのいちばん下に長々と横たわっている。いつもならほかのドラゴンと身を寄せ合うことなど威信にかかわると考えるリリーでさえ、この状況ではマクシムスの上にしっぽと翼を重ねざるをえない。メッソリアやイモルタリスなど年長ドラゴンや小型ドラゴンたちは、リリーのように気取ることもなく、マクシムスの広々とした背中にぺたりと寝そべり、あちこちから四肢を垂らしていた。

ドラゴンたちはみなまどろんでおり、こんな狭苦しい環境でも、心は満たされているように見えた。ニチドゥスだけは、じっとしていられない性分なので、静かに横たわる仲間を避けて、いまはフリゲート艦の上空をもの珍しそうに旋回している。水兵たちがしきりと空を見あげるのは、ニチドゥスが艦に近づきすぎて、気が落ちつかないからだろう。ニチドゥスの相棒、ドゥルシアの姿が見えないのは、おそらくは昨夜の戦闘について報告するために英国に向けて飛び立ったからだった。

思うように動かない脚を引きずってドラゴン甲板を横切るのは、かなり危険を伴った。メッソリアが寝ぼけてびくっと動いたために、ローレンスはあわや彼女の垂れさがったしっぽに倒れこむところだった。テメレアもぐっすりと眠っていた。ローレンスが近づくと、片方のまぶたを半分開き、深いブルーの眼をきらりと光らせ、またすぐにまぶたを閉じた。心地よさそうなテメレアを見るのがうれしかったので、ローレンスは起こすのをやめた。今朝、テメレアは牛を二頭と大きなマグロを一尾たいらげるという旺盛な食欲を見せた。ケインズは、テメレアの傷の回復にまったく問題はないと断言した。

「実にいやらしい弾丸だな」テメレアから摘出した弾丸を見せるケインズは、いくぶん嗜虐《しぎゃく》的な喜びを感じているようだった。ローレンスは弾丸から突き出す幾本もの太い棘《とげ》を見るだけで、胸が締めつけられた。それを見せられる前に血や肉片がぬぐってあったことだけは、ケインズに感謝した。「こんな弾丸を見るのははじめてだ。ロシア軍が似たようなものを使うと聞いてはいるが。もっと深く肉に食いこんでいたら、取り出すのに苦労しただろう」

だが運よく弾丸は胸骨に阻《はば》まれ、体表から二分の一フィートそこそこの位置で止まっていた。ただし、銃創《じゅうそう》と摘出手術によってテメレアの胸の筋肉が裂かれており、ケインズは二週間、ことによれば一か月は飛行禁止だと言い渡した。それでもローレンスは、テメレアの大きくて温かい肩に手を置きながら、傷の影響がその程度ですんだことをありがたく思った。

編隊のキャプテンたちは、ドラゴン甲板上でほとんど唯一残った空間である厨房の煙突の横に折りたたみ式の小テーブルを置いて、カードゲームを楽しんでいた。ローレンスはテーブルに近づき、キャプテン・ハーコートに、油布で包んだ手紙の束を手渡した。「発送を引き受けてくれて、ありがとう」どさっと腰をおろし、息を整える。

キャプテンたちはトランプを中断し、大きな包みを眺めた。「ほんとうにお気の毒だわ、ローレンス」ハーコートは手紙をかばんにしまいながら言った。「さんざんな目に遭ったわね」

「実に卑怯《ひきょう》なやり口だな」バークリーが首を振った。「夜襲をかけるなんて、まっとうな戦闘行為じゃない。こそこそした密偵と同じだ」

ローレンスは黙っていた。キャプテンたちの同情には感謝するが、いまは気持ちがふさいで、会話をつづける気力がない。その朝に行われた戦死者の葬儀が心身にこたえていた。戦死者たちを水葬するあいだ、悲鳴をあげる脚をなだめながら一時間立ちつづけた。遺体はそれぞれのハンモックにくるまれ、重りとして水兵には砲丸、飛行士には中空砲弾が足もとに置かれ、縫い合わされ、つぎつぎに舷側から落とされていった。ライリー艦長がゆっくりと祈りの言葉を唱えた。

葬儀のあとは船室に引きこもり、午前中の時間を使って、第三空尉のフェリスとともに今回の戦闘による死傷者名簿を作成した。それは痛ましくも長い名簿になった。副キャプテンのグランビーは、胸部をマスケット銃で撃たれていた。幸いにも、弾は肋骨《ろっこつ》にひびを入れただけで、急所を逸れて背中に抜けたが、傷口から大量に出血し、早くも創傷熱に苦しんでいた。また第二空尉のエヴァンズは脚に重傷を負い、本国に送還されることになった。マーティンは、いずれは回復するだろうが、顎が腫れあがって不明瞭にしか話せず、左目のまぶたも腫れてものが見えない状態だった。

背側乗組員《トップマン》二名も、深手ではないが怪我を負った。射撃手ダンが負傷、同じくドネルが戦死。腹側乗組員《ベルマン》のミグジーも戦死した。被害がもっとも大きく出たのはハーネス係だった。艦内から予備のハーネスを運び出そうとしているとき、一発の砲撃でハーネス係四名が即死した。死んだモーガン少年も、替えのバックルを詰めた箱を運んでいて、この四人とともに被弾した。なんともやりきれない死に方だった。

ローレンスの表情に鬱々とした思いを読みとったのか、バークリーが言った。「ポーティスとマクダノーなら、ここに置いていけるぞ」このふたりは、もともとローレンスの乗組員チームのトップマンだったが、中国の外交使節の到着以降に起きたごたごたの最中に、マクシムスのチームへ異動になっていた。

「きみのところは人員不足じゃないのか?」ローレンスは尋ねた。「マクシムスのクルーを横取りするわけにはいかない。きみたちは実戦に出るんだから」

「ハリファックスから来る輸送艦、ウィリアム・オブ・オレンジ号に、マクシムス用の要員候補がたくさん乗っているさ」バークリーが答えた。「気がねなく、部下だった乗組員を取り戻してくれ」

「逆らわないほうがよさそうだな。うちの人手不足が深刻なのは確かだから」ローレンスは答えた。「しかし、輸送艦の到着まで一か月かかることもある。航海が遅れた場合の話だが」

「そうか。きみは船室にこもっていたから、ライリー艦長に伝えた話を聞いていなかったな」横からウォーレンが言った。「二、三日前、ここからそう遠くない海上でウィリアム・オブ・オレンジ号の姿が確認されたんだ。それで、シェネリーとドゥルシアをウィリアム・オブ・オレンジ号に派遣して、われわれと負傷者を本国に運んでもらうよう要請した。それと、ライリー艦長がこのボートになにかが必要だと言ってたな。ええと、なんだ？〝スター〟だっけ、バークリー？」

「円材《スパー》だな」ローレンスはそう答えて、索具を見あげた。陽光のもとで見ると、帆を支える帆桁はまさに壊滅的で、破壊され、銃撃の穴があいている。「ウィリアム・オブ・オレンジ号が資材を補給してくれるならひと安心だ。だがウォーレン、ひとつ言っておくが、アリージャンス号は艦《シップ》であって、ボートじゃないぞ」

「ちがいがあるのか？」ウォーレンは意にも介さず、ローレンスをむっとさせた。

「シップもボートも同じだと思ってた。あ、大きさで区別するのか？　こいつは確かに巨大だ。マクシムスなら、いつ甲板から海に落っこちてもおかしくはないがね」

「落ちるもんか」マクシムスが言った。巨大な竜はそう言いながらも目をあけて、いまのところ自分が海に落ちることはないと確認してから、また眠りに落ちた。

ローレンスは口を開きかけたが、用語解説をするのがむなしくなり、いったん口をつぐみ、別の話題を持ち出した。「じゃあ、きみたちは二、三日、この艦にいるのか？」

「明日までね」ハーコートが答える。「それ以上延びるようなら、わたしたちが飛んでいったほうが早いわ。ドラゴンたちを無用なストレスにさらしたくないけど、ドーヴァー基地のレントン空将のもとで人員不足がつづくのは、もっとまずいから。空将は、わたしたちがいったいどこに行ってしまったのかと気をもんでるはずよ。ブレスト港沖に停泊した艦隊の夜間警戒に出かけただけなのに、〝ガイ・フォークスの日〟のお祭りみたいに、派手に花火が打ちあげられるのが見えたものだから」

ライリー艦長は当然のごとく、編隊のキャプテンたちを晩餐に招待した。そこには儀礼どおりに、捕虜になったフランス海軍士官たちも招かれた。ハーコートだけは会食の席で女性であることを見破られるのを怖れ、船酔いを理由に出席を断った。また、バークリーは、こういう場では寡黙《かもく》で、一度に五語以上を話さなかった。ウォーレンはなんの遠慮もなく話し、強いマデイラ酒を一、二杯飲んだあとはさらに舌がなめらかになった。サットンは三十年近い航空隊生活で蓄えたおもしろい逸話《いつわ》をつぎつぎに披露《ひろう》した。このふたりが、多少くだけた話しぶりではあるが、精力的に会話を盛りあげていた。

しかし、フランス軍士官たちは打ち沈んでいたし、英国海軍の面々も似たようなものだった。料理のコースが進むにつれて、いっそう重苦しさが増した。副長のパーベックは堅苦しい態度を崩さず、マクリーディーの表情は険しかった。ライリーでさえ口数少なく、彼らしくもない長い沈黙に沈み、居心地が悪そうだった。

食事のあと、ウォーレンがドラゴン甲板でコーヒーを飲みながら言った。「ローレンス、きみの古巣の海軍や元同僚を悪く言うのは気が引けるが、ありゃなんだ！　みんなしてむずかしい顔しやがって。今夜の態度からすると、われわれは彼らの機嫌をひどく損ねているらしいな。泥沼の戦いから救われたとも、もっと大量の血が流される事態が避けられたとも、彼らは思っていないようだ」

「われわれの到着が遅すぎたと思っているんだろう」サットンは自分のドラゴン、メッソリアに、いかにも心を許したようすでもたれかかり、葉巻に火をつけた。「なのに、勝ち戦《いくさ》の軍功を横取りしている、と。しかも、拿捕賞金までわれわれと分けなきゃならない。彼らがフランス艦を拿捕するより早く、われわれが到着したばっかりに。おい、一服どうだ？」そう尋ねながら、葉巻をメッソリアの口もとに持っていく。

「いや、それはちがう」ローレンスは言った。「きみたちが来てくれなければ、あのフリゲート艦は拿捕できなかった。あの艦はそれほど被害を受けていなかったから、その気になれば逃げきれたはずだ。アリージャンス号の乗組員は、きみたちの姿を見て、心底喜んだ」ほんとうの理由を説明するのは気が進まなかったが、海軍に対して悪い印象を持たれたくなかったので、手短に真相を伝えた。「原因は、きみたちの到着前に沈没させた、ヴァレリー号という敵のフリゲート艦にある。たいへんな数の乗組員が死んだんだ」

　キャプテンたちはローレンス自身も動揺しているのだと気づき、それ以上尋ねるのをやめた。ウォーレンだけがなにか尋ねたそうにしたが、サットンが彼を小突いて黙らせ、自分のチームの見習い生にトランプを取ってこさせた。そのトランプでみなが気楽な数当てゲームをはじめ、海軍士官たちからは見えない場所だったので、ハーコートもゲームに参加した。ローレンスはコーヒーを飲み終えると、その場をそっと抜け出した。

テメレアはじっとすわったまま、船影の消えた広大な海を見つめていた。一日じゅう眠って過ごし、つい先ほど起きて旺盛な食欲を見せたばかりだ。体をずらして前足の上にローレンスのすわる場所をつくると、小さくため息をつきながら、ローレンスを包むように体を寄せた。

「気にするな」ローレンスは言った。気にするなと言われてもそうできないことは自分でもよくわかっているが、テメレアが思いつめすぎて心を病んでしまうのではないかと心配だった。「あのとき、アリージャンス号の左舷側にはもう一隻のフリゲート艦がいた。もし、回頭に失敗して裏帆を打てば、そちらに流されてしまう可能性もあった。そのうえ、もしフリゲート艦が明かりを消し、花火が尽きてしまっていたら、リリーの編隊は闇のなかでアリージャンス号をまず見つけられなかったろう。きみは大勢の命とアリージャンス号を救ったんだ」

「悪いことをしたとは思ってないよ」テメレアは答えた。「船を沈める気はなかったけど、悪かったとは思ってない。だって、敵はこっちの乗組員を大勢殺す気だった。もちろん、そんなことを許すつもりはなかった。鬱《ふさ》いでる理由は、水兵たちなんだ。あれからぼくのことを妙な目で見るし、近づいてこようとしないし……」

ローレンスには、テメレアの鋭い観察を否定することも、偽りの慰めを与えることもできなかった。水兵たちはドラゴンを戦う機械だと見なしたがる。ドラゴンは生きた空飛ぶ軍艦であり、人間が意のままに操れる道具なのだ、と。水兵たちは、ドラゴンの強さや破壊的な力を、その巨体ならば当然のものとして、意外にすんなり受け入れる。竜を恐れることと粗暴な巨漢を恐れることは、彼らにとってそうたいしたちがいはないらしい。しかし、テメレアの〝神の風《ディヴァインズ・ウィンド》〟は現世を超越した現象であり、ヴァレリー号の沈没はあまりに無惨で、人間の為《な》す業《わざ》とはまるきりちがっていた。そこには、空から業火《ごうか》が降りそそぎ、破滅が訪れるという、古くからのさまざまな言い伝えを想起させるものさえあった。

あの戦いは、ローレンス自身にとっても、悪夢のような出来事だった。やむことのない打ち上げ花火のけばけばしい火花、闇に浮かびあがるフルール・ド・ニュイの白灰色の眼、舌に広がる煙の苦さ、そしてなにより、舞台に幕をおろすかのようにゆっくりと崩れ落ちていく高波。ローレンスは黙ったまま竜の前足を撫で、穏やかに進むアリージャンス号の航跡を竜といっしょにいつまでも見つめていた。

「帆が見える!」朝日のなかに大声が響き渡った。英国海軍輸送艦ウィリアム・オブ・オレンジ号が、右舷艦首二ポイント〔艦首から右へ二十二度三十分。一ポイントは三百六十度を三十二等分した方位の角度〕の水平線上にくっきりと姿をあらわした。ライリー艦長が望遠鏡をのぞいて言った。「朝食の号笛《ごうてき》を早めに鳴らそう。この分だと、午前九時より早く、ウィリアム・オブ・オレンジ号と合図を送り合える距離まで近づくだろう」

拿捕したフランスのフリゲート艦シャントゥーズ号が、目下、アリージャンス号とウィリアム・オブ・オレンジ号、二隻の大型艦の中間の位置にいた。シャントゥーズ号に乗りこんだ英国兵士たちが、すでにウィリアム・オブ・オレンジ号に向かって合図を送りはじめている。シャントゥーズ号は捕虜を英国まで運んだあと、戦利品として認定を受けることになっていた。いかにも冬らしい藍色《あいいろ》の空が広がる、快晴の寒い朝だ。シャントゥーズ号は白い上檣帆《トゲルンスル》と最上檣帆《ロイヤルスル》をあげて、颯爽《さっそう》と帆走していた。輸送艦が敵艦を拿捕して賞金を得るのは珍しいことであり、本来ならもっと祝賀ムードが漂ってもいいはずだった。拿捕したのは堂々たる四十四門艦なのだから、賞金は確実に高くなるし、捕虜に関してもひとり頭いくらで賞金が支払われるだろう。しかし一夜明けても、重苦しい空気は去らず、乗組員たちは押し黙ったまま仕事をつづけていた。ローレンスもよく眠れないまま夜を明かし、艦首楼に立って、近づいてくる輸送艦を沈んだ思いで見つめていた。ウィリアム・オブ・オレンジ号が航空隊の仲間を乗せて去ってしまえば、また孤独な航海に戻ることになるのだ。

「おはようございます、キャプテン」ハモンドが手すりの隣に立った。ローレンスはハモンドと話したい気分ではないことを隠そうとしなかったが、彼は気にするようすもなく、満足げにシャントゥーズ号に見入っていた。「これ以上は望めないほどの、すばらしい航海の幕開けでしたね」

近くでは船匠とその助手たちが、爆撃で破壊された甲板を修理していた。そのなかのひとり、肩が斜めにかしいだレドウズという男は、アリージャンス号がスピットヘッドから出航して以来、艦内一の道化者になっていた。その陽気な男が、ハモンドの言葉は聞き捨てならないとばかりに、立ちあがって彼をにらみつけた。大柄で無口なスウェーデン人の船匠エクロフが、大きなこぶしでレドウズの肩を叩いて、仕事に戻れと促した。

「それは意外なお言葉――」ローレンスは言った。「あなたは、一等級艦のほうがお好みだったのでは?」

「いえ、いえ」ハモンドは、ローレンスの嫌味《いやみ》に気づいていなかった。「まさに願ったりかなったりでしたよ。砲弾が一発、ヨンシン皇子の船室を貫通したのをご存じですか? 衛兵が一名即死して、重傷を負った別の衛兵も昨晩のうちに死にました。当然ながら、ヨンシン皇子は激怒しています。フランス海軍は一夜にして、数か月もかかる外交活動にも勝る成果をあげてくれました。拿捕したフランス艦の捕虜を皇子に拝謁《はいえつ》させることはできますか? もちろん中国側には、攻撃を仕掛けたのはフランス軍だと伝えてありますが、はっきりと証拠を示したほうがいいでしょうから」

「無理ですね。それでは、野蛮なローマ人が凱旋《がいせん》パレードで虜囚《りょしゅう》をさらしものにしたのと同じだ」ローレンスはにべもなく返した。ローレンス自身もフランス軍の捕虜になったことがある。当時はまだ少年で、新米の海尉候補生にすぎなかったが、フランス艦の艦長は礼儀正しく厳粛《げんしゅく》な態度をもって、ローレンスに恭順宣言《きょうじゅんせんげん》を求めたものだった。

「お気持ちはわかります――確かに、あまり見たい光景ではありません」ハモンドはしぶしぶ言ったが、あきらめきれないようすだ。「まあ、気の毒な仕打ちではありますが……」

「ほかにもご用件が？」ローレンスはこれ以上話を聞く気になれなかった。

「あの、どうかお許しを。おじゃましまして失礼しました」ハモンドはおずおずと言い、ようやくローレンスのほうを見た。「お伝えする用件があったのです。皇子があなたに会いたいそうです」

「承知した、ご苦労さま」ローレンスは会話の打ち切りを宣言するように言った。ハモンドはさらになにか言いたそうなそぶりを見せた。すぐに皇子のもとへ行けと急《せ》かすか、会見に臨むときの注意を与えたかったのだろう。だが結局、軽く一礼して立ち去った。

ローレンスはヨンシン皇子と会話したいと思わなかったし、ましてや軽んじた扱いを受けるのはうんざりだった。艦尾にある皇子の船室まで脚を引きずっていく肉体的苦痛もさらに気分を滅入らせた。そんなわけだから、次の間《ま》で待てと随行員たちから言われたときは、「用意ができたら、伝言を寄こしてください」とそっけなく返し、すぐ出ていこうとした。すると、随行員たちのあいだで急な協議がはじまり、ひとりの男が出入口に立ちはだかってローレンスを行かせまいとした。それからすぐに、皇子の広々とした船室に招き入れられた。

船室の向き合うふたつの壁に大きな穴があき、どちらにも青い絹布が押しこまれていた。だが、それだけでは隙間風を防ぎきれず、壁に飾られた書画の掛け軸が時折りカタカタと鳴っている。ヨンシン皇子は漆塗《うるし》りの小さな書き物机の前にいた。腰かけている赤い布張りの肘掛け椅子には、まっすぐな高い背もたれが付いている。皇子は艦の揺れをものともせず、一滴の墨も垂らさずに硯《すずり》から紙へと筆を運び、つやつやと光る黒い文字を何行も書きつけていた。

「わたしをお呼びになったのではありませんか?」ローレンスは声をかけた。

ヨンシン皇子はすぐには応じなかった。最後の一行を書き終えて筆を脇に置き、石印を取り、小さな朱肉に押しつけて書面の下部に押印《おういん》した。そして紙を折りたたみ、脇に置いた同様の紙に重ね、まとめて蠟《ろう》引きの布でくるんだ。「フォン・リー」

ローレンスはびくっとした。皇子から名を呼ばれた従者が部屋の片隅に立っているのにはじめて気づいたのだ。前に進み出たフォンは、藍色の簡素な綿の長衣をまとった、どことっていって特徴のない人物だった。背は高いが、つねに頭を深く垂れているので、頭頂部を前後に分ける、青々と剃りあげたひたいと黒髪との完璧な境界線が見えた。フォンは黙したまま探るようにローレンスを一瞥《いちべつ》し、書き物机を持ちあげ、一滴の墨もこぼすことなく部屋の端に片づけた。

そのあと、皇子のために足置きを用意し、また部屋の隅にさがった。皇子はローレンスと会見するにあたって、人払いをするつもりはないらしい。椅子の肘掛けに両肘を置き、背筋を伸ばして腰かけている。奥の壁に寄せて二客の椅子があるのだが、ローレンスに椅子を勧めようとはしない。皇子のこうした態度から、おのずと会見のなりゆきは想像できた。ローレンスは皇子が口を開く前から、肩に力が入るのを感じた。

「そなたは、いたしかたなく同行を許された存在にすぎない」皇子は冷ややかに言った。「にもかかわらず、いまだ己れがロン・ティエン・シエンの乗り手であり、所有者であるかのようにふるまっている。その勘違いが最悪の事態を招いた。そなたの不埒《ふらち》で無謀な行いが、ロン・ティエン・シエンに深手を負わせた」

ローレンスは唇を嚙みしめた。皇子に対して行儀《ぎょうぎ》よく返事できるかどうか自信がなかった。一昨夜の戦闘の前にも、テメレアを参加させるべきかどうか迷ったし、戦闘後の眠れぬ夜のあいだも、テメレアが銃撃を受けた瞬間のいまわしい衝撃や、痛みに苦しむテメレアの荒い呼吸を思い出し、自分の選択ははたして正しかったのかどうかと思い悩んだ。しかしそれについて皇子から非難されるのは、また別の問題だった。

「お話はそれだけですか」ローレンスは言った。

ヨンシン皇子はローレンスが平伏《へいふく》するか、許しを乞《こ》うとでも思っていたのだろう。予期せぬ簡潔な即答が皇子の怒りに火をつけ、舌をなめらかにした。「そなたは、ものの道理がわかっておらぬ。自責の念というものが、そなたにはないのか？　ロン・ティエン・シエンを、馬を乗りつぶすかのごとく、死に追いやるところだったというのに。二度とロン・ティエン・シエンに騎乗するな。そなたの下賤《げせん》な手下どもも近づけるな。あのドラゴンには、余が護衛をつけて――」

「皇子」ローレンスは率直に言った。「それは無理です」皇子はぴたりと黙った。話をさえぎられて気分を害したというより、ひどく面食らったようだ。ローレンスはつづけた。「護衛の件ですが、もしドラゴン甲板に足を踏み入れる者がいたら、即刻、テメレアに海に放り出させます。では失礼」

軽く一礼し、皇子に切り返す隙を与えず、さっと背を向けて部屋から立ち去った。従者たちは通り過ぎるローレンスを見つめるだけで、今回は行く手をふさごうとはしなかった。ローレンスは痛がる足を無理やり動かして歩いたが、その虚勢のつけがだんだんとたまっていった。艦の端から端まで歩き、やっと自分の船室にたどり着いたときには、脚は麻痺《まひ》したように重くなり、痙攣《けいれん》しはじめた。愛用のすわり心地のよい椅子でひと息つき、個人で持ちこんだワインを一杯飲んで、荒ぶる気持ちを鎮《しず》めた。皇子は、皇子に対して乱暴な口をきいたかもしれないが、後悔はまったくしていない。皇子は、その暴君のごとき思いつきに、英国士官や紳士がそうやすやすと従うわけではないことを思い知るべきなのだ。

迷いはなかったが、一方で、なぜ自分がこんなふうに歯向かえるかもよくわかっていた。皇子は、テメレアと担い手を引き離すという当初の考えをまったく変えてはいない。それを承知しているからこそ、こんなふうに逆らうことができるのだ。ハモンドは英国政府を肩に背負っており、政府は中国に取り入ることでなんらかの見返りを期待できるのかもしれない。しかし、自分に関して言うなら、大切なものはもう失われてしまったも同然なのだ。ローレンスは鬱々と考えながら、ワイングラスを置き、格納箱に乗せた脚をさすった。甲板で時鐘《じしょう》が六回鳴り、号笛が聞こえ、下甲板からも水兵たちが床をきしませながら上がってきた。みながにぎやかに朝食に向かう音がして、濃い紅茶の香りが厨房から漂ってきた。

ローレンスはグラスを飲み干し、少し脚を休めてから、ライリー艦長のキャビンまで歩いていき、ドアをノックした。ドラゴン甲板に海兵隊員を数名入れて、皇子が差し向ける中国の衛兵を立ち入らせないように、ライリーに頼むつもりだった。ところが、船室にはすでにハモンドがいて、ライリーの書き物机の前にすわっていた。罪悪感と不安とが入り交じるハモンドの顔を見て、ローレンスはいやな予感がした。

「ローレンス」ライリーが椅子を勧めてから言った。「ミスタ・ハモンドと、中国人乗客の問題について話し合っていたところです」ローレンスは、ライリーがひどく気をもんでいるのに気づいた。「あの晩餐で東インド会社船に関する一件が明らかになって以来、中国使節団の人々は身の危険を感じ、船室から外へ出られなくなっています。ミスタ・ハモンドはそれを懸念《けねん》しておられます。この先七か月間も、こんな状態がつづくようでは困る。なんらかの方法で彼らを甲板に出し、外の空気を吸わせなければならない、と。そこで――これは了解いただけると思うのですが――ドラゴン甲板を彼らに開放し、散歩させてはどうでしょう。それなら、彼らも水兵に近づかなくてすみますから」

いちばんありがたくない提案が、最悪のタイミングで出てきたというわけだ。ローレンスは苛立《いらだ》ちと失望を隠さず、ハモンドを見つめた。この男は災厄《さいやく》を招き寄せる邪悪な天才なのか――少なくともいまはそう思える。この長い航海のあいだ、この男がつぎつぎに繰り出す外交上のたくらみに翻弄《ほんろう》されるのではないかという心配が、いよいよ現実味を帯びてきた。

ローレンスが返事を渋《しぶ》っていると、ライリーが言った。「ご不便をおかけして恐縮ですが……ほかに手だてが見つからないのです。とにかく場所が不足していて……」

それはそのとおりだった。乗船している飛行士の数が少なく、それでいてアリージャンス号全体では定員ぎりぎりという状態で、水兵たちに自分たちの区画を一部明け渡すように命じるのは不公平だった。そんなことをすれば中国側への反発が増すばかりだろう。現実問題として、ライリーの提案は筋が通っており、乗客がどこに立ち入りを許されるかを決める権限は、艦長であるライリーにあった。しかし、先刻のヨンシン皇子の脅迫によって、事はローレンスの信条に関わる問題になった。できるなら皇子との会見についてライリーに打ち明けたいのだが、ハモンドが同席しているので、そういうわけにもいかない。

「おそらく」と、ハモンドがあわてたように、口をはさんだ。「キャプテン・ローレンスは、乗客がドラゴンをいらいらさせるのを心配しておいでなのでしょう。乗客にはドラゴン甲板の一部を割り当てることにして、ドラゴンとのあいだに明確な境界線を設けてはいかがですか？　たとえば綱を張るとか、ペンキで境界線を引くとか」

「それはいい案だ、ミスタ・ハモンド。あなたがその境界線について乗客に説明いただけるなら」ライリーが言った。

ローレンスには、自分の置かれた状況を説明しないかぎり、この案には反対できないことがわかっていた。しかし、ハモンドの前で皇子との会見について語り、彼から文句を言われるのはいやだった。そんなことをして、なんの得になるのか。ライリーは味方してくれるかもしれないが……いや、はたしてそうだろうか……考えていると確信が持てなくなった。だが、ライリーがどう出るかを抜きにしても、厄介な問題は未解決のままで、それを乗り越える妙案も浮かんでこなかった。

あきらめるつもりはないが、ここで不満を訴えてライリーをさらに面倒な立場に追いこむのは気が進まなかった。「はっきりさせておきたいのですが、ミスタ・ハモンド」ローレンスは言った。「乗客はドラゴン甲板にいかなる武器も、たとえばマスケット銃も剣も持ちこまないこと。これに違反した者は、ただちに退去させること。以上を約束していただきたい。わたしの部下やテメレアに、いっさい干渉《かんしょう》してほしくないのです」

「ですがキャプテン、乗客のなかには衛兵もいます」ハモンドが抵抗した。「ときどきは訓練も行いたいと言い出すのは確実――」

「中国に戻ってからやればよろしい」ローレンスは答えた。

ライリーの船室から出たローレンスを、ハモンドが追いかけ、ローレンスの部屋の前で呼びとめた。室内にふたりの地上クルーが足りない椅子を運びこんだばかりで、エミリーとダイアーがテーブルクロスを掛けた卓上にせっせと皿を置いている。これから編隊のキャプテンたちが、出発前に、ここで朝食をとることになっている。「キャプテン」ハモンドが言った。「どうか話を聞いてください。ヨンシン皇子が厳しい態度に出ることがわかっていながら、あのように皇子のもとに行かせてしまい、申し訳ありませんでした。事のなりゆきや、おふたりのいさかいについての責任はすべてわたしにあります。ですが、どうかここは我慢して――」

ローレンスは顔をしかめて聞いていたが、不信の念を抑えきれなくなって、言葉をはさんだ。「つまり、あなたは知っていたのですか？　わたしが皇子に対して、中国側のドラゴン甲板への立ち入りを拒否したことを。それを知りながら、ライリー艦長にあんな提案をしたのですか？」

ローレンスの声がしだいに大きくなり、ハモンドは助けを求めるように船室のあいたドアのほうへ視線を泳がせた。ローランドとダイアーが銀皿を持った手を止め、目を丸くして聞き入っている。ハモンドが言った。「ご理解ください。中国使節団をあのような状況に置くわけにはいかないのです。ヨンシン皇子の指図をわれわれが公然と拒否すれば、家来の面前で皇子を侮辱することに――」

「では、指図などさせないことだ」ローレンスは怒りをあらわにした。「あなたから、わたしがそう言っていたと皇子に伝えてください。そしてあなたも、皇子のためにこそこそと立ちまわるのはやめて――」

「なにをおっしゃる！　あなたがテメレアと引き離されるのを、わたしが望んでいるとでも？　だいたい、こんなに交渉が難航しているのは、あのドラゴンがあなたと別れるのを拒んでいるからなんですよ」ハモンドもだんだん激してきた。「ですがこの件は、二国間の友好関係なしには解決に向かわないでしょう。海の上でヨンシン皇子の指図をはねつけていれば、中国に上陸したあと、われわれの立場は逆転します。あなたのプライドのために英中の関係を犠牲《ぎせい》にしろと言うのですか？　それでは――」姑息《こそく》にもローレンスを懐柔《かいじゅう》しようとしてか、ハモンドは付け加えた。「テメレアを取り戻す望みも断たれますよ」

「わたしは外交官じゃない」ローレンスは言った。「だが、これだけはわかる。もし、ヨンシン皇子からなにがしかの善意を引き出せると思って彼にへつらっているのだとしたら、あなたはとんでもない愚か者だ。根拠もない希望をちらつかせ、わたしを買収しようとするのはやめてくれ」

ローレンスは、ハーコートをはじめとするキャプテンたちを、気持ちよく送り出したいと思っていた。しかし、テーブルの会話を盛りあげる気力もなく、結局、話題は戦争のほうへと流れた。幸い充分な量の朝食を用意することができ、船室が厨房に近いこともあって、一同が席につくや、ベーコン、ハム、卵料理、コーヒーなどが湯気を立てて運ばれてきた。砕いた乾パンをまぶして揚げたマグロの切り身も出されたが、その巨大なマグロの残りはテメレアの朝食になったということだった。サクランボの糖蜜漬け、マーマレードも大皿でたっぷりと供された。ローレンスは食欲がなく、ウォーレンがフランス艦との戦闘について話してほしいと頼んできたのを幸いに、ほとんど手をつけていない皿を脇へ押しやり、パンのかけらをフリゲート艦とフルール・ド・ニュイに、塩入れをアリージャンス号に見たてて、戦闘の経緯を説明した。

朝食がすむと、一同はドラゴン甲板に戻った。ドラゴンたちは行儀そっちのけの朝食を終えようとしていた。ローレンスは、テメレアのようすを見て安堵した。意識が冴《さ》えて動作も敏捷だし、真っ白な繃帯に取り替えてもらって気分がよさそうだ。マグロをひと口試してみろとマクシムスを説得している。

「このマグロは、とびきりおいしいんだ。今朝釣《つ》れたばかりだからね」テメレアが言った。マクシムスが心底疑わしそうにマグロを見やる。すでにテメレアが半身を食べてしまったが、頭の部分はまるまる残り、口を半開きにして、死んだ魚特有のどんよりした眼で甲板を見つめていた。七百キロ近くあった大マグロは、半身になって甲板に横たわっても相当な迫力がある。

だがマクシムスがとうとう身をかがめて口を近づけると、その迫力もすっかりかすんでしまった。マクシムスが巨大なマグロをぱくりと口におさめ、いぶかしげに嚙みくだいているさまは、かなりの見ものだった。テメレアは期待に胸をふくらませて待っていた。マクシムスはマグロをごくりと呑みくだし、口のまわりを舐めてから言った。「悪くないね――ほかに食べるものがなければだけど。それにしても、ヌルヌルしてるなあ」

がっかりしたテメレアの冠翼がぺたりとしおれた。「食べつけると、うまさがわかってくるよ。きみのために、もう一匹釣りあげてもらえるといいんだけど」

マクシムスは鼻を鳴らした。「けっこう。おまえが食べてくれ。もう羊はぜんぜんないのかな」そう言いながら、ものほしそうに飼養長をじっと見た。

「おいおい、どれだけ食ったんだ？」階段をあがってきたバークリーが大声で尋ねた。「四頭だって？ もういいだろう。それ以上でかくなったら、飛び立てなくなるぞ」

マクシムスはバークリーの忠告を無視して、肉を入れた桶に最後に残っていた羊の腰肉をぱくりと食べた。ドラゴンたちが食事を終えると、飼養係が揚水《ようすい》ポンプの海水をドラゴン甲板に撒いて、血や肉のかけらを洗い流しにかかった。たちまち艦の真下でサメたちの恐ろしい饗宴《きょうえん》がはじまった。

　ライリー艦長はそのころ、アリージャンス号と併走するウィリアム・オブ・オレンジ号に移り、先方の艦長と補給品について相談をしていた。やがて向こうの甲板にふたたび姿をあらわし、手漕ぎボートで戻ってきた。一方、ウィリアム・オブ・オレンジ号の甲板では、乗組員たちが新しい円材《スパー》や帆布を並べはじめた。「パーベック卿」と、ライリーはアリージャンス号によじのぼりながら呼びかけた。「ウィリアム・オブ・オレンジ号まで、ボートで補給品を取りに行ってもらえないか」

「われわれが代わりに運びましょうか？」キャプテン・ハーコートがドラゴン甲板から声をかけた。「どのみち、マクシムスとリリーをここからどかさなきゃいけないんです。上空を旋回するのも補給品を運ぶのも、同じことですから」

「それはありがたい。助かります」ライリーはハーコートを見あげて会釈したが、その顔に怪しむ表情はいっさいなかった。ハーコートの長い髪は飛行帽にたくしこんであり、長い上着も体型をうまく隠している。

　マクシムスとリリーはクルーを乗せず、ウィリアム・オブ・オレンジ号に向けて飛び立った。そのおかげで、ほかのドラゴンたちが離陸の準備をする空間ができた。クルーたちはハーネスと武具を甲板に広げ、小型ドラゴンに装着しはじめた。編隊の出発する時間が刻一刻と迫っている。ローレンスは脚を引きずりながらテメレアのそばに行った。突然、仲間たちと別れたくないという思いに胸を衝《つ》かれたのだった。

「知らないドラゴンがいる」テメレアが海の向こうのウィリアム・オブ・オレンジ号の甲板を眺めながら言った。そこには、一頭の大型ドラゴンがむっつりと寝そべっていた。体に茶と緑の縞があり、両翼と首にまるでペンキを塗ったように赤い筋が入っている。ローレンスはそのような体色を持つ種を見たことがなかった。

「あれは北米大陸のドラゴンだ。カナダに棲息する一種さ」サットンが、はじめて見るドラゴンを指さすローレンスに答えて言った。「ダコタとかいったな。おれの発音が正しければだが。あのドラゴンと乗り手《ライダー》が、カナダの入植地を襲撃して、捕らえられたんだ。知っていると思うが、あちらではドラゴンにクルーはいない。竜の大きさにかかわらず、乗り手はひとり。あれを生け捕りにできたとは大手柄さ。英国産ドラゴンにあんなやつはいない。闘争本能も相当なものだと聞いている。ハリファックスの繁殖場で使われるはずだったんだが、プレクルソリスがハリファックスに送られたものだから、あのドラゴンが交換で出てくることになった。本来なら、あいつは戦闘向きだよ。いかにも残忍《ざんにん》そうな顔つきじゃないか」

「あのドラゴン、ふるさとから遠く離れて、新しい土地になじむのは、たいへんだろうね」テメレアはドラゴンを眺めながら、やや小声で言った。「ぜんぜん幸せそうに見えないや」

「どうせ繁殖場に行っても、ああやってぶすっとしてるんだろうさ」メッソリアが翼を広げ、背中にのぼったハーネス係が作業しやすいように協力しながら言った。「どこも似たようなもの。そうそう、おもしろいことなんかあるもんか。ま、繁殖行為は別としてもさ」メッソリアのあけすけなもの言いに周囲がどきりとした。メッソリアは三十歳を過ぎた、テメレアよりもはるかに年長の雌ドラゴンだ。

「繁殖行為ってのも、たいしておもしろくなさそうだなあ」テメレアが陰気な顔になり、甲板に伏せた。「中国に着いたら、ぼくも繁殖場に送られるのかな」

「そんなことはない」ローレンスは答えた。たとえ中国皇帝やほかの誰かがそう言い出したとしても、テメレアをそんな目に遭わせるものかと、心のなかで固く誓った。

「中国だって、その程度の目的しかないなら、きみを返せなんて大騒ぎはしなかったはずだよ」

メッソリアがやさしく鼻を鳴らして言った。「繁殖も一回試してみたら？　悪くないかもね」

「若者を堕落させるんじゃないぞ」メッソリアの担い手であるキャプテン・サットンが竜の脇腹を陽気に叩き、最終確認のためにハーネスをぐいっと引いた。「よし、準備完了。ではまた会おう、ローレンス。航海中にはらはらするのは、あの戦闘でもう充分だろう。航海の無事を祈る」キャプテン・サットンはローレンスと固い握手を交わした。

小型ドラゴン三頭がつぎつぎに甲板から飛び立ち、ウィリアム・オブ・オレンジ号に向かった。ニチドゥスは離陸の反動で、あわやアリージャンス号を沈めそうになった。三頭と入れ替わりに、マクシムスとリリーがアリージャンス号に戻ってきた。彼らも急いでハーネスを付け、クルーを搭乗させ、バークリーとハーコートがローレンスに別れの挨拶をした。こうしてついに全編隊がウィリアム・オブ・オレンジ号に移動し、テメレアはふたたびアリージャンス号にぽつんと取り残された。

ライリー艦長が、ただちに帆をあげよと命令した。風は東南東から吹いていたが、それほど強くはないため、補助帆《スタンスル》が張られ、艦はますます颯爽とした姿になった。ウィリアム・オブ・オレンジ号は、アリージャンス号の横を通過する際、風下に向けて礼砲を一発とどろかせ、すぐにライリー艦長の命令で礼砲が返された。海を越えて歓声を交わしながら、威風堂々とした二隻の輸送艦は、ゆっくりとお互いから離れていった。

マクシムスとリリーは、食事をとったばかりの若いドラゴンらしく、元気いっぱいに空中でふざけ合っていた。しばらくのあいだ、ウィリアム・オブ・オレンジ号の上空で、二頭が雲をかいくぐって追いかけ合う姿を見ることができた。テメレアは、艦が遠ざかって二頭の竜が鳥ほどの大きさになるまで、じっと見つめていた。やがて小さなため息をつき、頭を甲板におろし、体を丸くした。「また会えるのは、ずいぶん先になりそうだね」

ローレンスは、テメレアのすべすべした首筋に黙って手を添えた。今回の別れが、もしかすると永遠の別れになるかもしれない。胸の高鳴りもざわめきもなく、この先に新たな冒険が待ち受けているという期待もなかった。乗組員たちが沈んだようすで、それぞれの仕事に取りかかる。果てしなく広がる青い海原のほかはなにも見えず、行く手に待ち受けるのは漠《ばく》とした旅路と、さらに漠とした目的地……。「思ったよりも、時間は早く過ぎるものだよ」ローレンスは言った。「さあ、本のつづきを読もう」

第二部

6 「旅路は苦難に満ち……」

その後しばらくは快晴の日がつづいた。空は冬らしく冴え渡り、海は群青色《ぐんじょう》で、南下とともに少しずつ気温が上がった。壊れた帆桁を交換したり帆を張り直したり、修理が着々と進められ、アリージャンス号が元の姿を取り戻すにつれて帆走の速度も増した。途中、はるか遠くに二隻の小型商船を認めたが、船との距離は縮まることなく、いつしか離れていった。また一度だけ、はるか上空を逓信《ていしん》竜が飛んでいくのが見えた。長距離飛行に強いグレーリング種のドラゴンにちがいなかったが、高度が非常に高く、旧知のドラゴンかどうかは確かめようがなかった。

中国人衛兵たちは、ドラゴン甲板の準備が整うと、翌日の夜明けから姿をあらわした。この甲板の左舷側の一角が、彼らのためにペンキの太い線で囲われていた。衛兵たちは、はた目にはそれとわかる武器を身につけていなかったが、閲兵《えっぺい》式の海兵隊員並みの規律正しさで、一日三交替制の見張りについた。乗組員たちは、艦尾窓の近くで起きたローレンスと皇子のいさかいを甲板から盗み聞いており、事情を知っていた。そのため衛兵たちの存在をうとむようになり、使節団の上層部の者たちとなると、なおさらだった。結局、乗組員たちは中国人を苦々しい存在として十把《じっぱ》ひとからげでとらえていた。

だがローレンスは、少なくとも甲板に出てくる者たちについては、それぞれの特徴を見分けられるようになった。若手の随行員数名は海の観察に余念がなく、左舷の端に立ち、海面を切るように進むアリージャンス号の水しぶきを興味深そうに眺めていた。リー・ホンリンという若者はとりわけ好奇心旺盛《おうせい》で、中国式の長衣をものともせず、一部の海尉候補生をまねて帆桁にぶらさがってみせた。衣の裾はいつロープにからまってもおかしくなかったし、底の厚い黒の短靴は、水兵のような裸足や薄手の靴とちがって、足もとがおぼつかなかった。中国人仲間は、リーが帆桁からぶらさがるたびに、必死の身振りとともに、甲板に戻れと叫んでいた。

だがほかの中国人たちは、落ちついたようすで外気を吸い、甲板のへりから充分な距離を保って歩き、低い腰掛けを持ち出して仲間うちで談笑した。ローレンスには、その音の高低差の際立った奇妙な言語の、どこからどこまでがひとつの文であるのかもわからなかった。中国語とは実に不可思議《ふかしぎ》な言語だ。しかし会話こそできなかったが、たいがいの随行員が英国人に敵意をいだいていないことは感じとれた。表情やしぐさから判断するかぎり、彼らはおしなべて好意的であり、甲板に出入りする際には丁寧なお辞儀《じぎ》をした。

ところが、ヨンシン皇子に同行するときだけ、そんな態度がころりと変わった。皇子がそばにいると、彼らは皇子のやり方にならい、自分たち以外には誰もいないかのように甲板に出入りした。英国の飛行士たちにうなずいたり、なにかを身振りで示したりすることもない。ただし、皇子はめったに甲板に姿を見せなかった。大きな窓がある皇子の船室は、運動のために甲板に出る必要もないほど広々としていた。皇子が甲板に出るのは、むずかしい顔つきでテメレアのようすを確かめることが主な目的のようだが、テメレアはほとんど眠っているため、皇子の視察はいつも収穫なく終わった。テメレアは傷が完治しておらず、ほぼ終日寝て過ごし、起きてもぼんやりした状態で、時折り大きなあくびをしては低いうなりを甲板に響かせた。だがアリージャンス号の毎日は、テメレアとは関係なく、いつもどおりにつづいていた。

年配の外交使節のリウ・バオは、甲板には姿を見せず、船室にこもりつづけていた。

出航の日以来、彼を見かけた者はなく、おそらくは一度も外に出ていないはずだった。彼の船室は艦尾楼甲板の下にあったので、扉をあけるだけで、簡単に外へ出ることができた。だが下の階におりて食事をとったり、ヨンシン皇子のもとへ行ったりすることもなく、日に一度か二度、数名の従者が厨房とリウ・バオの船室をせわしげに行き来するだけだった。

若いほうのスン・カイは、リウ・バオとは対照的に、日中はほとんど室内にいなかった。毎食後、甲板に出て外気を吸い、そのまま長くとどまった。そんなとき、ヨンシン皇子が甲板に出てくると、スン・カイはうやうやしく一礼し、片隅に退《ひ》いておく付きの者たちからも距離をあけ、皇子とはあまり話を交わさなかった。スン・カイのいちばんの関心事は、艦における乗組員の生活や艦の構造にあり、とりわけ砲撃訓練に強い興味を示した。

ただし砲撃訓練は、その騒音が皇子の迷惑になるとハモンドが主張したため、ライリー艦長の判断によって規模が縮小された。砲手たちは砲身を砲門から突き出すだけで発射はせず、たまの実弾演習のときだけ轟音を響かせた。スン・カイは、甲板に出ていないときも、訓練開始を知らせる小太鼓《こだいこ》が鳴りだすと、すぐに甲板にあらわれ、訓練の一部始終を観察し、大砲が炸裂する轟音にも激しい反動にもひるまなかった。彼はじゃまにならないように気を遣っていた。ドラゴン甲板に設置された数台の大砲に砲手たちが駆けつける演習も、二、三回目になると、誰もスン・カイの存在を気にしなくなった。

訓練がないとき、スン・カイは甲板の大砲を至近距離から観察した。ドラゴン甲板には砲身の短いカロネード砲が置かれていた。これは〝粉砕機《スマッシャー》〟の異名をとる四十二ポンド砲で、長身砲に比べて命中率は落ちるが、発射の反動で砲身が後退する距離が短いため、設置に要する空間が少なくてすむ。スン・カイは甲板に固定された砲架──重い鉄製の砲身を前後に動かして発射の反動を吸収する装置に、とりわけ関心を示した。英語を解するわけではないが、飛行士にしろ水兵にしろ、仕事にいそしむ者たちをじろじろと観察することを無礼とは思っていないようだ。アリージャンス号そのものにも興味をいだき、マストや帆の配置を観察し、艦体の設計には強い関心を示した。ローレンスは、スン・カイがドラゴン甲板の縁から白い竜骨《キール》を見おろし、艦の構造を描きとめている姿をよく見かけた。

スン・カイは、その東洋人らしい生真面目な風貌から想像される以上に、強固な意志の持ち主であるらしかった。熱心というより一心不乱に、興味からというより研究に没頭する学者のように観察をつづけ、一種近寄りがたい雰囲気を漂わせていた。ハモンドだけが臆《おく》することなく話しかけたが、そのたびにスン・カイから丁重だが冷ややかなあしらいを受けた。ローレンスから見れば、スン・カイは明らかにハモンドを敬遠していた。ハモンドが近づくときも遠ざかるときも、彼は表情を変えず、礼を失しない程度に控えめに、ちらりとハモンドのほうを見た。

ローレンスは、そんなようすを見ているだけに、たとえ言葉の壁がなくても、スン・カイに声をかける気にはなれなかった。とはいえ、自分が軍艦について解説すれば、彼の研究に役立つだろうし、彼と会話するとしたら、それがもっとも適切な話題であるように思われた。しかし言葉の壁とは別に、なにか直感めいたものが彼との接触をためらわせており、さしあたってはスン・カイのようすを観察するだけでよしとした。

マデイラ島に到着すると、アリージャンス号は水や家畜を仕入れ、航空隊の編隊によって消費された分を補った。だが、港に長居はしなかった。「帆の位置を変えたのは、目的があってのことなんです――この艦に適した帆の張り方がわかってきまして」ライリーがローレンスに説明した。「クリスマスを洋上で過ごすことになってもかまいませんか？　試験航行をして、七ノットまで速度をあげられるかどうか試せるとうれしいんですが」

こうして、艦はマデイラ島のフンシャル港を堂々たる満帆《まんぱん》で出航した。ライリーの得意気なようすからすると、彼の予測より早く、高速航行という目標が達せられたようだった。「八ノットかそこらは出ていますよ。いかがです？」

「心から祝福するよ」ローレンスは答えた。「この艦でここまで速度が出せるとは、わたしには想像できなかった。アリージャンス号はなにもかも期待以上だ」しかし、心ならずも、ローレンスはこの速さを残念に思った。艦長時代には、全速航行は国王の財産たる軍艦をぞんざいに扱う行為なので好ましくないと考え、それに興じることを慎んでいたが、船乗りのつねとして、思う存分高速で帆走できるときには心が躍《おど》った。ふつうの航海ならば、思う存分ライリーと喜びを分かち合えていただろう。艦の後方に遠ざかっていく小さな島影を名残《なごり》惜しく振り返ることもなかったろう。

ライリーが航行速度の記録更新を祝おうと、ローレンスと海軍士官数名を晩餐に招待した。だが、そんな浮かれ気分を罰するかのように、食事中に突然、スコールがやってきた。このとき甲板にいて水兵を指揮できる立場にある者は、不運にも、若手海尉のベケットだけだった。もし艦が机上《きじょう》の計算どおりに操れるのなら、ベケットでも無寄港で世界六周ぐらいはやってのけたことだろう。だが現場に出ると、そうはいかない。ベケットは頭を悩ませた末に、たいてい誤った判断をした。このときも同じだった。最初にぐらりと床が傾き、食事中の人々は異変を察知した。アリージャンス号の艦首がさがり、また浮きあがった。驚いたテメレアが小さくうなる声を全員が聞いた。みなが息せき切って甲板に飛び出したときには、後檣《ミズンマスト》の帆をもぎ取らんばかりの風が吹き荒れていた。それでもライリー艦長と副長のパーベックが指示を出し、なんとか艦をもとの状態に立て直すことができた。

スコールは来たときと同じようにあっという間に去り、黒雲が流れ過ぎたあとの空が淡い茜色《あかね》に染まった。海のうねりは、ほとんど感じられないほどゆるやかになった。ドラゴン甲板にまだ日の名残《なごり》があるうちに、中国人の一団が甲板にあらわれた。まずは数名の従者が年配の外交使節、リウ・バオを船室からかかえ出し、艦尾甲板と艦首楼を支えながら歩かせ、やっとのことでドラゴン甲板につづく階段を押しあげた。

リウ・バオは、最後に見たときとすっかり変わっていた。げっそりと痩《や》せて、たるんだ頬の下や首筋が、不気味な緑色を帯びている。あまりのやつれように、ローレンスは同情を禁じえなかった。従者たちが椅子を用意すると、リウ・バオは腰をおろし、湿った涼風を顔に受けた。しかしそれでも気分がよくなったようには見えず、従者が食事を勧めても、手を振って拒否するばかりだった。

「あいつ、飢え死にしちゃうのかな」テメレアが心配するというよりは興味深げに尋ねた。

「そうならなければいいが。あの歳で航海はちょっとな……」ローレンスはそう答えながら立ちあがり、手を振って合図した。「ダイアー、下へ行って、ミスタ・ポリットに来てもらえないか頼んでみてくれ」

ほどなく、ダイアーにつづいて船医のポリットが、息を切らして、あいかわらず不恰好な歩き方で甲板にあがってきた。ポリットは船医としてローレンスの指揮艦に二度乗りこんだ経験がある。それもあって堅苦しい態度はとらず、椅子にどさりと腰かけて尋ねた。「さてさて、脚の具合が悪いんですか？」

「いや、そうじゃないんだ、ミスタ・ポリット。脚はだいぶよくなった。わたしではなくて、あの中国の代表使節が……」ローレンスがリウ・バオを指さすと、ポリットは首を振り、あそこまで急激に体重を落としては、とても生きて赤道までたどり着けないだろうと断言した。

「中国人たちは長期間の航海に慣れていない。激しい船酔いの治療法を知らないんだろうな」ローレンスは言った。「なにか薬を処方してもらえないだろうか」

「ううむ、わたしの患者ではありませんし、首を突っこんであとで責められるのもごめんですよ。あちらの医者だって、よけいなお節介だと腹を立てるかもしれません」ポリットは弁解がましく言った。「でもどのみち、薬よりは乾パンですね。乾パンなら、どんな状態の胃でも受けつけるでしょう。中国の怪しい食べ物が原因ってこともありえます。乾パンを少しと、軽めのワイン。それなら元気を取り戻すかもしれません」

もちろんリウ・バオは、ポリットの言う〝怪しい食べ物〟になじんでいるわけだが、彼の見立ては当たっているように思われた。その夜、ローレンスはリウ・バオに届け物をさせた。エミリーとダイアーにコクゾウムシを取り除かせた乾パンの大きな包みと、かなり惜しく思ったが、ひと瓶六シリング払ってポーツマスのワイン商から買い入れた空気のように軽い喉ごしのリースリングワイン三本だ。

やりすぎではないかという気持ちもどこかにあった。ほかの状況でも同じことをしたと思いたいのだが、今回はいつになく自分が計算高くなっていないだろうかと気になった。そんなことは大嫌いだし、自分のなかにあることじたい認めたくないのだが——ごくごくわずかだとしても——自己欺瞞《ぎまん》と相手へのご機嫌とりが交じっているような気がしないでもなかった。中国使節団が東インド会社船を接収して英国まで来たという屈辱的事実が明るみに出たにもかかわらず、中国側に好意的な贈り物をすることに後ろめたさを覚えた。いまだに中国人たちに険悪なまなざしを注ぐ水兵たちと同じく、ローレンスもけっしてそのことを忘れてはいないのだ。

その夜、ローレンスはテメレアにこそこそと言い訳した。テメレアは、ローレンスから見舞いの品がリウ・バオの船室に届けられたことに気づいていた。「結局、東インド会社の貿易船を接収した件は、彼ら個人の罪じゃない。彼らの立場は、英国国王が中国に同じことをしたときのわたしの立場となんら変わりないんだ。英国政府がまったく抗議していないのだから、中国側があの事件を軽く考えていても責められない。少なくとも、本人たちはあの件を隠そうとも、ごまかそうともしなかったんだから」

そう言いながらも、まだもやもやしていたが、結局あすするよりなかったのだと思い直した。無視を決めこむのはいやだし、ハモンドに一任するのも心配だった。ハモンドには外交官としての交渉術や知恵はあるかもしれないが、テメレアを中国に渡さないように、ここで踏ん張ろうという覚悟はない。ハモンドにとって、ドラゴンは交渉の切り札《ふだ》にすぎない。もちろん、ヨンシン皇子を説得できる可能性はきわめて低いだろう。しかし、もし使節団の面々に誠意を尽くして彼らを味方につけることができたなら、なんとかなるかもしれない。やってみるだけの価値はある。そのためなら、たとえ自分のプライドを犠牲にしても惜しくはないと、ローレンスは思った。

はたして、見舞いの品が効果をあげた。翌日、船室からふらふら出てきたリウ・バオは、前日よりいくぶんましになっていた。その翌朝にはさらに回復し、ローレンスのもとに通訳を寄こし、中国側の甲板にぜひ来てほしいと招待した。

リウ・バオは血色がよくなり、ずいぶん楽になったようだった。そばに料理人がひとりついていた。リウ・バオは、あの乾パンを中国人医師の勧めに従って生姜《しょうが》といっしょに食べたところ、驚くべき効果があったので、ぜひともこの料理人に乾パンの作り方を教えてほしいと言った。

「ええと、あれは小麦粉に水を少し加えて焼いたもので……あいにくですが、それ以上のことはわかりません」ローレンスは答えた。「そもそも、この艦の厨房で焼いているわけではないのです。ですが、船倉には世界を二周できるぐらいの量が蓄えてあります。ご安心ください」

「一周でもうたくさん」リウ・バオは言った。「わたしのような年寄りが、故郷を遠く離れて波にもまれるようなまねをしてはいけません。この船に乗ってからというもの、あの乾パンをもらうまで、薄い餅《もち》すら喉を通りませんでした。ですが、今朝は魚入りの粥も食べられた。むかつくこともなかった。あなたには、ほんとうに感謝しております」

「お役に立ててうれしいです。たいへん元気になられましたね」ローレンスは言った。

「励ましだとしても、ありがたいですな」リウ・バオが言い、悲しげに片腕を突き出し、振ってみせた。長衣がだぶだぶになったと言いたいらしい。「もう少し太って、もとの姿に戻りたいものです」

「お身体の具合にもよりますが、明日の晩、食事をごいっしょしませんか?」ローレンスはそう尋ねながら、頭の片隅で、この招待をもっともらしくさせるにはどうしたらいいかと考えた。「明日は、われわれの祝日なのです。部下たちを招いて晩餐会をするつもりでした。あなたがいらっしゃれば、みなが喜ぶでしょう。もしお連れになりたい方がいらっしゃるなら、どうぞご遠慮なく」

前回よりも格段になごやかな晩餐会になった。グランビー空尉はなおも診療室で寝ていて油っこい食事を禁じられていたが、フェリス空尉がこの機に乗じて自分を印象づけようと、ローレンスのどんな指示にも対応してみせた。フェリスは元気旺盛な若い士官だった。〈トラファルガーの海戦〉で敵ドラゴンへの斬りこみ隊に加わって功を立て、つい最近、テメレアの背側乗組員《トップマン》の長に昇格した。ふつうなら、彼が自力で第二空尉に昇進するには、最短でもあと一年、ふつうなら二、三年はかかる。ところが、第二空尉のエヴァンズが負傷して本国に送還されたため、いまはフェリスが第二空尉代行を務めていた。フェリスとしては、この地位をどうにかして守り抜きたいのだろう。

その朝、彼は空尉候補生たちを集め、晩餐会の食卓では礼儀正しくふるまい、粗相《そそう》のないようにと厳しく指導した。ローレンスはそれを横合いから聞きながら、頼もしく思った。フェリスは下級士官たちに食卓で披露する話まで教えこんだにちがいない。というのも、晩餐のあいだ、彼が時折り下級士官に意味ありげな視線を送ると、そうされた者はワインをがぶりと飲んで、およそ若年の士官らしからぬ話をひとくさりはじめたからだ。

スン・カイも、リウ・バオとともに出席したが、前回と同じく、客人というよりは観察者の風情を漂わせていた。一方、リウ・バオは、スン・カイのような自制的な態度は見せず、存分に楽しむつもりのようだった。もっともいくら堅物《かたぶつ》でも、朝からじっくりと炙《あぶ》り焼きにしてバターとクリームで照りを出した仔豚の丸焼きを前にしてはこらえようがない。リウ・バオもスン・カイも仔豚をお代わりし、リウ・バオは、焦げ色をつけてぱりっと焼きあげた鵞鳥《がちょう》の料理も絶賛した。その鵞鳥はマデイラ島で仕入れたもので、脂が乗ってまるまるしているうちに絞めることができた。ふつう洋上ではこんな立派な家禽《かきん》にはまずありつけない。

時にはへまもあるぎこちないもてなしだったが、その懸命さが座を大いに盛りあげた。リウ・バオはどんな話にも呵々《かか》大笑《たいしょう》し、みずからも座を沸かす話を披露した。そのほとんどは狩りの際の間抜けな失敗にまつわるものだった。この晩餐を楽しめないのは気の毒な通訳だけで、彼はテーブルを飛びまわって、英語を中国語に換え、中国語を英語に換え、懸命に働いた。晩餐会ははじまりから、前回とはまったく異なる友好的な雰囲気に包まれていた。

スン・カイはあいかわらず寡黙で、話すより聞き役にまわるほうが多く、ローレンスには彼が楽しんでいるのかどうか、いまひとつはっきりしなかった。ごく控えめに料理を食べ、酒にもほとんど口をつけてはいない。それでも、底なしの食欲を見せるリウ・バオが、ときどきスン・カイをやさしく叱り、グラスになみなみと酒を注ぎたした。やがて、大きなクリスマス・プディングがブランデーの青い炎を揺らめかせておごそかに運びこまれると、みなが拍手で出迎えた。プディングは切り分けられて全員の腹におさまった。デザートが終わったところで、リウ・バオがスン・カイに向き直って言った。「今夜は元気がないようだね。さあ、『苦難の道』を披露してくれ。まさに、この航海にふさわしい詩だ！」

スン・カイはためらいながらも、まんざらでもないようすでリウ・バオの頼みを受け入れ、咳払いをひとつしたのち、一篇の詩を朗誦《ろうしょう》した。

金杯の美酒　銅貨一万枚に適《かな》い
翡翠《ひすい》の皿の佳肴《けいこう》　銅貨百万枚に値す
然《さ》れど我　酒肴《しゅこう》を遠ざけ　飲食すること能《あた》わず
鉤爪《かぎづめ》空に掲げて四方に目を凝らせども　空《むな》し
黄河《こうが》渡らんとすれども　四肢は氷に阻《はば》まれ
大行《タイハン》山脈飛びゆかんとすれども　空は雪に烟《けぶ》る
小川のほとりに物憂く坐して　黄金の鯉《こい》を眺むるのみか
然《しか》し　我豁然《かつぜん》と帆をあげ　日輪を目指して海を行かんと夢みる
旅路は苦難に満ち
旅路は苦難に満ち
道は幾度も分かれ
いずれの道をか選ばん
いつの日か遥《はる》かなる風に乗り雲霧《うんむ》を開き
雄大なる海に　この翼以《も》て翔《か》けん

この詩にもともとあった押韻《おういん》や韻律《いんりつ》は英語に訳された際に消滅したかもしれないが、飛行士たちはみな詩の内容に心を打たれ、拍手で称えた。「あなたがお書きになったんですか?」ローレンスは興味をそそられて尋ねた。「ドラゴンの視点から書かれた詩は、これまで聞いたことがありません」

「いえいえ」スン・カイが通訳を介して答える。「唐代の詩人、ロン・リー・ポーの作品です。わたしは素人《しろうと》にすぎませんから、わたしの書く詩など、みなさんに披露するようなものではありません」そう言いながらも、スン・カイは心から喜び、さらに古典詩をいくつか暗誦してみせた。ローレンスはその人並みはずれた記憶力に舌を巻いた。

英国と中国の船やドラゴンはどちらが優れているかという話題は、最後まで慎重に避けられ、招かれた客たちはなごやかに席を立った。

「晩餐会は大成功だった、と言っても言いすぎじゃない」晩餐会のあと、ローレンスはドラゴン甲板でコーヒーを飲みながら、羊を食べているテメレアに語りかけた。「結局つきあってみると、ふたりともそう傲慢《ごうまん》な人物ではなかった。とくにリウ・バオには感心したよ。多くの軍艦に乗ってきた経験から言えば、海の上で気持ちのいい相手と食事ができれば儲《もう》けものだ」

「ふうん、あなたが楽しく過ごせたのなら、ぼくもうれしいよ」テメレアはなにかを考えているように、羊の脚の骨を噛み砕きながら言った。「その詩、もう一度暗誦できる?」

ローレンスはスン・カイが暗誦した詩を思い出すために、部下たちに応援を頼まなければならなかった。翌朝になってもまだみなで思い出そうとしていると、甲板に外気を吸いにきたヨンシン皇子が、あやふやな記憶に頼ったばかりに原形をとどめないほど崩れた詩を耳にした。皇子はしばらく黙って聞いていたが、やがて眉をひそめてテメレアに向き直り、自分でその詩を朗誦してみせた。

ヨンシン皇子は中国語で朗誦し、英語にはしなかった。にもかかわらず、テメレアはたった一度聞いただけで、なんの苦もなく中国語で繰り返した。ローレンスがテメレアの言語能力に驚嘆するのは、これがはじめてではない。ほかのドラゴンと同じく、テメレアも卵のなかにいるあいだに言葉を覚えたのだが、大半のドラゴンとちがって三か国語にさらされる環境にあったため、いちばん最初に耳にした中国語まで覚えていた。

「ローレンス」テメレアが皇子と中国語で短く言葉を交わしてから、興奮したようすでローレンスのほうを見た。「この詩は人間じゃなくて、ドラゴンが書いたんだって!」

ローレンスはテメレアが中国語を話せることに面食らっていたが、この話にはさらに驚き、目をしばたたかせた。「詩作を好むドラゴンなんて、妙な感じだな。でも、中国のドラゴンがきみのように本好きなら、詩を書こうと考えても不思議ではない」

「どうやって書いたんだろう」テメレアは考えこむように言った。「やってみたい気もするけど、どうやって文字にしたらいいのかもわからないや。ペンは持てないし」

テメレアは前足を持ちあげ、五本の指から生えているかぎ爪をしげしげと眺めた。

「なんなら、わたしが書き取ってあげるよ」ローレンスはこの思いつきが気に入った。

「そのドラゴンも、そうやって書いたんじゃないかな」

だが、口述筆記のことは、その二日後、診療室で長く過ごしたあと暗い気分でドラゴン甲板に上がってくるまで、ローレンスの記憶から消えていた。診療室に見舞ったグランビーは、また熱を出し、蒼白い顔で半分意識が飛んだまま、青い目を見開いて天井のへこみを見つめていた。唇はひび割れて半開きになり、少量の水しか受けつけず、うわごとばかりをしゃべっていた。ポリットは押し黙ったまま、首を小さく振った。

フェリスがドラゴン甲板につづく階段の下に不安そうに立って、ローレンスを待っていた。その顔つきを見て、ローレンスはまだおぼつかない足どりを速めた。「キャプテン」フェリスが言った。「どうしていいのかわからなくて。その……今朝はずっとテメレアに話しかけているんです。ぼくには、なんの話だかさっぱり……」

ローレンスが急いで階段をあがると、ヨンシン皇子が甲板に置かれた肘掛け椅子にすわり、中国語でテメレアに話しかけていた。皇子は一語一語をはっきりと発音して大きな声でしゃべり、テメレアの発音も直してやっていた。紙も数枚持参しており、そこに中国語の奇妙な文字を大きく書きつけている。テメレアは心からそれに魅《み》せられていた。熱心に話に聞き入り、とりわけ興味を覚えることがあると、しっぽの先を揺らした。

「ローレンス、ほら、見て。中国語で〝ドラゴン〟はこう書くんだって」テメレアがローレンスを見つけて呼びかけた。ローレンスは言われるままに、ぽかんとその文字を見つめた。文字のこの部分は、竜の翼や体を象徴するのだと教えられても、ローレンスにとっては、波が引いた浜に残された砂の模様とたいして変わりなかった。

「中国語ではドラゴンをたった一文字で表すのかい？」ローレンスは疑わしげに尋ねた。「それで発音は――？」

「〝龍《ロン》〟だよ」テメレアが答える。「ぼくの中国名、龍天翔《ロン・ティエン・シエン》の〝ロン〟。〝ティエン〟は、天の使い種《セレスチャル》であることにちなんでいるんだ」ふたつ目の漢字を示しながら誇らしげに言った。

ヨンシン皇子がテメレアとローレンスのやりとりをじっと見つめていた。その表情に目立った変化はなかったが、ローレンスには皇子の目に勝ち誇った色が浮かんでいるように思えた。「ずいぶん夢中だね。きみがそんなに楽しく過ごしていたのなら、わたしもうれしいよ」ローレンスはテメレアに言い、ヨンシン皇子に向き直ってゆっくりとお辞儀をすると、許しを得ずに自分から話しかけた。「お気遣いくださり恐縮です」

ヨンシン皇子が硬い声で応じた。「余はこれを義務と心得ている。古典の学習は、知性を磨くために必要なものだから」

その態度はとても友好的とは言えなかったが、皇子が甲板にしるされた境界線を無視してテメレアと会話するつもりなら、これを公式訪問と同等のものと見なしてもよいだろうと、ローレンスは考えた。つまり、こちらから会話の口火を切ってもよいということになる。皇子がそれに納得していたかどうかはともかく、ローレンスの厚かましさがその後の皇子の訪問をさまたげることはなかった。そのうち、皇子は毎朝甲板に出て、テメレアに中国語を教えたり、中国の詩を披露したり、学問を餌《えさ》にテメレアの気を引くようになった。

ローレンスは当初、このあからさまな誘惑に苛立ちしか感じなかった。が、マクシムスやリリーと別れて以来、テメレアがこんなに明るい態度を見せたことはない。そこに皇子がからんでいるのは気に入らないが、傷のせいで甲板から動けないテメレアが夢中になれるものを否定することはできなかった。皇子は、テメレアの忠誠が東洋の魅惑に触れて揺らぐとでも思っているのだろうか。そう思いこみたいのなら、どうぞご勝手に。ローレンスはテメレアの忠誠をみじんも疑ってはいなかった。

だが数日が過ぎても、テメレアの中国語熱は衰《おとろ》えず、ローレンスはますます気持ちが沈んでいった。習慣となっていた読書は、テメレアが中国の詩を朗読したがるために、しばしばなおざりになった。テメレアは教わったことを自分で書きとめたり読んだりできないために、すべてを丸暗記する。ローレンスは自分には文学的な素養がないことを承知していた。楽しい気晴らしとなるのは午後のおしゃべりや手紙を書くこと、あるいはあまり遠くない日付の新聞が手に入れば、それを読むことだった。テメレアの影響で以前よりは書物に親しむようになったが、自分がさっぱり理解できない言語で書かれた作品を前に、テメレアと感動を分かち合うのはむずかしかった。

意気消沈している自分の姿をさらして皇子をうれしがらせるつもりはなかったが、テメレアが新たな詩を暗誦し、皇子から珍しく褒め言葉をかけられて顔を輝かせたときは、皇子に勝利を与えたような気がして落ちこんだ。テメレアの上達ぶりに皇子が驚嘆し、喜んでいることも心配だった。テメレアがドラゴンのなかでも図抜けた能力を持っていることはよく承知しているが、それを皇子に知られることには抵抗がある。もうこれ以上、自分からテメレアを奪おうという動機をヨンシン皇子のなかに増やしたくなかった。

せめてもの救いは、テメレアがたびたび英語に切り替えて、ローレンスを会話に引きこもうとすることだった。そんなとき、皇子はやむなく礼儀正しくローレンスと会話した。せっかく自分が稼いだ得点を失いたくなかったからかもしれない。それでもローレンスはちっぽけな満足感を得るだけで、会話を楽しむまでには至らなかった。皇子との対立が現実にある以上、自然な心の交流は生まれるはずもなく、お互いが歩み寄ることはまずないだろうと思われた。

ある朝、ヨンシン皇子は、テメレアがまだ寝ている早い時刻に甲板にあらわれた。お付きの者たちが椅子を用意し、テメレアに読んでやる巻物をそろえているあいだ、皇子は甲板の端に行って海原を眺めていた。アリージャンス号は果てしなく青い大海のどまんなかにいて、島影ひとつ見えず、涼やかな風が吹き渡っていた。ローレンスもへさきに立って、海原を眺めていた。紺碧《こんぺき》の海には小さなうねりがたまに生まれて、互いにぶつかっては白い泡を生んでいる。アリージャンス号は、椀《わん》を伏せたような空の下で、孤独な航海をつづけていた。

「これほどわびしくも退屈な眺めがほかにあるとしたら、砂漠ぐらいのものだろう」皇子が出し抜けに話しかけてきた。ローレンスは、この美しい眺めについて皇子になにか言おうとしていたところだったので、当惑し、口を閉ざした。そして、つづく皇子の発言にさらに困惑を深めた。「英国人は新たな土地を求めて、あくことなく航海をつづけている。そなたらは、よほど母国に不満をいだいているのだろう」皇子はローレンスの返事を待たず、首を振って立ち去った。ヨンシン皇子ほど、あらゆる点において意見の合わない人間はいない。ローレンスはまたもそれを確信した。

航海中のテメレアの食糧は、通常ならばテメレアが自分で捕る魚のはずだった。ローレンスとグランビーは食糧計画を立てる際、魚以外に目先を変えるものとして、また悪天候でテメレアが飛び立てない場合の備えとして、牛と羊を用意しておいた。だがテメレアは負傷で飛行を禁じられ、自分で漁ができなかったので、予想よりもはるかに速いペースで牛や羊を消費した。

「いずれにせよ、サハラ海岸沿いに航走しないと、貿易風でリオ・デ・ジャネイロまで流されてしまうおそれがあります」ライリー艦長が言った。「ケープ・コーストには停泊できるでしょうから、そこで物資を補給しましょう」ライリーが安心させるつもりでそう言ったとはわかっていたが、ローレンスはただうなずくだけで言葉を返さず、その場から立ち去った。

ライリーの父親は西インド諸島で農園を経営しており、数百人の黒人奴隷を働かせていた。一方、ローレンスの父親は、奴隷制廃止を訴えるウィリアム・ウィルバーフォースとトマス・クラークソンの熱烈な支持者であり、奴隷貿易を痛烈に批判する演説を貴族院で何度か行っていた。そしてある日の演説でライリーの父親の名を挙げ、「キリスト教徒の名を辱《はずかし》め、母国の品格や評判を汚す奴隷保有者のひとり」と批判したのだった。

この演説の直後は、ローレンスとライリーのあいだによそよそしい空気が漂った。ライリーは父親を心から慕《した》っており、当然ながら、父が公《おおやけ》の場で非難されたことに憤《いきどお》った。ライリーの父親は、ローレンスの父アレンデール卿よりも、はるかに温かい人柄だった。ローレンスは自分の父をそれほど慕っておらず、むしろ父のせいで気まずい立場に置かれたことを苦々しく思った。しかし、かといってライリーに謝罪するつもりもなかった。ローレンスは、クラークソンが中心となった啓蒙《けいもう》団体の発行する小冊子や書籍がいつでも読める環境で育ち、九歳になると、廃船となる予定の元奴隷船を見学させられた。そのとき見た光景はその後何か月も悪夢となってローレンスにまとわりつき、幼い心に深く根をおろした。ライリーとは奴隷制について一度だけ議論したが、意見の一致を見ることはなく、ただ休戦状態に落ちついただけだった。

双方がこの話題に二度とは触れず、互いの父親についての言及も慎重に避けるようになった。そんな事情があったので、ローレンスは奴隷貿易港であるケープ・コーストへの寄港には気が進まなかった。しかしそれを率直にライリーに言うこともできず、ひとりで悶々《もんもん》とした。

それでも、テメレアの食糧さえ確保できればと考え、竜医のケインズに、テメレアもだいぶよくなったようだから、魚を獲るために短時間だけ飛行させるわけにはいかないだろうかと尋ねてみた。「勧められんな」竜医は言葉少なに答えた。ローレンスがもしやと思ってじろりとにらむと、ケインズは、実はテメレアの傷の治りを心配しているのだと告白した。「筋肉がまだ熱を持っている。患部に触れると、筋肉の引きつりを感じるからな。本気で心配するのはまだ早すぎるとしても、状態を悪化させるようなまねをさせるわけにはいかん。少なくともあと二週間は飛行禁止だ」

結局、ケインズに相談したことで、食糧不足やケープ・コーストへの寄港のほかに、またひとつ悩みの種を増やすことになった。いや、悩みの種ならほかにもあった。ヨンシン皇子がテメレアの軍務を禁じ、さらにテメレアが負傷したことで、飛行士たちがほとんど仕事のない状況に置かれていた。一方、水兵たちは艦の損傷箇所の修理や備品の整理に追われていた。そんな両者のあいだに、いざこざが絶えなかったのだ。

ローレンスはエミリーとダイアーに気分転換を与えようと、マデイラ島に着く少し前、ドラゴン甲板にふたりを呼び出し、学業の成果を見ることにした。最初からふたりはばつの悪そうな顔をしていた。その理由はすぐにわかった。テメレア・チームの見習い生となって以来、ふたりとも勉強をすっかりなまけていたのだ。算術はお粗末なもので、数学となると入口にもたどり着けず、フランス語はぼろぼろだった。試しにテメレアに読んでやるつもりで甲板に持ってきたエドワード・ギボンの歴史書を渡すと、エミリーの読み方はあまりにもたどたどしく、聞いていたテメレアが冠翼をぺたりと倒し、記憶を頼りにエミリーの読み方を直しはじめるほどだった。ダイアーはエミリーに比べれば、少しはましだった。少なくとも九九は暗記していたし、文法の知識も多少はあった。だがエミリーは九九は八の段以上になると壊滅的で、文法にいたっては、〝品詞〟というものの存在を知って驚いたと打ち明ける始末だった。これでローレンスは、ふたりに自由時間をどう使わせるか悩む必要がなくなった。ふたりの学業面への配慮が足りなかった自分を責め、見習い生たちの教師という役割をみずからに課して、この新たな任務に本腰を入れることにした。

見習い生たちは、もともとチームのクルーたちにかわいがられる存在だったが、モーガンの戦死によって、エミリーとダイアーはますます甘やかされるようになっていた。ローレンスの監督のもと、ふたりが文法や割り算と格闘するようすを、クルーたちは毎日おもしろそうに眺めていた。ところがある日、一部の海尉候補生が冷やかしの野次を飛ばしたものだから、航空隊の士官見習いたちがかっとなり、以来、艦の片隅の薄暗い場所で、水兵と飛行士のけんかが頻発するようになった。

当初、ローレンスとライリーは、部下たちが目に痣《あざ》をつくったり、唇を切って血を流したりしている理由についてどんな間抜けな言い訳をしたか、互いに披露し合ってはおもしろがっていた。だがそのうち、いさかいが険悪さを増し、年長の部下までが似たような言い訳をするようになった。水兵の航空隊に対する根深い敵意は、労働量の不均衡やテメレアへの恐怖によってつくられた部分が少なくない。その敵意は侮蔑の言葉となって毎日のようにほとばしり、もはやエミリーとダイアーの勉強をめぐるいさかいではなくなっていた。飛行士は飛行士で、テメレアに対して当然いだくべき感謝の念がまったく欠けていると、水兵たちの侮辱に憤りを抑えなかった。

パルマス岬が近づき、ケープ・コーストを目指してまさに東に針路を変えようとしているときに、最初の深刻な衝突が起こった。そのときローレンスはドラゴン甲板にいて、厳しい日差しを避けるため、テメレアがつくる影のなかに入って、まどろんでいた。一瞬、なにが起きたのかわからなかった。どさっという大きな音に、怒号や叫びがつづき、はっとして立ちあがると、甲板に人だかりができていた。マーティンが武具師のブライズの両腕を後ろからつかんで押さえており、甲板には、ライリー艦長の部下である古株の海尉候補生が仰向けに倒れていた。艦尾楼甲板から副長のパーベックが声を張りあげた。「コーネル、そいつに手枷《てかせ》を付けろ、ただちに！」

それを聞いたテメレアが、首をぴんと伸ばして咆吼した。幸い〝神の風〟ではなかったものの、雷鳴のようなすさまじい音がとどろいたため、みなが散りぢりに後ずさり、多くの者が蒼ざめた。「ぼくのクルーを牢屋になんか入れさせないぞ！」テメレアが怒ってしっぽをぶんっとうならせ、立ちあがって翼を広げたせいで、艦全体がぐらりと揺れた。風は陸側から、すなわち艦の斜め前方から吹きつけており、艦の帆は南東方向への針路を保つように詰め開きになっていたのだが、テメレアの翼がそれとは逆向きに張った帆の役割を果たしてしまった。

「テメレア！　やめろ！　すぐに！　やめろと言っているのがわからないのか！」

ローレンスは語気荒く叫んだ。生まれてからの何週間かは別として、こんなに荒々しくテメレアになにかを命じたことはなかった。テメレアははっと驚いて身を縮め、翼をきっちりと折りたたんだ。「パーベック、わたしの部下のことはわたしに任せてくれないか。コーネル衛兵伍長、手を引いてくれ」ローレンスはすかさず言った。これ以上事態を悪化させるのも、航空隊対海軍の抗争に発展させるのも願いさげだった。「ミスタ・フェリス、ブライズを下に連れていって監禁してくれ」

「承知しました」フェリスはすでに人込みを掻き分けながら、飛行士たちを後ろへ押し戻し、自分の周囲に集めていた。こうしてまだいきり立っている者をなだめ、追い払ってからブライズを拘束した。

ローレンスは命令が実行されるのを厳しく監督しながら、さらに言った。「ミスタ・マーティン、きみはわたしの船室に行け。あとの者は全員仕事に戻れ。ミスタ・ケインズ、ここに来てもらえないか」

ローレンスは、しばらくようすを見守った。とくに問題はなく、危機は回避されたようだった。残った見物人も命令に従って解散するだろう。そう考えながら、艦尾に臨む手すりから身を返した。すると、テメレアがドラゴン甲板にほとんど平らになってうずくまり、哀《かな》しげにこちらを見つめていた。ローレンスは近づいてテメレアに手を伸ばしたが、テメレアがびくっと体を震わせるのを見て、手を引っこめた。触れてはいないが、テメレアの体に緊張が走るのがはっきりとわかった。

「すまなかった」ローレンスは、喉を絞めつけられるように感じながら、手をおろした。「テメレア……」と名を呼んだだけで、あとがつづかない。ああいったふるまいが許されない理由をどう説明すればいいのだろう。艦に深刻な損傷を与える可能性があったし、そうでなくとも、あのような態度をとりつづければ、乗組員たちがテメレアを恐れ、仕事どころではなくなってしまう。「どこも痛めなかったかい？」ローレンスは説明するのを保留して尋ねた。竜医のケインズが駆けつけてきた。

「どこも」テメレアは小さな声で答えた。「ぜんぜん、どこも悪くない」そして黙ったままおとなしく診察を受けた。ケインズは、急な動きによる傷口の悪化はなかったと診断した。

「下に行って、マーティンと話をしなければ……」ローレンスは下に行っていいものかどうか、まだ迷っていた。テメレアはなにも答えず、体を丸め、両翼で頭を包んだ。ローレンスはしばらくとどまったものの、結局、ドラゴン甲板からおりて、下の船室に向かった。

船室は窓をすべて開け放しても暑苦しく、とても気分を上向きにするような空間ではなかった。マーティンは取り乱したようすで室内を行きつ戻りつしていた。熱帯地方向けのだぶだぶの上下をだらしなく着て、二日間ひげ剃りを怠った顔が興奮でほてり、伸びすぎた前髪が目に覆いかぶさっている。マーティンはキャプテンがどれほど本気で怒っているかをまだわかっておらず、ローレンスが船室に入ってくるなり、弁解をはじめた。

「ほんとうに申し訳ありません。全部ぼくが悪いんです。あんなやつと口をきくんじゃなかった」マーティンは、ローレンスが脚を引きずって椅子に近づき、どさりと腰かけるあいだも、しゃべりつづけていた。「ブライズを罰しちゃだめです、ローレンス」

ローレンスは、飛行士たちに礼儀作法が欠けていることに慣れてしまい、ふだんならこんなくだけた言い方をされても聞き流していた。しかし、いまの状況で、マーティンがキャプテンに名前で呼びかけるのは不適切きわまりない。椅子に深くすわり直してマーティンをにらみつけ、顔つきだけで激怒していることをはっきりと伝えた。

マーティンはそばかすの散った顔を真っ青にして唾《つば》をごくりと呑み、あわてて言い直した。「あの、その……キャプテン」

「ミスタ・マーティン。わたしは、配下の統制を保つためなら、なんであろうとやる。とりわけ今回は、厳しくやらねばならないようだな」心底怒っていたローレンスはたいへんな努力を払って声を抑えた。「なにが起きたのかを、ただちに説明したまえ」

「あんなことになるなんて……」マーティンはしょげ返って言った。「海軍士官のレイノルズというやつが、このところずっと因縁をつけてきて、フェリスはぼくらにかまうなと言ってたんですが、やつのほうから通りすがりに悪口を――」

「告げ口は聞きたくない」ローレンスは言った。「きみがなにをしたかを聞こう」

「あの――」マーティンは顔を赤らめた。「ぼくはただ――ちょっと言い返したんですが、その中身については、ここでは言わないほうがいいと思います。そうしたらあいつが――」マーティンは話を中断した。どう話したらレイノルズを非難しているととられずにすむかを考えているのだろう。結局、ぎこちなくまとめた。「とにかく、ぼくにけんかを売ったレイノルズを、ブライズが殴り倒したんです。ブライズは、ぼくがレイノルズに手を出せないとわかっていたからそうしたまでです。彼は、ぼくが水兵たちの目の前で臆病者のようにふるまう姿を見たくなかったんです。キャプテン、だから悪いのはぼくで、ブライズじゃありません」

「きみの意見には、まったく同意できない」ローレンスはそう切り捨て、マーティンがまるで殴られたように背を丸めるのを見て、怒りながらも満足した。「日曜日には、海軍士官に暴行をはたらいたかどで、ブライズを鞭《むち》打ちの刑に処さねばならない。そのときは、ブライズはきみの自制心の欠如の報いを受けているのだと、心に刻んでそれを見ることだ。もう行っていい。軍規違反者の呼び出しを除いて、一週間甲板に出ることを禁じ、居室で謹慎《きんしん》とする」

マーティンの唇が一瞬、わなわなと震えた。「はい、キャプテン」という言葉を小さく発すると、マーティンはよろめくように部屋を出ていった。ローレンスの呼吸はまだ乱れており、室内のどんよりした空気に息苦しさを覚えた。怒りを保とうと努力してみたが、それはゆっくりと消えてゆき、やがてひどく憂鬱《ゆううつ》な気分になった。武具師のブライズはマーティンの名誉だけではなく、航空隊の名誉も守った。もしマーティンが、アリージャンス号の乗組員らが見守る前で、売られたけんかを航空隊の軍規どおりに拒んでいたら、航空隊全体の名誉に泥《どろ》が塗られたことだろう。飛行士が決闘を禁じられていることなど、海軍の人間には関係がない。

だが、情状酌量《じょうじょうしゃくりょう》はできない。ブライズは衆人環視のなかで海軍士官を殴ったのであり、ローレンスは水兵たちを納得させるような、またこの先、飛行士全員が二度と軽率な行動に走らないような、厳しい罰をブライズに科す必要があった。鞭打ちは、掌《しょう》帆手《はんしゅ》によって行われることだろう。掌帆手が、この機に乗じて飛行士を容赦《ようしゃ》なくいたぶろうと考えるような人間でなければいいのだが……。

ブライズと話をしにいかねばならなかった。しかし立ちあがろうとするより早く、艦長船室のドアがノックされ、ライリーが入ってきた。ライリーはにこりともせず、艦長の上着を着て、帽子を脇にかかえ、首にきっちりとクラヴァットを巻いていた。そのたたずまいからも、ライリーがローレンスと同様、今回の事件を深刻に受けとめていることが伝わってきた。

7 ケープ・コーストの港

それから一週間が過ぎ、アリージャンス号はケープ・コーストに近づいた。艦内に渦巻く険悪な空気は、つのる暑さと同様、肌で感じとれるほどだった。ブライズは苛酷な鞭打ち刑を受けたあと、意識朦朧《もうろう》として、診療室のベッドに横たわっていた。チームの地上クルーが交替で看病につき、血のにじんだみみず腫れに風を送ったり、なだめすかして水を飲ませたりした。彼らはローレンスがどんなに立腹しているかを承知していたので、大っぴらに恨《うら》みごとを言ったり行動に移したりはせず、険しい顔を突き合わせてひそひそ話をし、水兵たちが通りかかると、わざとらしくぴたりと口を閉ざした。

ローレンスはブライズの一件以来、大食堂で食事をとらなくなった。副長のパーベックがみなのいる前でローレンスにたしなめられたことに、ライリー艦長が気分を害したからだった。ローレンスもライリーに腹を立てていた。ライリーは、ローレンスの提案した十二回の鞭打ちでは足りないと言い張った。ローレンスはライリーとの議論が白熱するなかで、奴隷貿易港であるケープ・コーストへの寄港に対する嫌悪感を、ついにほのめかしてしまった。ライリーは言外の意味を酌《く》んで憤慨し、怒鳴り合いにこそならなかったものの、それからは互いに冷ややかでよそよそしい態度をとるようになった。

しかし、ローレンスにとってそれ以上に気がかりなのが、テメレアのひどい落ちこみだった。テメレアは、ブライズの一件で自分に厳しい態度をとったローレンスを許し、軍規違反は刑罰に値するという説明に理解を示した。しかし、鞭打ち刑そのものにはまったく納得しておらず、鞭打ちの終盤にブライズが絶叫すると、猛々しいうなりをあげた。テメレアのうなりは多少なりとも効果をあげ、いつもよりも力をこめて鞭を振るっていた掌帆手のヒングリーが、うなりに戦《おのの》いて、最後の二回だけ鞭の勢いをゆるめた。ただそのときすでに、ブライズは満身創痍《まんしんそうい》になっていたのだが。

テメレアは哀しげで口数少なく、なにを訊かれても短くしか答えず、食欲も落ちていた。一方、水兵たちは、飛行士たちが残虐すぎると思った刑罰でもまだ足りないと感じていた。哀れなマーティンは罰としてハーネス用の革をなめす作業に追いやられたが、自責の念に苦しみ、空き時間になると、いつもブライズの病床に駆けつけた。そして、この状況に唯一満足していたのが、ヨンシン皇子だった。この事件のおかげで以前よりも長くテメレアと会話できるようになったからだ。テメレアがローレンスを会話に引きこむ努力をしなかったので、いつまでも一対一で話しつづけていられるのだった。

ところがある日、ヨンシン皇子が眉をひそめる事態が発生した。テメレアがフーッとうなり、冠翼を後ろにぴたりと寝かせ、所有権を主張するようにローレンスをその体で囲った。ローレンスは足をすくわれ、倒れそうになった。「皇子はなにを言おうとしたんだい?」自分のまわりに高々と築かれた黒い壁の向こうをのぞこうとしても、なにも見えない。ローレンスとしても皇子のたび重なる干渉に苛立ち、忍耐も限界に近づきつつあった。

「中国の話をしてたんだ。あっちでは、ドラゴンがどんなふうに扱われているかっていう話をね……」テメレアの答え方が曖昧《あいまい》だったので、ローレンスは、もしかしたら皇子の語った中国のやり方に、テメレアの心に訴えるものがあったのではないかと想像した。「でもそのあと、皇子はこう言った。ぼくは中国でもっとぼくにふさわしい

〝守《も》り人《びと》〟を見つけるべきだって。あなたは英国に送り返されるだろうって」

テメレアがローレンスの説得に応じて丸めた体をようやく開いたときには、ヨンシン皇子の姿は消えていた。「烈火《れっか》のごとく怒って、去っていきましたよ」フェリスが、立場のある者にふさわしからぬ、いかにもうれしげな態度で報告した。

だが、ローレンスはせいせいした気分にはなれなかった。ハモンドに対して「今後、こんなふうにテメレアを苦しめるようなことはしてほしくない」と皇子に伝えるように言ったが、はなはだ外交的ではない提言だと却下された。

「キャプテン、あなたは、かなり近視眼的な見方をされています」ハモンドはかりかりして言った。「皇子が、この航海のあいだに、テメレアがあなたと別れるつもりはないということを理解し、納得するのが、われわれにとって望ましい展開なのです。中国に着いてしまったら、中国側は、いまよりはるかに周到に交渉を進めるでしょう」ハモンドはひと呼吸おいてから、ローレンスにとってはいかにも腹立たしい、疑いに満ちた表情で尋ねた。「テメレアが、あなたとの別離にぜったいに同意しないと確信が持てますか?」

その晩、この話を聞いたグランビーがローレンスに言った。「闇夜にまぎれて、ハモンドとヨンシンをまとめて海に放り投げてしまえば、一件落着ですよ」その発言はまさにローレンスの本心を突いていた。グランビーはスープやチーズのグリル・サンド、ラードで炒めたじゃがいもと玉ねぎ、鶏の丸焼き、ミンスパイなどを食べているところで、行儀作法などおかまいなしに口をもぐもぐさせながらしゃべっている。戦傷は癒《い》えたが、まだ顔は蒼白く、やつれていた。ローレンスは彼に栄養をつけさせようと夜食に招いたのだった。

「皇子はテメレアにほかになにを言ったんですか?」と、グランビーが尋ねた。

「さあ、わからない。先週から、皇子は英語ではほとんど話さなくなったから」ローレンスは答えた。「テメレアに彼がなにを話しているのか教えろと強いるつもりもない。詮索《せんさく》していると思われるのはいやなんだ」

「中国ではテメレアの友人が鞭打たれるようなことはありえないとか、そんなことを言ったんじゃないですか?」グランビーの声が険悪になる。「中国では、毎日いっぱい本を読んでもらえるとか、宝石が山のようにもらえるとか……。そんなふうにドラゴンを誘惑する話は聞いたことがあります。だけど、それを航空隊でやったら、すぐに放り出されますね。いや、その前にドラゴンから八つ裂きにされるでしょうけど」

ローレンスはしばらく押し黙ったまま、ワイングラスをいじっていた。「テメレアがそんな話に耳を傾けてしまうとしたら、それはひとえに落ちこんでいるせいだな」

「かわいそうに」グランビーは、どさっと椅子の背にもたれた。「長いこと寝こんでいて申し訳ありませんでした。フェリスは優秀なやつだけど、輸送艦に乗務したことがないから、水兵たちがどんな態度をとるか、それに取り合わないようにするにはどうすればいいか、みんなに教えきれなかったんでしょう」そう言って、肩を落とした。「それにしても、どうやってテメレアを励ましたらいいんだろう。ぼくはラエティフィカトに乗務した期間がいちばん長いんですが、彼女はリーガル・コッパー種のなかでもとりわけおっとりした性格でした。とくに興奮したことはなかったし、食欲をなくすほど落ちこむってこともなかったな。もしかして、テメレアが鬱《ふさ》いでるのは、飛行を禁じられてるせいかもしれませんよ」

翌朝、アリージャンス号はケープ・コーストに入港した。海を囲むように湾曲した砂浜が金色に輝き、みごとな椰子《やし》の木がそこかしこに生えていた。椰子の木の向こうには、海に臨む白亜のケープ・コースト城の低い城壁が見える。丸太をくり抜いてつくった、たいがいはまだ枝が付いたままのカヌーが港内を行き交っており、ブリッグ船やスクーナー船の姿もあった。港の西端には中型のスノー型帆船が停泊し、何隻ものボートが浜とのあいだを行き来して黒人たちを船へと運んでいた。彼らはケープ・コースト城のトンネルの出口から浜へと追い立てられ、ボートにぎゅうぎゅう詰めにされるのだ。

アリージャンス号は、その大きさゆえに接岸できなかったが、港からそれほど遠くない沖合に錨をおろした。うららかな晴天のもと、まぎれもない鞭の音が港のほうから聞こえてきた。鞭の音に奴隷たちの悲鳴と絶えることのない泣き声が重なった。ローレンスはやりきれない気分で甲板にあがり、目を丸くして港の光景に見入っているエミリーとダイアーに、下へ行って船室を整頓するように命じた。だがテメレアに同じ手は使えなかった。テメレアは、奴隷たちが運ばれていくようすを、縦長の瞳孔を横に広げたり狭めたりしながら見つめていた。

「ローレンス、あの人たち、鎖につながれてる。あんなたくさんの人が、いったいなにをやったの？」このところ無気力になっていたテメレアが、にわかに興味を示して言った。「あの人たち全員が悪いことをしたとは思えないな。だって、見て。あの船にはちっちゃな子まで乗っている。ほら、あっちも」

「ちがうんだよ」ローレンスは言った。「あれは奴隷船だ。頼む、もう見ないでくれ」

このときがくるのを恐れて、テメレアに奴隷制についての説明をそれとなく試みていたのだが、結局、うまくいかなかった。それはテメレアが〝所有〟という概念をうまく呑みこめないだけでなく、ローレンス自身が奴隷制を嫌悪しているせいでもあった。テメレアはローレンスの懇願《こんがん》に耳を貸さずに観察をつづけ、不安そうにしっぽを小刻みに揺らした。奴隷の積みこみ作業は午前中いっぱいかかり、陸から吹きつける熱風が、悲嘆にくれた汗まみれの奴隷たちの饐《す》えた体臭を運んできた。

ようやく長い積みこみ作業が終わり、哀れな積み荷を載せた船の出港のときが来た。船は帆を広げ、速度をあげてアリージャンス号のかたわらを、美しい航跡を残しながら通り過ぎていった。水夫たちが操帆作業に追われているのが見えた。だが奴隷船の乗組員の半数は、武装しただけの見習い水夫たちで、マスケット銃やピストルやグロッグ〔ラム酒を水で割った、船乗りがよく飲む酒〕のカップを手に、のんべんだらりと甲板にいた。彼らは、竜が珍しいのか、テメレアをじろじろ見たが、その垢《あか》と汗で汚れた顔はにこりともしなかった。そのひとりがマスケット銃を構えて、冗談半分にテメレアに狙いをつけた。「銃を構えろ！」リグズ空尉が、ローレンスが反応するより早く命令し、甲板の射撃手三名が即座に銃を構えた。奴隷船の男はマスケット銃をおろし、真っ黄色の歯を剥き出してニタニタ笑うと、囃《はや》したてる仲間のところに戻っていった。

テメレアの冠翼がぺたりとしおれた。マスケット銃をこの距離から撃たれても、ドラゴンにとっては人間が蚊に刺されるようなものだろう。テメレアが冠翼を寝かせたのは恐怖からではなく、強い嫌悪感からだった。テメレアは低いうなりを発し、さらにうなろうとして深く息を吸いこんだ。ローレンスは竜の脇腹に手を添え、ささやきかけた。「だめだよ、そんなことをしても意味がない」そして、そのままテメレアに付き添った。奴隷船はやがて水平線の彼方に消えていった。

だが奴隷船が去ってもなお、テメレアのしっぽは哀しげに甲板を打っていた。「いらない。おなか、すいてない」ローレンスが食事はどうかと訊いても、そう言うだけでふたたび黙りこみ、時折り甲板をかぎ爪で引っ掻き、耳障《ざわ》りな音をたてた。

ライリー艦長は、ローレンスの近くにはおらず、はるか遠くの艦尾楼甲板を歩いていた。近くでは大勢の水兵が物資の補給に先だって作業艇や士官艇を海におろし、それを副長のパーベックが監督していた。近くの彼らには話が聞こえてしまうだろうし、どのみち甲板でしゃべったことは歩くよりも速く伝わっていくものだと覚悟しなくてはならない。ローレンスはライリーの指揮艦で彼を批判するようなことを言うのは無礼だと思っていたし、口論がふたりのあいだにわだかまりをつくっても、その思いは変わらなかった。しかしここへきて、ついに我慢が限界に達した。

「そんなに悩まないでくれ」ローレンスはテメレアに言った。自分が奴隷貿易に反対の立場であることを明言せずに、なんとかテメレアを慰められればよいのだが……。「奴隷貿易が近々中止になる望みが出てきたんだ。今度の国会で、奴隷貿易廃止法案が再提出されることになった」

テメレアはこの話に目を輝かせたものの、ローレンスの簡単な説明では満足せず、奴隷貿易撤廃の見通しについて質問を重ねた。ローレンスはやむなく国会について、下院と上院のちがいについて、奴隷貿易論争に関わるさまざまな党派について、テメレアに語り聞かせた。細かい部分については、どうしても父の活動をもとに説明せざるをえなかったが、話を聞かれていることを意識し、できるかぎり国政の話にとどめるようにした。

スン・カイも、会話の中身を推《お》し量《はか》るように、ローレンスとテメレアを見つめていた。午前中から甲板にいて奴隷船の積みこみ作業を眺めていたので、その光景がテメレアの心に与えた影響を察することができたのかもしれない。甲板の境界線ぎりぎりまで近づき、ローレンスの話が一段落したところで、いまの話を通訳してほしいとテメレアに頼んだ。テメレアが短く説明すると、スン・カイはうなずき、ローレンスに尋ねた。「ではあなたのお父上は国会議員で、奴隷制度を恥ずべき行為だとお考えなのですね？」

　厄介な質問だったが、答えないわけにはいかない。卑怯な逃げは打ちたくなかった。

「ええ、そうです」ローレンスは答えた。が、スン・カイがつぎの質問を投げかける前に、竜医のケインズが甲板にあがってきた。ローレンスはこれ幸いとケインズを呼びとめ、短時間でいいからテメレアを陸まで飛ばしてみてはどうだろうかと提案した。これで奴隷貿易に関する議論は打ち切りとなった。しかしここまでの話だけでも、アリージャンス号の人間関係には悪《あ》しき影響をおよぼしかねない危険があった。ほとんどの水兵は奴隷貿易について確たる意見を持たず、彼らの艦長の立場に同調するにちがいない。ライリーの親族が奴隷貿易に関わりを持つことをみなが知っているというのに、艦上でいまのような意見を表明するのは、ライリーを貶《おとし》める行為と見なされてもしかたなかった。

郵便物を受け取りにいったボートが、水兵たちの夕食時間直前に戻ってきた。パーベック卿は先日の殴打事件のきっかけをつくった海尉候補生のレイノルズに、飛行士宛ての郵便物を運ばせた。これは航空隊に対する意図的な挑発行為と受けとれなくもなかった。レイノルズはブライズの殴打がつくった青痣を目の周囲に残しており、礼儀をわきまえず終始にやにや笑いを浮かべていた。ローレンスはそれを見てすぐに、マーティンに科していた懲罰労働を一週間早く切りあげようと決心し、わざと聞こえるように言ってやった。「テメレア、ほら。キャプテン・ローランドから手紙だ。きっとドーヴァー基地の情報が書いてある」テメレアはローレンスの意図を汲み、ぬうっと頭をおろして、手紙をしげしげと見た。冠翼の不気味な影が甲板に落ち、レイノルズの目の前でのこぎり状の歯がぎらりと光る。レイノルズはにやにや笑いを引っこめ、ドラゴン甲板からそそくさと退散した。

ローレンスは、ジェーン・ローランドからの手紙を甲板で読んだ。便箋に一枚足らずの短い手紙は、アリージャンス号の出航からわずか数日後に書かれており、新しい情報はほとんどなく、ドーヴァー基地のようすを楽しげに伝えているだけだった。テメレアは基地を恋しがって小さなため息を洩らした。ローレンスも恋しい気持ちに変わりはなかったが、それでもこうして便りが届くことに励まされる思いがした。ただし、ジェーン以外の同僚の手紙が一通も届いていないことには少しとまどった。港にドラゴン便が到着したときから、筆まめなハーコートからはほぼ確実に、ひょっとしたらほかのキャプテンからも、手紙が届いているのではないかと期待していたのだ。

ジェーンのほかには、母の手紙がドーヴァー基地から転送されていた。郵便物は逓《てい》信《しん》竜たちが航空隊基地を巡回しながら各地に届け、そこからは馬と逓信夫によって配達された。したがって、基地にいる飛行士は誰よりも早く手紙を受け取ることができた。ローレンスの母は、どうやら中国に旅立つことを知らせるローレンスの手紙が届くより先に、その手紙を投函《とうかん》したようだ。

ローレンスは手紙を開封し、テメレアにも聞かせようと音読しはじめた。そこには、ローレンスの長兄ジョージに三人の息子に加えて最近娘が誕生したことや、父アレンデール卿の政治活動について書いてあった。父の政治的立場は、ローレンスと父が意見を同じくする数少ない事柄のひとつであったし、いまはテメレアまでこの問題に関心をいだいている。しかし、母が追伸として書いた数行は音読するのをやめた。文字を目で追ううちに、同僚のキャプテンたちが期待に反して手紙を寄こさなかった理由が、わかるような気がしたからだ。

当然のことですが、オーストリアにおける連合軍惨敗の知らせに、みながたいへん衝撃を受けています。ピット首相が病《やまい》に伏《ふ》しておられるという噂《うわさ》もあります。首相はこれまでずっと奴隷貿易廃止運動の支持者でしたから、お父様はこの噂にたいへん心を傷《いた》めておられます。神はナポレオンに味方している、などという話が、街でしきりと交わされるのも気がかりです。ひとりの指揮官の存在が、これほどまで戦の勝敗に大差をつけるものでしょうか。両軍の兵力が同等であることを考えると、なんとも奇妙に思えます。ですが、なによりも許しがたいのは、ネルソン提督によるトラファルガー沖での偉大な勝利が、そしてフランス軍の英国上陸を阻んだあなたのすばらしい戦功が早くも忘れ去られ、意気地《いくじ》のない人々が、あのおぞましき独裁者との和平を口にしはじめていることです。

母は、ローレンスがいまも大陸からの情報が真っ先に届くドーヴァー基地にいて、知るべきことはすべて知っているものと見なし、手紙を書いていた。オーストリアの戦況がわからないだけに、ローレンスはよけいに胸騒ぎを覚えた。マデイラ島に寄港した際に、かの地で何度か戦闘があったという話は聞いた。しかし、そのどれひとつ、フランス対連合軍の勝敗という大局に関わる戦いではなかったはずだ。ローレンスはテメレアに用をすませてくると声をかけ、艦長のキャビンに急いだ。もしかしたら、艦長には詳細な情報が届いているかもしれない。はたしてライリーは、ハモンドから手渡された内閣府送付の緊急文書に目を通し、茫然《ぼうぜん》としていた。

「ナポレオンがアウステルリッツ郊外で、ロシア・オーストリア連合軍に壊滅的な打撃を与えたと知らせてきました」ハモンドが言った。すぐにキャビンにいる三人はライリーの地図でアウステルリッツの場所をさがし、そこがウィーンの北、オーストリアの奥まった地域にある小さな町〔現チェコのブルノ付近〕だと知った。「政府が公表を控えているので、細かい数字はわかりませんが、連合軍の少なくとも三万人の兵が死傷するか捕虜になったもようです。ロシア軍は敗走、オーストリア軍はすでに休戦協定に応じたそうです」

詳細を聞かずとも、その簡潔な説明で、ローレンスには充分に事の重大さが理解できた。三人とも沈黙したまま、数行で終わる緊急文書を読み返したが、何度読んだところで、それ以上なにがわかるわけでもなかった。「とにかく」と、ハモンドがようやく口を開いた。「いずれは、ナポレオンを叩きつぶしてやらなければなりませんね。ナポレオンの本土上陸を阻止したネルソン提督と〈トラファルガーの海戦〉に感謝しましょう！　それに目下イギリス海峡には三頭のロングウィングが配備されていますから、ナポレオンも空からの本土侵攻を再度試みようとは思わないはずですよ」

「英国に戻るべきではないだろうか……」ローレンスはためらいつつも、本音を口にした。自分に都合のよい提案だと受けとられかねないが、それでも本国は自分たちの帰還を切望しているのではないかと気にかかる。エクシディウム、モルティフェルス、リリーの三頭が率いる各編隊は中枢の戦力として当てにできるが、三編隊では守備範囲に限界があり、ナポレオンは以前、そこを突いて陽動作戦を実行し、三編隊をばらばらにしたことがある。

「帰国せよとの命令は受けていません」ライリーが言った。「ですが、このような知らせを一顧《いっこ》だにせず、百五十門艦に重戦闘竜を載せたまま中国への航海をつづけるのは、確かにおかしな状況に思えます」

「おふたりは誤った見方をしておられます」ハモンドが即座に切り返した。「アウステルリッツにおけるロシア・オーストリア連合軍の大敗によって、われわれの任務はいっそう火急のものとなったのです。もし、わが英国がナポレオンを打ち負かしたいのであれば、もしわが英国がフランス帝国の沖にあるちっぽけなグレートブリテン島にとどまらぬ世界の地位を保持したいのであれば、まずは貿易が万全に行われ、利益をあげつづけなければなりません。オーストリア軍が叩きのめされ、ロシア軍が敗走したとしても、それは一時のこと。わが英国が対仏同盟国に資金と資源を提供しつづけるかぎり、同盟国は間違いなくナポレオンの暴虐《ぼうぎゃく》行為に抵抗しつづけるでしょう。われわれはこの航海をやめるわけにはいきません。中国に対して優位に立てなかったとしても、少なくとも中立関係は維持して、東洋との交易を今後も継続しなければならないのです。これ以上、わが英国にとって重大な意義を持つ戦略的目標がありうるでしょうか」

ハモンドの弁舌には政府の方針を背負った権威の重みがあった。ライリーは同意のうなずきを返したが、ローレンスはなにも答えなかった。ライリーとハモンドがアリージャンス号の航行速度を上げる方法について検討しているあいだも沈黙を守り、やがて席をはずしてドラゴン甲板に戻った。ハモンドの主張には反論できなかった。自分はどう見ても公正な発言ができる立場にはなく、ハモンドの言い分はもっともだ。しかし、だからといって簡単に納得できるわけはなく、ハモンドやライリーの考えと自分の心情との隔たりを痛感し、心が乱れた。

「わからない。どうしてナポレオンに負けてしまったんだろう?」ローレンスがテメレアや上級士官たちにこの喜ばしくない知らせを伝えると、テメレアは冠翼を逆立てて言った。「〈トラファルガーの海戦〉でも〈ドーヴァーの戦い〉でも、ナポレオン軍のほうが軍艦やドラゴンの数は多かった。だけど、ぼくらが勝った。今回、オーストリア軍とロシア軍は、ナポレオン軍に勝《まさ》る兵力を持ってたんでしょう?」

「トラファルガーは海の戦いだったからさ」ローレンスは答えた。「ナポレオンは、海軍のことを、からきしわかっていない。陸軍士官学校の砲兵科出身だからな。それに〈ドーヴァーの戦い〉はきみがいたから勝てたようなものだ。きみがあそこにいなきゃ、ナポレオンはじきにウェストミンスター寺院で戴冠式《たいかんしき》を行っていただろう。忘れちゃいけないな。ナポレオンが英国本土侵攻作戦の前に、いかにわれわれをまんまとだまし、イギリス海峡の戦力を南へ送りこませたかを、そして自軍のドラゴンの動きをうまく隠蔽《いんぺい》したかを。きみが〝神の風〟で巻き返さなければ、あの戦いの結末はまったくちがったものになっていただろう」

「だとしても、〈アウステルリッツの戦い〉で連合軍のとった作戦は、賢明じゃなかったみたいだね」テメレアが不満そうに言う。「ぼくらが仲間といっしょに参加してたら、きっと負けなかったよ。まったく、どうしてみんなが戦ってるときに、ぼくらは中国に行かなくちゃならないんだろう?」

「テメレアが疑問に思うのはもっともです」グランビーが言う。「そもそも英国は戦力で劣る厳しい状況なのに、戦争のさなかに英国最強のドラゴンの一頭を中国にやってしまうなんて、こんなばかげた話はありません。ローレンス、戻ったほうがいいんじゃありませんか?」

ローレンスは首を振るしかなかった。グランビーと気持ちは同じだが、自分には政府の方針を変えられるような権限はない。テメレアが〝神の風〟によってドーヴァーの戦況を一変させたことは、まぎれもない事実だ。それを内閣が認めず、勝利の要因として高く評価していないとしても、ローレンスは、テメレアが形勢を逆転させるまでの、あの日の圧倒的に不利な戦いをはっきりと覚えていた。テメレアとその図抜けた能力を中国の言うなりに差し出すのは、現実を見て見ぬふりをする行為ではないだろうか。だが、ハモンドがなにを要求しようが、中国側がそれに従わないだろうこともわかっていた。

ローレンスはグランビーに対して、「いや、これがわれわれに課せられた任務だから」とだけ答えた。もし、ここでライリーとハモンドを説得し、意見をひとつにまとめたとしても、内閣がそれを認めるはずがない。厄介な任務から逃避するための見えすいた言い訳だと決めつけられるのが落ちだろう。「すまない」と付け加えた。テメレアの気持ちが沈んでいくのが手にとるようにわかる。そのとき、こちらに近づいてくる人影に気づいた。「おや、ミスタ・ケインズがやってきた。陸にあがって、ちょっと運動してもいいか訊いてみようじゃないか。気を取り直して、診察を受けてくれ」

「ほんとにもう、ぜんぜん痛くないんだ」テメレアは、竜医のケインズが診察を終えて一歩退くと、胸の傷を見おろしながら、じれったそうに言った。「飛ぶくらい、もうなんてことないよ。それに短い距離を飛ぶだけだから」

ケインズは、首を横に振った。「あと一週間待つんだな。こら、わたしに吼えても無駄だぞ」立ちあがって抗議しようとするテメレアを厳しい声で諭《さと》したあと、ローレンスにしぶしぶ説明した。「飛行時間の長さじゃない、離陸が問題なんだ。飛び立つ瞬間に体にかかる負荷がいちばん危険なわけだ。テメレアの筋肉がそれに耐えられるほど回復しているかどうか、確信が持てない」

「でも、甲板に寝てるだけなんて、もううんざりだ」テメレアは落胆のあまり、泣きそうになった。「甲板じゃ、まともに寝返りも打てないんだよ」

「一週間の辛抱《しんぼう》じゃないか。もしかすると、それより短いかもしれない」ローレンスはテメレアを慰めようとした。ケインズに診察してもらおうと提案し、テメレアに期待をいだかせ、かえって気落ちさせてしまったことが悔やまれる。「ほんとうにすまない。でもミスタ・ケインズの診断は、われわれよりも確かだよ。言うことを聞いたほうがいい」

テメレアは、そう簡単には譲らなかった。「どうしてミスタ・ケインズの診断がぼくの見立てより信頼できるの？　だって、ぼくの筋肉の話なんだよ」

ケインズが腕組みをして冷ややかに言った。「患者と議論する気はない。怪我に障《さわ》ることをして、もう二か月甲板に転がっていたいんなら、好きなだけ跳ねまわるがいい」

　テメレアはケインズの言葉に鼻を鳴らして返した。困ったローレンスは、ケインズの口からさらに挑発的な発言が飛び出す前に引きさがらせた。ケインズの竜医としての能力には全幅《ぜんぷく》の信頼を寄せているが、患者への気配りという点に関しては、大いに改善の余地がある。テメレアはけっして意固地《いこじ》な性格ではないが、この診断結果はあまりに期待はずれで耐えがたいものだったのだ。

「でも、ちょっといい知らせがある」ローレンスはテメレアを励まそうとして言った。「ミスタ・ポリットが上陸して、新しい本を何冊か買ってきてくれた。ここへ一冊持ってこようか?」

　テメレアはうなっただけで、悲しげに甲板のへりから頭を垂らし、行くことを禁じられた陸を見つめた。ローレンスは本を取りに下へおりた。読書の楽しみがテメレアの気分を上向きにしてくれればいいのだが……。しかし、まだ船室にいるうちに艦全体がぐらりと揺れた。外で盛大に水しぶきがあがり、あけておいた丸窓から海水が飛びこんできた。びしょびしょになった手紙をあわてて回収し、いちばん近い舷窓《げんそう》に走り寄ると、テメレアが罪悪感とも満足感ともつかない複雑な表情で波間にぷかぷかと浮かんでいるのが見えた。

ローレンスは甲板に急いだ。グランビーとフェリスが甲板からはらはらしたようすで事態を見守っていた。アリージャンス号の左右の舷側には、水兵目当ての街の女や商売でひと儲けしようという漁師たちを満載した小舟が群がっていたのだが、いまやどの小舟もほうほうのていで逃げ帰ろうとし、けたたましい悲鳴があがり、オールが水しぶきを跳ねあげている。一方、テメレアは当惑し、しゅんとして小舟を見送っていた。「怖がらせようなんて思ってなかった。おーい、逃げなくってもいいんだよ!」テメレアが呼びかけても、小舟は一目散に逃げていく。お楽しみを奪われた水兵たちが非難のまなざしを向けたが、ローレンスはなによりもテメレアの体が心配だった。

「ほう、こんなばかげた見ものははじめてだ。だがまあ、テメレアの体には悪くなかろう。ドラゴンは体内にある浮き袋のおかげで浮いていられるし、海水も傷に悪いものじゃない」甲板に呼び戻されたケインズが言った。「だが、どうやってあいつを船に戻したものかな。さっぱり見当がつかん」

テメレアはしばらく水中に潜ると、浮き袋の浮力を利用して飛び出すように水面から首を突き出した。「すごく楽しいよ」アリージャンス号に向かって呼びかける。「海水がぜんぜん冷たくないんだ、ローレンス。いっしょに入らない?」

アリージャンス号は岸から一マイルは離れており、泳ぎがそれほど得意でないローレンスは、海に飛びこむのをためらった。それでも小型の艦載艇《かんさいてい》をおろし、テメレアに付き添った。甲板でおとなしくしていることを長期間強いられたあとだからこそ、疲れすぎないように見守っていたほうがいい。テメレアがはしゃいで波を起こし、ボートを揺らすので、ローレンスはびしょ濡れになった。しかし、こんなこともあろうかと、古いズボンとすり切れたシャツを着用していた。

ローレンスの気持ちはいまだ晴れないままだった。〈アウステルリッツの戦い〉における連合軍の大敗は、ひとつの戦いの敗北にとどまらず、ピット首相が周到に組織した対ナポレオン大同盟の崩壊をも意味していた。しかも英国は、ナポレオン率いる〝大陸軍《グラン・ダルメ》〟の半数にも満たない兵しか持たず、ヨーロッパ大陸への派兵も容易ではない。オーストリア軍とロシア軍が敗退したいま、戦況はいっそう厳しくなった。だが、そんな不安をかかえながらも、テメレアが心おきなく楽しんでいる姿を眺めるうちに、ローレンスは笑みをこぼしていた。しばらくすると、テメレアの誘いに乗って、海に飛びこんでみた。長くは泳がず、すぐにテメレアの背によじのぼったが、それでもテメレアはローレンスを背に乗せて楽しそうに泳ぎ、おもちゃをいじるようにボートを鼻でつついた。

ローレンスは竜の背で目を閉じ、自分たちはいまドーヴァーかロッホ・ラガン基地にいるのだと想像してみた。心にかかる雲はいつもの戦争のことだけ。自分が納得できる任務、友情への信頼、国家との一体感。そんな環境ならば、アウステルリッツの大敗に打ちのめされることもないだろう。アリージャンス号は港に停泊している自分たちには縁のない輸送艦にすぎず、ちょっと飛んでいけばいつもの基地と宿営があり、自分たちを厄介な事態に巻きこむ政治家も皇子もいない……。ローレンスは仰向けになり、手のひらでテメレアの温かい脇腹に触れた。黒いうろこが太陽の熱で温まっている。そのまま、束の間の白日夢《はくじつむ》にひたりながらまどろんだ。

「よじのぼれるかい?」しばらくたって、ローレンスは尋ねた。テメレアをどうやってアリージャンス号に戻すかが問題だった。

テメレアが首をぐるりと後ろに回して、ローレンスを見た。「体が元に戻るまで陸にいちゃいけない? それから船に戻るんじゃだめかな」と、提案する。「それとも」と言い、興奮したように冠翼を震わせた。「アフリカ大陸を横断して、東の端でアリージャンス号に合流するっていうのはどう？　あなたの持っている地図で見たけど、アフリカのまんなかには人が住んでいないんだね。つまりフランス兵に銃撃される心配もない」

「無理だね。アフリカにはたいへんな数の野生ドラゴンがいるそうだ。もちろん、それ以外にも危険な動物がごまんといる。疫病《えきびょう》に罹《かか》る恐れだってある」ローレンスは言った。「未踏《みとう》の内陸部を横断するわけにはいかないよ、テメレア。そんな危険を冒すことは許されない――いまの状況では、なおさら」

テメレアは小さなため息とともに、この大胆な計画をあきらめ、甲板にあがる努力をしようというローレンスの提案に同意した。そしてもうしばらく遊んでから、アリージャンス号に近づいた。ボートを引き揚げようと水兵たちが待機していたが、テメレアはボートを前足でつかんで甲板に戻し、彼らをびっくりさせた。ローレンスはテメレアの肩を借りて甲板までのぼり、ライリーに急いで相談した。「右舷側の予備大錨《たいびょう》をおろして、釣り合いをとってはどうだろう？　右舷大錨もあるし、艦が傾くことはないはずだ。それに艦尾側は積み荷ですでに充分重い」

「ローレンス、こんな晴天の日に、しかも港で、輸送艦を沈没させたら、海軍省からなんと言われることか」ライリーはローレンスの案に疑心暗鬼《ぎしんあんき》のようすだ。「わたしは縛り首ですよ。そうなって当然です」

「わずかでも転覆の危険が生じたら、テメレアはすぐに艦から離れる」ローレンスは言った。「この方法でやらなければ、ケインズがテメレアの飛行を許可するまで、この港に少なくとも一週間は足止めをくらうぞ」

「船を沈めたりなんかしないよ」ふたりの会話を聞いて憤慨したテメレアが、艦尾甲板の手すりから頭を突き出し、ライリーをぎょっとさせた。「うんと慎重にやるから」

それでもライリーは疑わしげだったが、とうとう折れた。テメレアは水中でどうにか体をまっすぐにして海面に上半身を出し、前足のかぎ爪で舷側をしっかりとつかんだ。アリージャンス号はテメレアのほうに少し傾いたが、反対側におろしたふたつの錨のおかげでそれほど大きく傾かずにすんだ。テメレアは翼を水中から持ちあげ二度羽ばたき、半ば飛ぶように半ば這うように、舷側をよじのぼった。

そして、優雅とは言いがたい身のこなしで、どすんと頭から甲板に転がり落ち、後ろ足をばたばたさせて、なんとか甲板に体をおさめた。ともかく乗艦には成功し、アリージャンス号はテメレアの重みでわずかに縦揺れしただけですんだ。テメレアはあわてて体勢を立て直し、四本の足で甲板に立つと、醜態《しゅうたい》をさらした覚えなどないとばかりに、体をぶるぶるっと震わせ、冠翼や長い巻きひげの水を跳ね飛ばした。「なんだ、簡単じゃないか」嬉々《きき》としてローレンスに言った。「これなら、飛べるようになるまで、毎日泳げるね」

ローレンスは、ライリーや水兵たちがこの言葉をどう受けとめるだろうかと心配した。テメレアが元気を取り戻してくれるなら、白い目で見られようが、いや、それ以上の仕打ちにも甘んじる覚悟だったが、思ったほどの反発は返ってこなかった。食事はどうかと提案すると、テメレアは喜んで賛成し、牛二頭、羊一頭を肉片ひとつ残さず、むさぼり食った。

翌朝、ヨンシン皇子がふたたびドラゴン甲板にあがってきたとき、テメレアは朝のひと泳ぎのあとに腹を満たして上機嫌になっていた。甲板に這いあがる動きも前日よりもなめらかになった。ただし、パーベック卿は艦の塗装に引っ掻き傷がついたと文句をつけ、水兵たちは物売りの船が怖がって近づかないと、あいかわらず不満そうだった。ローレンスとしてはテメレアが前のように皇子に対して険悪な態度をとるのではないかと思っていたが、意に反して、テメレアは寛大な態度で皇子の相手をした。だが皇子はそれでも不満げで、ミスタ・ポリットが陸で調達してきた新しい本をローレンスがテメレアに読んでやるのを、むっつりと眺めていた。

しばらくのちに皇子は立ち去った。が、ややあって、皇子の従者フォン・リーが甲板にあらわれ、身振り手振りでローレンスに皇子の船室に来てほしいと伝えた。日差しが強い日中に昼寝するテメレアは、すでにまどろみはじめていた。ローレンスはなんの用かもわからないのに、皇子の船室に行くのは気が進まなかった。そこで、まずは自分の船室に戻って着替えをしたいと主張した。今朝もテメレアの水泳につきあうためにみすぼらしい服を着ていた。ここはいちばん上等の上着とズボンとアイロンをかけたクラヴァットで武装しなければ、あの典雅な雰囲気に満ちた部屋で皇子とまともに向き合うこともできないだろうと考えたのだ。

今回は、従者らのものものしい出迎えはなく、ローレンスはすぐ部屋に通された。ヨンシン皇子は一対一の話し合いを望んでいるらしく、フォン・リーを退出させた。しかし、すぐには口を開かず、両手を後ろで組んで立ち、厳しい顔つきで艦尾窓から外を眺めている。そこでローレンスが話しかけようとすると、皇子がいきなり振り返って言った。「そなたはロン・ティエン・シエンを心から大切に思い、ロン・ティエン・シエンもそなたを同じように思っている。それは理解できた。だがそなたの国で、ドラゴンは家畜のように扱われ、戦場であらゆる危険にさらされる。そなたは、ロン・ティエン・シエンがそのような運命をたどることを望んでいるのか？」

ローレンスは皇子の率直な発言に驚き、もしかするとハモンドの見立てが正しかったのだろうかと考えた。皇子の態度が変化したのは、皇子がテメレアを連れ去るのは無益だと思い至ったからなのではないか。ほかの理由が思い浮かばなかった。しかし、皇子が自分とテメレアを引き離す試みを放棄したのなら、それをうれしく感じるはずなのに、なぜか不安を掻き立てられた。はたして皇子との妥協点はあるのだろうか。いったい皇子がなにを求めているのか、それさえもわからない。

「殿下」ローレンスは、やや間をおいて答えた。「われわれがドラゴンの扱い方を誤っているという非難には同意しかねます。また、国家に仕える者として戦場における身の危険は当然のこと。殿下は、わたしがみずから選んだことに迷いをいだくとでもお考えなのですか？　わたしはこの道を自分の意志で選びました。そのために身を危険にさらすのは名誉と受けとめます」

「だが、そなたは下々《しもじも》の生まれであろう。軍人としてたいした地位にあるわけでもない。英国には、そなたほどの軍人はいくらでもいる。そなた自身の考えを天の使い種《セレスチャル》のドラゴンに当てはめることなどできぬ相談だ。ロン・ティエン・シエンの幸せを願うなら、余の要求に耳を傾けよ。ロン・ティエン・シエンをしかるべき場所に戻すのを手伝ったのち、そなたは潔《いさぎよ》く身を引け。ロン・ティエン・シエンには、そなたが心残りなく立ち去ったと思わせよ。そうすれば、そなたをすぐに忘れて、高貴なる竜の身にふさわしい守り人《もびと》と幸せに暮らすであろう。そうするように仕向けるのだ。ロン・ティエン・シエンをそなたの身分まで引きずり落としてはならぬ。本来のふさわしい場所に引きあげられるのを見とどけるのが、そなたの務めというものだ」

ヨンシン皇子の口調にローレンスを侮辱するようすはなく、彼はたんたんと事実を述べているつもりのようだった。「殿下、わたしには愛する者に嘘をつくことが、相手のためにと欺《あざむ》くことが、やさしさであるとは思えません」そう言いながらも、ローレンスは迷っていた。皇子の発言に腹を立てるべきなのか、それとも、自分の良心に向けた忠告と受けとめるべきなのか。

だが、つづく皇子の言葉によって、その迷いは一瞬にして消えた。「余の要求が大きな犠牲を伴うものであることは承知している。おそらくは、そなたの家族の期待も打ち砕くのであろう。そなたはあのドラゴンを祖国に持ち帰って多額の報酬を得たというのに、いまやそれを没収されるかもしれない立場にあるのだからな。そなたが身を滅ぼすのは、われらの本意ではない。余の言うとおりにすれば、銀一万両と皇帝からの謝意をそなたに約束しよう」

ローレンスは屈辱で頬を熱くし、皇子を見つめ返した。ややあって感情を抑えて口がきけるようになると、強い憤りをこめて言った。「ずいぶん太っ腹なことだ。だが殿下、中国のすべての銀をもってしても、わたしを買収することはできません」

すぐにここから立ち去りたかった。しかし、ここまで言って、ヨンシン皇子が黙っているわけがなかった。皇子は激怒し、それまでかぶっていた忍耐の仮面をついに脱ぎ捨てた。「愚か者め！　そなたはロン・ティエン・シエンに乗りつづけることをぜったいに許されず、やがては英国に送り返される身だ。なぜ、余の申し出を受けようとせぬか」

「中国に戻れば、あなたは力ずくで、わたしとテメレアを引き離そうとするかもしれない。いや、そうするにちがいない」ローレンスは言った。「だが、それはあなたがするだけ。わたしは協力などしない。テメレアがわたしに忠実であるように、わたしもまたテメレアに対して最後まで忠実であるということを知るだけです」

ローレンスはいまここで立ち去ろうと思った。皇子に決闘を申しこむことも殴ることもできないならば、せめて立ち去るという無礼な行為で皇子を傷つけてやりたい。そうでもしなければ、この激しい高ぶりはおさまりそうにない。しかし、皇子に対して怒りを解き放ちたいという衝動はあまりに強く、最後にありったけの侮蔑をこめて付け加えた。「これ以上甘言《かんげん》を弄《ろう》して、わたしを買収しようなどとはお考えにならないように。いくら賄賂《わいろ》を積んでも策を弄しても、無駄だ。わたしはテメレアをこのうえなく信頼している。テメレアがそちらに丸めこまれて、かくも品のよろしいやり方をされる国を好きになるとは思えません」

「そなたは世界一流の大国を、無学ゆえに侮《あなど》っている」皇子もひどく怒っていた。「ほかの英国人とまったく変わらない。優れたものに対してまったく敬意を払わず、われらの文化を侮辱する」

「その点については、謝罪を検討してみるのもやぶさかではありません。ですが、殿下、それはあなたご自身が、わたしや、わたしの祖国を侮辱せず、中国以外の国々の文化に敬意を払っておられるならばの話です」

「わが中国は、そなたらのものを求めていない。われらのやり方を押しつけてもいない。なのに、そなたらは、ちっぽけな島国からわれらの国まで押しかけてきた。そして、われらの厚意によって、そなたらの求めてやまない茶や絹、磁器を買うことを許された。しかしそれでは満足せずに、きりもなく欲望をつのらせる。宣教師らは異教を広めようとたくらみ、商人らは法を無視して阿片《アヘン》を密輸する。われらは時計仕掛けの機械、ランプや銃、そなたらのつくるくだらないものを求めてはいない。わが国はわが国の持っているものだけで満ち足りている。われらとそなたらの立場はかくも異なっている。それをわきまえ、わが皇帝にいまよりはるかな感謝と服従を捧げるべきであろう。わが国に侮辱的行為を重ねることなどもってのほか。われらは久しく、そなたらの不敬を大目に見すぎてきた」

皇子が熱をこめて、たいへんな勢いで語る批判は、本題から離れたところまで飛び火していた。だが、これまでローレンスが耳にした皇子のどんな言葉より率直でてらいがなかった。その驚きが顔に出たのだろう。皇子は自分の立場をはっと思い出したように、まくしたてるのをやめた。ふたりはしばらく黙って立ちつくした。ローレンスはまだ怒りがくすぶっており、中国語でまくしたてられたかのように、答えを返せなかった。中国と英国の関係に対する皇子の認識に、大いに困惑した。皇子はキリスト教の宣教師と密輸商人をいっしょくたにしている。自由貿易が双方にもたらす利益を無視するのも道理に合わないのではないだろうか。

「殿下、わたしは政治家ではなく、外交問題について論じる立場にありません」ローレンスはようやく言った。「ですが、英国や英国人の名誉や尊厳を傷つけるご発言には、強く抗議します。また恥ずべき行為をせよとのお話、とりわけテメレアに対してそのようなことをせよとのお話については、いっさい聞く耳を持ちません」

皇子は冷静さを取り戻していたが、怒りはまだおさまらないようで、厳しい顔つきのまま首を横に振った。「もし、そなたがロン・ティエン・シエンやそなた自身に対する配慮を受け入れないのなら、せめて国益を考えて行動してはいかがなものか」いかにも不愉快そうな口ぶりだった。「わが国がそなたらに広東《カントン》以外の港を開港することはありえない。だがそなたらの切なる願いを受け入れ、北京《ペキン》に英国大使が常駐することを認めよう。そして、英国がわが皇帝に敬意をもって従うかぎり、英国およびその同盟国とは戦争を起こさないと約束しよう。そなたがロン・ティエン・シエンを手放して中国に戻せば、これだけのことが確約されるのだぞ」

　話し終えた皇子が答えを待っていた。ローレンスはぴくりとも動かなかった。息が詰まり、血の気が引くのを感じた。「できません」と、相手に聞きとれないほど小さな声で言った。そして皇子の答えを待たずに、扉口にかかった厚い帳《とばり》を押しのけて部屋から飛び出した。

　気が動転したまま甲板に戻ると、テメレアが安心しきったようすでしっぽを体に巻きつけて眠っていた。ローレンスはテメレアには手を触れず、甲板のふちに置いてあった格納箱にすわり、うつむいて誰とも目が合わないようにした。そして両手を組んだ。震えの止まらない手を見られたくなかったからだ。

「それで、お断りになったんでしょうね？」ハモンドの返答は、予想を裏切るものだった。激怒と非難を浴びると覚悟していたローレンスは、驚いて相手を見た。「ありがたい。まさか皇子が直接の申し入れをこんなに早くしてくるとは、予想だにしませんでした。キャプテン、いかに魅力的な申し出に思われようとも、わたしに内々に相談しないうちは、けっして同意しないと約束してください。海の上でも、中国に到着してからも」そう言うと、念を押すように尋ねた。「もう一度訊きますが、皇子は政治的中立と、北京大使館の設置をはっきりと提案したのですね？」

ハモンドの目に貪欲《どんよく》な光が宿った。ローレンスは質問を浴びせられて、皇子との会話を細部まで記憶から掘り起こさなければならなかった。やがてハモンドは中国の地図を取り出し、どの港が貿易に適していると思うかとローレンスに尋ねつつ、みずからも、どの港を開港させるのが有利かを検討しはじめた。「だが、わたしの記憶は間違っていない。皇子は英国に新たな港は開かないと明言したのですよ」ローレンスは、ハモンドに釘《くぎ》を刺すつもりで言った。

「ええ、ええ」ハモンドは手を振ってローレンスの言葉を退けた。「ですが、皇子が英国大使の常駐を認める可能性まで示唆《しさ》したのなら、交渉の進展も期待できるのではありませんか？　すでにお気づきでしょうが、皇子は個人的には、西洋との交流に断固反対の立場をとっているのです」

「そのようですね」ローレンスは、ハモンドがそれを承知のうえで英中の友好関係を築こうと努力しているのだと知ってさらに驚いた。

「交渉を進展させたい気持ちは山々ですが、ヨンシン皇子を説得するのはかなり厄介でしょう」ハモンドが言った。「ですが、わたしとしては、皇子がいまの段階であなたの協力を強く求めてきたと聞いて、心強く思います。皇子はなんらかの既成事実を手にして中国に戻りたがっているのでしょう。本国に戻ったとき、皇帝が皇子にとってありがたくない条件をわれわれに提示する場合に備えているのです」

ローレンスの疑わしげな表情を認めて、ハモンドはさらにつづけた。「ご承知のとおり、ヨンシン皇子は皇位継承者ではありません。皇帝には三人の皇子がいて、長男のミエンニン皇太子がすでに成人し、世継ぎと見なされています。しかし、ヨンシン皇子にもある程度の政治的発言権はあるにちがいない。でなければ、英国を訪問するほどの権限と自由を与えられるわけがありませんからね。その皇子が先のような提案をしてきたということは、今後、われわれの交渉が期待以上にうまくまとまる可能性が高いということです。ただし――」

ハモンドは顔を曇《くも》らせ、地図を放置したままふたたび腰をおろした。「フランスはすでに中国の宮廷に、英国以上に友好的に受け入れられています」ハモンドは重苦しく言葉をいったん切った。「残念ながら、それを裏付ける証拠がいくつもある。まず、中国がフランスにドラゴンの卵を贈った件です。これは悔やんでも悔やみきれません。

フランスが周到に中国に取り入っているあいだ、わが英国はマッカートニー卿が追い払われて以降、英国の面目が保たれたと喜ぶばかりで、中国との関係を修復する試みを怠ってきたのですから」

ハモンドと話したあとも、ローレンスの心には罪悪感と憂鬱が居すわっていた。自分が皇子の提案を拒絶したのは、論理的な裏付けによるものではなく、まさにとっさの反応だった。もちろん、ヨンシン皇子がいくら求めてこようが、テメレアに嘘をついたり、テメレアを不快で野蛮な状況に置き去りにしたりするつもりはない。しかしこの先、ハモンドのほうから、容易には断れない要望を突きつけられる可能性はある。もし、英国に有利な条約を結ぶためにテメレアと別れろと命じられれば、自分の意思に反してテメレアのもとから立ち去ることになるだろう。そのとき、命令に従うようにテメレアを説得するのも自分の任務になる。中国は英国が満足するような条件をけっして提示しないだろうと信じて、これまで自分を慰めてきた。だがもはやそんな慰めは通用しない。中国に近づくほどに、テメレアとの別離という悲惨な運命が、ローレンスの上に重くのしかかってきた。

二日後、アリージャンス号がケープ・コーストをあとにしたことで、ローレンスはいくぶん心の緊張を解いた。出航の朝には、奴隷たちの一団が陸路で到着し、ケープ・コースト城の牢《ろう》に入れられるのを甲板から目撃した。それにつづいたのは、まさに目を覆うばかりの光景だった。奴隷たちは長時間の拘束にもかかわらず弱りきってはおらず、自分たちの運命に従おうという気にもなっていなかった。地下牢の扉が墓穴のようにぽっかりと口をあけており、奴隷たちがそこに呑みこまれようとしたとき、列のなかの若者数人が見張りを振り切って逃走した。城に到着するまでに鎖をはずす方法を見つけていたにちがいない。

ふたりの見張りがすぐに逃げた奴隷たちを繋いでいた鎖を拾いあげ、それを振りまわして追いかけた。ほかの見張りが事態に驚き、見境なく発砲した。離れた場所からも見張りがつぎつぎに駆けつけ、状況はさらに渾沌《こんとん》とした。

若い奴隷たちは勇敢だったが、勝ち目はなかった。逃走の先に待ち受けるものを覚悟していたにちがいない。それでも自由を求めて彼らは懸命に走った。砂浜を駆けおりる者もいれば、街に逃げこむ者もいた。見張りらが鎖につながれた残りの奴隷たちを脅《おど》して黙らせ、脱走者を銃撃しはじめた。大半は遠くまで行かないうちに撃ち殺された。ただちに捜索隊が組織され、裸であることと鎖による擦《す》り傷を負っていることを目印に、脱走者をさがしはじめた。牢につづく泥道は血でぬかるみ、生きている奴隷たちの足もとにむごたらしい死体が転がった。騒動のあおりで多くの女性と子どもが射殺された。奴隷商人らが、残った奴隷たちを地下牢に追いやる作業に戻り、数人の奴隷に命じて死体を片づけさせた。騒ぎが起きてからそこまでわずか十五分ほどの出来事だった。

アリージャンス号が錨を巻きあげるときも、歌やかけ声が水兵らから出ることはなく、出帆の作業はのろのろと進められた。いつもなら水兵が少しでも怠《なま》けようものなら厳しい態度で臨む掌帆長ですら、一度も鞭を振りあげようとしなかった。あいかわらず蒸し暑い日で、索具から溶けて垂れ落ちるタールが甲板に大きな黒い染みをつくった。テメレアは背中に落ちるタールにうんざりしていた。ローレンスは見習い生や士官見習いにバケツと布切れをあてがい、タールがテメレアの背に落ちてくるたびに拭きとらせた。こうして日が落ちるころには、見習い生たちは疲れ果て、タールで真っ黒になった。

翌日も、その翌日も……結局、三日間、同じような日がつづいた。左舷側に見える入り組んだ海岸は荒涼として、ところどころに断崖があり、岩石が崩れ落ちていた。陸近くには気まぐれな風が吹いているため、つねに岸と距離を保って、艦が座礁《ざしょう》しないように注意する必要があった。乗組員らはにこりともせず、灼熱《しゃくねつ》の日差しに焼かれながら、黙々と仕事をつづけた。アウステルリッツの大敗という凶報が、すでに乗組員のあいだに広まっていたのだ。

8　祝宴と幽霊

鞭打ち刑を受けたブライズがようやく病床を離れ、やつれた姿で甲板の椅子に腰かけて一日の大半を過ごすようになった。マーティンがあいかわらず、よくブライズの面倒を見てやっていた。マーティンは、ブライズのために用意された日除けを誰かが動かそうものなら厳しい声で注意し、ブライズがコホンと咳をするだけですぐさまグロッグ酒を手渡し、暑いとも寒いとも言わないうちから、膝掛けやレインコートは必要ないか、涼しい服に着替えないか、とかいがいしく世話を焼いた。

「キャプテン、あんなに気を遣わせてマーティンに申し訳なく思います」ブライズは困惑したようすでローレンスに言った。「気骨のある航空隊士官なら、水兵たちにあんな態度をとられて我慢しているわけがありません。けっしてマーティンが悪いんじゃないんです。あんなに気に病まないでくれるといいんですが」

水兵たちは仲間を殴った人間が大事にされているのが不愉快で、腹いせに殴られたレイノルズを甘やかした。すでに殉教者気取り《じゅんきょうしゃ》のところへ、ただの海尉候補生にすぎない身分で突然ちやほやされたレイノルズは、すっかり図に乗ってしまい、肩をそびやかして甲板を歩き、必要もない命令を出しては水兵らがへつらって大げさに頭をさげたりうなずいたりするのを楽しんだ。ライリー艦長や副長のパーベックさえ、レイノルズのこの態度をいさめようとはしなかった。

ローレンスは、アウステルリッツの連合軍大敗という重い事実をともに受けとめることで、水兵と飛行士のあいだの確執《かくしつ》が取り除かれないものかと期待した。しかし、双方ともに歩み寄るようすはなく、頭に血がのぼった状態がつづいていた。アリージャンス号は赤道に近づいており、ローレンスは、恒例の赤道通過の儀式〔船が赤道を越えるとき、海神ネプチューンの補佐役バジャー・バッグに扮した水兵が新米水兵を裁き、髪を剃ったり海水に浸けたりする船乗りの習慣〕をつつがなく終わらせるために、特別な配慮が必要だろうと考えた。赤道を越えた経験のある飛行士は、全体の半数もいない。もしいまの状態がつづき、水兵たちが儀式を大義名分に飛行士たちの髪を剃るようなことになれば、艦内は大混乱に陥るにちがいない。

そこでライリーに相談し、ローレンスが飛行士を代表して捧げものをすること、すなわち、ケープ・コーストで買っておいたラム酒三樽を提供するということで話がまとまった。これで飛行士全員が赤道通過の儀式を免除されることになった。

水兵たちはいつもどおりに儀式を行えないことが不満で、こんなことでは船に災いが起きると言い出す者もいた。多くの水兵が飛行士をいたぶる絶好のチャンスとして、赤道通過の儀式を待ちかねていたのだ。そんなわけだから、ついにアリージャンス号が赤道を越えて甲板で余興が行われたときも、場の空気は冷ややかで盛りあがらなかった。テメレアは出し物の芝居を楽しんでいたが、やる気の感じられない間に合わせの衣装を着た水兵たちを見て、あたりはばからぬ声で「でもね、ローレンス、あれは海神《ネプチューン》じゃなくて水兵のグリッグズだし、海の女神《アムピトリテ》はボーインだよ」と指摘した。ローレンスはあわてて「しっ！」と声を出し、テメレアを黙らせた。

テメレアの発言を聞いた航空隊のクルーのあいだに失笑が起こった。それを見て、裁判官のかつら代わりに頭にモップをかぶって、バジャー・バッグに扮していた船匠助手のレドウズが即興芝居を打ち、いま不用意に笑った者は海神の生け贄《いにえ》になるであろうと宣言した。ローレンスは取り決めを再確認するために、ライリーにちらりと目をやってうなずいた。レドウズが水兵と飛行士のあいだを歩きまわって双方の何人かを捕らえ、残った者たちがそれを囃したてたが、ライリーがすかさず大声で「キャプテン・ローレンスと航空隊のみなさんより、グロッグ酒がふるまわれることになった」と叫び、事をうまくおさめた。酒がふるまわれると聞いて、水兵らは大きな歓声をあげた。

音楽を奏でたり、踊ったりする者があらわれた。グロッグ酒が功を奏して、飛行士たちもほどなく手拍子を打ちはじめ、歌詞はわからなかったが、水兵たちの歌に鼻歌で唱和した。通常の赤道通過の儀式ほど底抜けに陽気ではなかったが、ローレンスが危惧《きぐ》したよりずっとましなものになった。

中国人たちは当然ながら参加はしなかったが、甲板に出てきて、がやがやと議論しながら儀式を観察した。赤道通過の儀式はかなり品のない娯楽であるため、ローレンスはヨンシン皇子が居合わせていることに気づき、いくぶんばつの悪い思いをした。一方、リウ・バオはふとももを叩いて拍子をとり、喝采《かっさい》を送り、バジャー・バッグが生け贄を捕らえるたびに呵々《かか》大笑《たいしょう》していた。が、やがてテメレアのほうを向き、境界線を越えて何かを質問した。テメレアが言った。「ローレンス、この人がなんのためのお祭りか、なにを祝っているのか知りたいそうなんだけど、ぼくにはわからないんだ。なにを、なんのために、祝ってるの?」

「ううむ」ローレンスは、この〝赤道祭り〟というかなりばかばかしい祭りをどう説明したものかと迷いながら答えた。「この艦が赤道を通過したことを祝っているんです。古くからのしきたりです。これまで赤道を通過したことのない者は、ネプチューンに敬意をあらわさなければなりません。ネプチューンというのは、古代ローマの海神で、ええと、もちろんわれわれがいま信仰している神とはちがうんですが……」

「ほ、ほう!」リウ・バオは、テメレアがローレンスの言葉を通訳すると、満足げに言った。「それはいい。古代の神々に敬意を表するのは、たとえ信仰する神ではないにせよ、よいことですぞ。この船には幸運がもたらされるにちがいありません。それに新年まで、あとたった十九日。われわれは新年を祝って、宴《うたげ》を催《もよお》します。それもまた船に幸運をもたらすことでしょう。われらがご先祖の霊が中国まで導いてくれますよ」

ローレンスはそれをまるまる信じたわけではなかったが、テメレアが訳したリウ・バオの言葉に水兵たちは興味しんしんで耳を傾け、大いにうなずいていた。祝宴と幸運の確約は、迷信深い彼らの心に強く訴えるところがあったようだ。もっとも、リウ・バオの言った〝霊《スピリッツ》〟については、恐ろしげな幽霊の印象があり、その後水兵のあいだで、霊に関する真剣な議論が交わされた。そして結局、ご先祖の霊ならば、この船で旅をする子孫に善をなす存在にちがいないので、恐れる必要はないだろうという結論に落ちついたのだった。

数日後、ライリー艦長が言った。「中国側から牛一頭と羊四頭、それに残りの鶏八羽全部を要求されました。やはり、セント・ヘレナ島で物資を補給しなくてはなりません。日が明けたら、針路を西に変えます。少なくとも、これまでのように貿易風に逆らってジグザグに帆走するよりは、楽な航海になるでしょう」ライリーは、使節団の随行員たちが熱心にサメを釣っているようすを、うさんくさげに眺めていた。「仕入れる酒《リカー》が強すぎなければいいんですが。水兵たちに、通常のグロッグ酒の配給に加えて、リカーも渡さなければならなくて。酒がなければ、水兵には祝宴の意味がありませんからね」

「きみの心配の種を増やして申し訳ないが、リウ・バオだけで、わたしの倍は飲んでしまうんだ。機嫌よく酔っぱらって、ひとりでワインを三本空《あ》けたのを見たことがある」ローレンスは自分の手痛い経験を振り返って言った。クリスマス以来、何度かリウ・バオを晩餐に招待し、なごやかな時間を過ごしたが、彼は毎回、少し前まで船酔いに苦しんでいた人間だとは思えないほど、よく食べよく飲んだ。「ちなみに、わたしの見るかぎり、スン・カイは酒はたしなむ程度で、ブランデーだろうがワインだろうが、どうでもいいようだな」

「ああ、もう中国のやつらなど知ったことか」ライリーがため息をついた。「乗組員が数十人ばかり、ちょっとした問題でも起こしてくれれば、罰として、晩のグロッグ酒の配給を停止できるんですけどね。ところで、彼らはサメを釣ってなにをする気でしょう？　これまでネズミイルカを二頭釣りあげたのに、海に戻しているんですよ。サメよりよほどおいしいのに」

ローレンスにも中国人らの意図はわからなかった。が、答えに窮しているとき、見張りが「左舷艦首三ポイントの方角にドラゴン発見！」と声を張りあげた。ローレンスとライリーはすぐ舷側に走り、望遠鏡を取り出して空に目を凝らした。水兵らは敵ドラゴンである場合に備えて、各自の持ち場に走った。

テメレアがその騒ぎに昼寝から目覚め、首を持ちあげた。「ローレンス、あれはヴォリーだよ。ぼくらを見つけて、こっちに向かってくる」と、ドラゴン甲板から大声で伝えると、すぐに空に向かって挨拶代わりに吼えた。その声に艦のほぼ全員が飛びあがり、マストがガタガタ揺れた。水兵の何人かがテメレアを非難がましくにらんだが、文句を言えるほど勇気ある者はいなかった。

テメレアは体をずらし、甲板に場所をあけた。それからおよそ十五分後、小型のグレーリング種の逓信竜《ていしんりゅう》が、グレーに白い筋の入った大きな翼をたたみながら甲板におり立った。「テメレー！」ヴォリーことヴォラティルスはそう呼びかけると、うれしげにテメレアを頭で小突いた。「牛っ？」

「牛はないんだ、ヴォリー。でも、羊を持ってきてあげる」テメレアがやさしく答え、逓信使《ていしんし》のジェームズに向かって「ヴォリーは怪我をしてるの？」と尋ねた。ヴォリーが鼻にかかった奇妙な声を出していた。

ヴォラティルスのキャプテン、ラングフォード・ジェームズが、竜の背から滑りおりて言った。「やあ、ローレンス、やっと見つけました。あなたをさがして海岸沿いを行き来してたんです」手を伸ばし、ローレンスに握手を求めた。「心配しなくていいぞ、テメレア。ドーヴァー基地で流行《はや》ってるひどい風邪《かぜ》をうつされただけさ。基地の半分ぐらいのドラゴンがうめくやら洟《はな》をするやら……文句たらたらで、世界最大のだだっ子集団といったところだ。なあに、一、二週間で治っちまうだろう」

テメレアが、ジェームズの言葉に安心するどころか、怯《おび》えるようにヴォリーとの距離をじりじりとあけた。いくら新しいもの好きの竜とはいえ、風邪を初体験してみようという気にはなれないらしい。ローレンスはうなずいた。ジェーン・ローランドからの手紙に風邪の件がちらりと書いてあったことを思い出す。「われわれのためにこんな遠くまで飛んできて、ヴォリーの体に負担をかけていなければいいが……。竜医に診察させましょうか?」

「いや、だいじょうぶ。医者にはさんざんかかりましたよ。ヴォリーはもう一週間くらいしないと、あの薬の味を忘れないでしょう。薬をこっそり夕飯に混ぜたわたしのことも恨んでいるんです」ジェームズは手を振ってローレンスの申し出を断った。

「こんなに遠くまで飛んできたのははじめてです。二週間、南航路を飛びつづけました。いやあ、ここはなつかしきイングランドより、やたら暖かいなあ。ヴォリーは、飛ぶのがつらくなったら、遠慮なく言います。だから、こいつがいやだと言い出さないかぎり、わたしは飛びつづけることにしてるんです」ジェームズは愛情をこめてヴォリーを撫でた。ヴォリーはジェームズの手のひらに鼻を押しつけ、頭をすとんとおろして眠りについた。

「なにか新しい知らせはありますか？」ローレンスはジェームズから手渡された郵便物を調べながら尋ねた。航空隊の逓信竜によって届けられたものなので、分配の責任はライリーではなくローレンスにある。「大陸の戦況に変化は？　ケープ・コーストでアウステルリッツの話を聞きました。われわれは召還《しょうかん》されるんでしょうか。フェリス、これをパーベック卿に届けて、こっちは飛行士たちに配ってくれ」ローレンスは手紙の束をフェリスに託した。自分宛ての緊急文書が一通、手紙が二通あったが、ジェームズに気遣って、その場では開封せず、上着にしまった。

「残念ながら、戦況の変化はなし、召還の可能性もなしですね」ジェームズが言った。「ただし、あなたがたの航海が多少は楽になりそうな吉報があります。わが英国は、ケープタウンのオランダ領を支配下に置きました。先月のことです。ですから、ケープタウンでひと息つけますよ」

ナポレオンがアウステルリッツで大勝利を飾ったことを知らされて以来、鬱々としていた者たちは、この知らせに大喜びした。話はあっという間に艦全体に広がり、アリージャンス号は祖国を称える歓声に包まれた。その騒ぎの大きさたるや、しばらくはまともに会話もできないほどだった。しかし、配達された郵便物が騒ぎを鎮めるのにひと役買った。パーベック卿とフェリスが手紙を配ると、歓声は徐々におさまり、手紙を受け取った者たちはそれを読むのに没頭した。

ローレンスはドラゴン甲板にテーブルと椅子を運ばせ、ライリー艦長とハモンドを呼んで、ジェームズの話をいっしょに聞いた。ジェームズは嬉々として、緊急文書の短い記述では伝わらないケープタウン攻略の詳細を語った。十四歳のときからヴォリーに乗って逓信使として働いてきたジェームズは、巧みな話術の持ち主でもあった。だが、今回はその才を生かしきるほど材料がなかったようだ。「もっとおもしろい話にならなくて残念ですよ。なにしろ戦いっていうほどのものじゃなかったんですから」ジェームズは弁解がましく言った。「戦いに向かったのはスコットランド高地連隊で、オランダ側は傭兵部隊だけでした。英国軍が街にたどり着く前に、敵は逃げ出しました。だから、オランダの総督は降伏するしかなかった。住民はいささか動揺していますが、ベアード将軍が地元民に自治をまかせているので、さしたる騒ぎは起きていません」

「そうですか。だとすれば、物資の補給が楽になる」ライリーが言った。「セント・

ヘレナ島に寄る必要がなくなりますからね。二週間は航海を短縮できます。実に喜ばしい知らせです」

「夕食を食べて泊まっていってはどうですか？」ローレンスはジェームズに尋ねた。

「それともすぐ出発しなきゃいけませんか？」

そのとき、ジェームズの背後にいたヴォリーが、けたたましいくしゃみをした。ヴォリーは自分のくしゃみで目覚め、「うぇっ」と声をあげ、前足でうとましげに洟《はな》をぬぐおうとした。

「おい、やめろ。汚いやつだな」ジェームズが立ちあがり、ハーネスに取り付けた袋から大きな白いリネンを取り出し、毎度のことでうんざりというようすで、ヴォリーの洟を拭きとった。そのあとヴォリーを観察しながら答えた。「では、ひと晩泊めてもらいましょう。予定どおりこの艦を見つけたんだから、ヴォリーを急がせる必要はないでしょう。みなさんも、返事を書いてわたしに預けられますしね。そう、このあとは英国に引き返すことになっているんです」

……かわいそうなリリーは、エクシディウムやモルティフェルスと同じように、快適な宿営から砂場へと追い出されました。というのも、リリーにとってくしゃみに関わる、つまり竜医の言う〝反射作用〟に関わる筋肉が毒噴きに使う筋肉とまったく同じであるため、どうしてもくしゃみとともに強酸を少し噴いてしまうのです。三頭とも、砂場の砂が毎日替えられるわけではないため、ひどくうんざりして、いくら水浴びをさせても、ノミを落とそうとする犬のように体を掻くのをやめません。

マクシムスは最初にくしゃみをはじめたせいで、風邪の発生源だろうと、みんなからひどい言われようです。とにかくどのドラゴンも、自分の悲惨な状況を誰かのせいにしたいのです。マクシムスはよく我慢しています。バークリーが書いてくれと言っています。「マクシムスは誰になにを言われようが平気だが、自分の体調に関しては一日じゅう泣き言ばかり。ただし、食い物をせっせと詰めこんでいるときは別で、風邪を引いても、やつの食欲はまったく変わらない」――そんなところです。

風邪が流行っているほかは、万事うまくいっています。みんなから愛を送ります。ドラゴンたちもテメレアに「元気で、大好きだ」と伝えてくれと言っています。基地のドラゴンたちは、テメレアがいなくなって、ほんとうに寂しがっていますよ。

でも、これはお伝えしておかなければなりません。実は、ドラゴンたちがテメレアを恋しがるのは、卑しい理由もあってのことなのです。つまり、彼らの食い意地ゆえ。どうやらテメレアは、採食場の畜舎の扉をこじ開けて、あとでまた閉めておく方法を彼らに教えたようですね。そのために、ドラゴンたちは扉を開ける係がいなくても、好きなときに食事ができていたのです。家畜がやけに減るものだから、わたしたちの編隊のドラゴンが食べすぎだと報告されて、ようやくこの秘密の犯罪が発覚しました。尋問したところ、ドラゴンたちが洗いざらい白状したというわけです。

パトロール飛行に出る時間が迫ってきたので、このあたりでペンを置きます。ヴォラティルスが明朝そちらに向けて出発します。つつがなく航海を終えられて、遠からず戻ってこられるように、心より祈っております。

キャサリン・ハーコート

「ハーコートの手紙に書いてあるんだが、きみは採食場の畜舎から食べ物を盗むやり方をみんなに教えたそうだね。それって、どういうことだ？」ローレンスは手紙から顔をあげて尋ねた。夕食前のこの時間を利用して手紙を読み、返事を書くつもりだった。

テメレアは、ばつが悪そうに弁解をはじめた。「ちがうよ、盗みなんて誰にも教えてないよ。ドーヴァー基地の採食場の牧夫たちはすごくぐうたらで、朝に来てないこともあって、みんなでえんえんと待たされてたんだ。そもそも、家畜はぼくらのものなんだから、盗みとは呼べないんじゃない?」

「そうだったのか。きみはいつからか、牧夫たちが来るのが遅いと文句を言わなくなった。そのときに、おかしいと気づくべきだったな」ローレンスは言った。「それにしても、いったいどうやって開けたんだ?」

「あの門はつくりが単純なんだ」テメレアが答える。「囲いに横木が一本渡してあるだけだから、簡単に持ちあげられて、ぱっと開く。ニチドゥスは前足がいちばん小さいから、開けるのもいちばん上手だった。でも家畜を全部出してしまわないようにするのがむずかしくてさ、はじめて開け方がわかったときは、家畜がみんな逃げ出しちゃって、マクシムスとぼくで何時間も追いかけなくちゃいけなくて——まったく笑いごとじゃなかったよ」テメレアは冠翼を逆立てて腰を落としたままふんぞり返り、笑いの止まらなくなったローレンスをにらんだ。

「いやいや」と、ローレンスは息を整えてから言った。「きみが笑うなと言っても、こればっかりは笑わずにいられない。なにしろ……きみとマクシムスが逃げた羊を……いやはや、なんてことだ」ローレンスはまたもこみあげてきた笑いを抑えつけようとした。部下たちが驚いて見つめ、テメレアはむっとしている。

「ほかにもなにか書いてあるの？」ローレンスの笑いがおさまったところで、テメレアがしれっと尋ねた。

「とくに新しい知らせはないが、基地のドラゴンたちからきみに『元気で、大好きだ』と伝えてくれとのことだ」ローレンスはテメレアの気持ちを引き立てるように言った。「みんな風邪でたいへんだそうだ。基地に残っていたら、きみも間違いなくやられていたな。そう思って自分を慰めるんだね」テメレアが仲間を思い出して落ちこんでいくのに気づき、最後の言葉を添えた。

「基地にいられるのなら、風邪にやられてもかまわなかったよ。それにどのみち、ヴォリーに感染《うつ》される」テメレアはヴォラティルスにちらりと目をやり、陰気な声で言った。眠っているヴォリーはひどく鼻を詰まらせており、洟提灯《はなぢょうちん》がふくらんではしぼみ、半開きになった口の下でよだれが水たまりをつくっていた。

ローレンスは、テメレアの予想を否定することもできず、話題を変えた。「仲間に伝言は？　これから下に行って返事を書いて、ジェームズに持ち帰ってもらう。おそらくドラゴン便で手紙を送る機会は、これで最後だろう。よほどの緊急事態が発生しないかぎり、逓信使は極東まで飛んできてくれないからね」

「〝大好きだ〟とだけ書いといて」テメレアは言った。「それからキャプテン・ハーコートと、あとレントン空将にも、あれは盗みなんかじゃないって言っておいてよ。あ、それと、マクシムスとリリーには、ドラゴンが書いた詩のことを伝えておいて。すごくすてきだって、たぶん気に入るだろうって。それからぼくが艦《ふね》によじのぼれるようになったことと、赤道を越えたことと、ネプチューンとバジャー・バッグの話……」

「もう充分だろう。わたしに小説でも書かせるつもりかい？」ローレンスはそう言って、立ちあがった。ありがたいことにようやく脚がまともになって、楽に立ちあがれるし、脚を引きずって歩かなくてもすむようになっていた。テメレアの脇腹を撫でて言った。「食後酒の時間になったら、みんなでここにあがってくる。またいっしょに過ごそう」

テメレアは鼻を鳴らし、愛情深くローレンスに鼻先を押しつけた。「ありがとう、ローレンス。それは楽しそうだね。あなた宛ての手紙に書いてあったこと以外にも、みんなの話があったら、ジェームズから聞きたいよ」

ローレンスは返信を午後三時に書き終えて、そのあと招いた客たちとともに夕食をとった。いつもなら、客に礼を失しない服装で臨むところだが、今夜はちがった。いつもはローレンスが正装するため、グランビーをはじめとする部下たちもそれにならい、またライリー艦長とその部下たちも海軍の慣習どおりに正装するので、テーブルにつく全員が厚ぼったいブロードの上着や首に巻きつくクラヴァットの下でびっしょり汗をかくことになる。ところが、ジェームズは生粋《きっすい》の飛行士らしく、礼儀作法にこだわらず、さらに一人乗りの逓信使として十四歳のときからキャプテンを務めてきた人間ならではの図太さもあって、食堂にやってくるなり、ためらうことなく上着を脱ぎ捨てた。「こりゃひどい。ここはぎゅうぎゅう詰めですね。窒息しちまいますよ、ローレンス」

ローレンスもためらわず、ジェームズにならって上着を脱いだ。ジェームズに恥をかかせたくないという心遣いからばかりでもなかった。グランビーがただちにローレンスにならい、ライリーとハモンドも一瞬驚いたのちにそれにつづいたが、パーベック卿だけは上着を脱がずに顔をこわばらせ、不満そうだった。にぎやかな会食となったが、ローレンスはジェームズに頼んで、葉巻とポートワインを手にドラゴン甲板に落ちつくまでは、新しい知らせを披露するのを控えてもらった。その場所ならテメレアも話を聞けるし、竜の巨体が壁となって、ほかの乗組員たちに盗み聞きされずにすむからだ。甲板に出ると、ローレンスは部下たちを艦首楼にさがらせた。そのためドラゴン甲板に残っているのは、使節団の散歩用に確保された区画でいつものように潮風に当たっているスン・カイだけになった。充分立ち聞きできる距離ではあったが、彼には英語の会話がほとんど理解できないはずだ。

ジェームズは、ドラゴン編隊の配置換えについての情報を詳しく知っていた。地中海の守りを担っていたドラゴンのほとんどがイギリス海峡に移され、ラエティフィカトとエクスクルシウス、それぞれの率いる編隊が強力な防衛線を張って、ナポレオンの再度の英国本土侵攻に備えることになった。ヨーロッパ大陸での勝利に勢いづいたナポレオンが、いつなんどきそんな動きに出てもおかしくはない。

「しかしそうなると、ジブラルタルの守りが手薄になりますね」ライリーが言った。

「それに、トゥーロン港の監視も怠るわけにはいきません。なぜなら、わが英国は〈トラファルガーの海戦〉で敵艦二十隻を拿捕したものの、ナポレオンはいまやヨーロッパの森林地帯を押さえ、軍艦を建造する資材を充分に備えています。内閣がその点も考慮してくれるとよいのですが」

「ああ、しまった！」ジェームズが勢いよく立ちあがった。艦の手すりに片足を乗せ、椅子を危なっかしく後ろに傾けてすわっていたので、立ちあがるのと同時に椅子の脚がガタッと音をたてて元に戻った。「うっかりしていた。ミスタ・ピットについては、なにもご存じないんですね？」

「ピット首相は、まだご療養中ですか？」ハモンドが心配そうに尋ねる。

「ご療養中どころか」ジェームズが言う。「亡くなったんです、二週間以上前に。アウステルリッツで連合軍が大敗したせいだって、もっぱらの噂ですよ。オーストリアとフランスが休戦協定を結んだという知らせを聞いたあとに寝こんで、そのまま亡くなったそうです」

「ご冥福《めいふく》を祈ります」ライリーが言った。

「アーメン」ローレンスも深く打ちのめされた。ピット首相は老いてはいなかった。自分の父よりも若かったはずだ。

「ミスタ・ピットって誰？」テメレアが尋ねたので、ローレンスは話を中断して、首相という地位について説明した。

「ジェームズ、つぎの首相は誰になるんでしょう？　なにかつかんでいますか」ローレンスはそう尋ねつつ、新内閣が対中国政策を融和《ゆうわ》的な方向に進めた場合、逆に対立的な方向に進めた場合、自分とテメレアにはどんな影響が出るのだろうかと考えた。

「いや、最低限の情報を聞いただけで、出発しましたからねえ」と、ジェームズが言う。「英国に戻ってからなにか状況が変わっていたら、なんとか方法を見つけて、ケープタウンに知らせが届くようにしましょう。ただし」と、一拍おいてつづけた。「ドラゴン便がこのあたりまで飛んでくるのは半年に一度あるかないかです。だから、それを当てにはできません。どこに立ち寄るかは未定だし、このあたりの内陸を飛行中に、あるいは海岸でひと晩過ごすうちに、跡形もなく消えてしまったドラゴンと逓信使もいますからね」

翌朝、ジェームズは英国に向けて飛び立った。ヴォリーのグレーと白の体が低く垂れこめた雲に隠れて見えなくなるまで、ジェームズはその背から手を振りつづけていた。ローレンスは母親とジェーンへの手紙に加え、ハーコートにも短い返事を書いて、ジェームズに託した。これから数か月は祖国への音信を断つことになるだろう。

だが、感傷に浸っている暇はなかった。すぐに使節団のもとへ呼び出され、リウ・バオの相談に乗って、中華料理に使われる猿の内臓の代用品としてなにがふさわしいかを考えなければならなかった。ローレンスが羊の腎臓はどうかと提案すると、すぐにほかの件で手助けを頼まれた。こんなふうにして中国暦の新年を迎える準備に追われ、その週は目の回るような忙しさになった。厨房が昼夜を問わず盛大に蒸気をあげるため、ドラゴン甲板がしじゅう温められて、テメレアでさえ暑すぎると音《ね》をあげた。

また、使節団の従者たちによる艦の害獣駆除がはじまった。それはどうにも勝ち目のない戦いだったが、彼らは忍耐強く遂行し、一日に五、六回は甲板にあがってきて、大量のネズミの死骸《しがい》を海に投げ捨てた。だが海尉候補生たちは、ネズミは航海終盤の貴重なタンパク源となるため、中国人たちの害獣退治を憤慨しながら眺めていた。

ローレンスは中国式の祝宴がどんなものなのか想像もつかなかったが、礼を失しないように正装を心がけた。ライリーの世話係であるジェスソンを借りて、いちばん上等のシャツに糊づけさせ、アイロンをかけさせた。絹の長靴下に、長ズボンではなく膝丈の短いズボンをはき、ブーツはぴかぴかに磨き、暗緑色の正装用の上衣には金の線章と勲章を付けた。勲章は海尉時代に戦った〈ナイルの海戦〉で授与された、ブルーの幅広のリボンのついた金のメダル、そして先頃、〈ドーヴァーの戦い〉で授与された銀の飾りピンだった。

かくして中国使節団の船室に足を踏み入れたとき、ローレンスは服装に気を遣ったかいがあったと大いに喜んだ。入口の重厚な赤い帳《とばり》をくぐって部屋に入ると、室内は掛け布で豪華に飾られ、足元が揺れつづけていなければ、陸に設置された大天幕のなかにいると錯覚するほどだった。テーブルにはさまざまな色合いの、金銀で縁取《ふちど》られた繊細な磁器が並んでいる。そして恐れていたとおり、それぞれの席に漆《うるし》塗りの箸が置かれていた。

ヨンシン皇子はいちばん豪華な正装用の長衣をまとい、堂々たる威厳をもってすでに上座についていた。その長衣は濃い山吹色の絹製で、青と黒の糸でドラゴンの刺繍がほどこしてあった。ローレンスの席は皇子の近くであったため、そのドラゴンの眼とかぎ爪に小さな貴石があしらわれているのが見てとれた。また長衣の胸を覆う部分にも、ひときわ大きなドラゴンが真っ白な絹糸で刺繡され、こちらの五本のかぎ爪や眼にはルビーがあしらわれている。

エミリーやダイアーに至るまで、招かれた客たちが部屋にぎゅうぎゅう詰めになっていた。若い士官たちは上官とは別のテーブルに押し合いへし合いですわり、室内の熱気ですでに頬をピンクにほてらせていた。みなが着席すると、ただちに給仕が杯に酒を注いだ。厨房からは別の給仕らがやってきて、かかえてきた大皿をテーブルの端から端までずらりと並べた。大皿には、冷肉の薄いスライスに濃い黄色の木の実やサクランボの糖蜜漬けなどを散らしたものと、頭と殻を付けたままの海老が載っていた。

ヨンシン皇子が杯を掲げて最初の乾杯を行うと、みなも皇子に合わせて急いで杯を口に運んだ。米からつくったという中国酒は温めてあり、するりと喉を通った。乾杯が祝宴開始の合図となり、中国人たちが料理を取り分けはじめ、英国側の青年たちもためらいなくそれに従った。ローレンスは、エミリーとダイアーのほうをちらりとうかがい、ふたりとも苦もなく箸を操り、すでに料理を頰張っているのを見て、動揺した。

なんとか箸の片方でひと切れの牛肉を突き刺し、口まで運んだ。肉は燻《いぶ》した香りがして悪くない味だった。肉を呑みこんだところで、皇子がふたたび杯を掲げ、乾杯が行われた。ローレンスはまたも酒を飲まなければならなかった。こうして乾杯が繰り返されるうちに、体がほてり、眩暈《めまい》を起こしそうになった。

だがそのうち、箸を使う度胸がついてきた。近くにすわった士官たちが避けている海老の料理にも、ローレンスは果敢に箸を伸ばした。ソースのせいで海老が滑って、扱いにくかった。海老は箸の先で危なっかしく揺れながら、黒いビーズのような眼でローレンスをにらんでいた。ローレンスは中国人のやり方をまねて、海老の頭だけを残してぱくりと頬張った。とたんに酒の杯を手探りし、鼻から深く息を吸いこんだ。ソースが尋常ではなく辛かったので、ひたいに汗が噴き出し、汗のしずくが頰から顎をつたって上着の襟《えり》に流れた。リウ・バオがそれを見て高らかに笑い、ローレンスの杯に酒を注ぎたし、テーブルから身を乗り出してローレンスの肩をうれしげに叩いた。

まもなく大皿が下げられ、つぎは紙のように薄い皮や酵母の匂いのする厚い皮でくるんだ餃子《ギョーザ》が、木皿に山盛りになってあらわれた。前の料理よりは箸でつまみやすく、まるごと食べられる種類のものだった。料理人らは基本的な素材の不足を創意工夫で補ったらしく、餃子の具には海藻《かいそう》や羊の腎臓が入っていた。さらに別の料理が三種類出され、そのあとに薄桃色でぷりぷりした、馴染みのない魚を生で使った料理が、冷麺と茶色く変色した野菜の漬け物を添えて供された。その料理に混じっているコリコリとした歯触りの物体はなにかとハモンドが尋ねたところ、干しクラゲだという答えが返ってきた。それを知って、数人の英国人はクラゲだけつまみ出し、こっそりと床に捨てた。

リウ・バオはみずから実演して、その料理を宙に放り投げるくらい大胆に混ぜろと促した。ハモンドの通訳によれば、高々と放り投げるように混ぜれば混ぜるほど、幸運が約束されるのだという。英国人たちが興に乗ってそのとおりにやってみせたが、作法に慣れていないため、たちまち魚や漬け物のかけらが服やテーブルに飛び散った。だがそれが劇的効果を生んで、宴席から堅苦しさが一掃《いっそう》された。みなが中国酒をたっぷりと喉に流しこみ、使節団の随行員たちまでが、英国の士官たちがそこらじゅうに魚のかけらをまき散らすさまを見て、ヨンシン皇子がいるのもおかまいなしに陽気に打ち興じた。

「ノルマンディー号の艦載艇《カッター》に乗ったときよりはましですね」ライリーが、生魚を食べながらローレンスにやや大きすぎる声で言った。ハモンドとリウ・バオが興味を示したので、ライリーは周囲の者たちに向けて話を披露した。「ノルマンディー号に乗務していたときのことです。ヤロー艦長が艦を座礁させ、乗組員全員がリオ・デ・ジャネイロから七百マイルも離れた無人島に放り出されました。われわれは、そこからカッターで助けを求めにやらされたのです。あの当時、ローレンスはまだ第二海尉でしたが、艦長も副長も、航海に関しては訓練した猿にも劣る、ずぶの素人でした。もちろん、そのせいで座礁するはめになったのですけれどもね。艦長たちは、ぜったいに自分たちで助けを求めに向かおうとはしなかったし、われわれにろくに食糧を渡そうともしなかった」当時を振り返り、憤りに駆られたようすで言った。

ローレンスが、ライリーの話を引き継いだ。「カッターに乗りこんだのは十二人。堅いビスケットとココナッツ一袋しか渡されなかった。だから、魚は釣ったそばから生であることも忘れて、わしづかみで食べました。ですが、文句は言えません。そのときの功績を認められ、ゴライアス号のフォーリー艦長から副長に迎えたいと声をかけられたのですから。そんなチャンスが待っているなら、生魚だろうがなんだろうが、いくらでも食べてみせますよ。あ、きょうの料理の生魚は、あのときのものよりはるかにおいしいですけれど」最後にあわてて付け加えたのは、いまの話で、生魚などは生死を分ける状況でなければ食べたくないと受けとられては困るからだ。実際、ローレンスはそう考えていたのだが、それはこの場で表明すべき意見ではない。

これをきっかけに、大いに飲み食いして緊張がほどけ舌がなめらかになった海軍士官らが、さらにいくつか話を披露した。興味しんしんで聞き入る中国人のために、通訳がひたすら仕事をつづけた。ヨンシン皇子までが熱心に耳を傾けていた。皇子は乾杯を促すとき以外は、いまだみなに言葉をかけようとしなかったが、酒が回ったのか、目がいくぶんとろんとしてきた。

リウ・バオが興味深げに言った。「あなたがたは、実にたくさんの土地に行かれ、途方もない冒険をされたわけですね」視線をローレンスに向けて、つづける。「明代《ミン》の武将、鄭和《テイワ》は、はるばるアフリカまで航海しましたが、七度目の航海の途中で亡くなり、水葬されました。よって、その墓は空っぽのままなのです。あなたは一度ならず世界を巡っておられる。自分は海で死ぬのではないか、誰も自分の墓を建てて葬式をしてくれないのではないか、心配になることはありませんか？」

「そういうことは、あまり考えたことがありません」ローレンスは少しだけ嘘をついた。真実はというと、いっさい考えたことがなかったのだ。「ですが、わが国のフランシス・ドレークやジェームズ・クックなど、偉大な航海家も海に葬られています。彼らと同じ墓に入れるなら本望ですし、あなたのお国の方とも喜んでごいっしょします」

「ほう。ならば、本国に息子さんがたくさんおられるといいのだが……」リウ・バオは首を振りながら言った。

かなり個人的な事柄に踏みこまれ、ローレンスはとまどった。「いいえ、子どもはいません」愚直にそう答えるしかなかった。「結婚したことがないものですから」リウ・バオは最初こそ同情するようすを見せたが、あとの言葉が通訳されると、露骨に驚いた顔をした。ヨンシン皇子やスン・カイまでもが、ローレンスをまじまじと見る。驚いている中国人らに、ローレンスは説明を試みた。「急ぐ必要はないんです。わたしは三男で、長兄にはすでに息子が三人いますから」

「あの……キャプテン、よければ、わたしが」ハモンドが助け舟を出し、ローレンスに代わってみなに説明した。「みなさん、わが国では長男だけが家督と財産を受け継ぎ、弟たちは自分で財を成すことを求められるのです。中国の制度とは異なるかもしれませんが」

「そなたの父親は、そなたと同じく兵士なのであろう?」ヨンシン皇子が出し抜けに尋ねた。「所有する地所が小さすぎるために、息子たち全員に分けられないのか?」

「いいえ、皇子。わたしの父は、アレンデール卿です」ローレンスは、皇子の当《あ》て推《ずい》量《りょう》にむっとした。「領地はノッティンガムシアにあります。あれを小さな地所と呼ぶ者はいないと思いますね」

ヨンシン皇子が驚きと不快の入り交じった表情になった。だがもしかしたら、運ばれてきたばかりのスープが気に入らなかっただけかもしれない。それは、澄みきった淡い黄金色のスープで、燻したような妙な匂いがした。小瓶に入った鮮紅色の酢でピリッと風味をきかせる趣向で、スープを入れる銘々の碗《わん》には、短いパリパリした麵が入っていた。

給仕たちがスープを取り分けるあいだ、スン・カイからの質問に小声で答えていた通訳が、テーブルに身を乗り出し、スン・カイに代わって尋ねた。「キャプテン、お父上は国王のご親戚なのですか?」

ローレンスはこの質問にびっくりしたが、なんであれ、スープのれんげを置く理由ができて感謝した。六種類の料理をすでに腹におさめていたが、このスープを最後まで飲みきる自信がないのは、けっして満腹だけが理由ではない。「いいえ。国王陛下を親戚などとお呼びする不敬はいたしかねます。わたしの父の一族は、プランタジェネット王家の子孫です。現在の王室とはかなり遠い縁戚関係と言えましょう」

スン・カイは、ローレンスの答えが通訳されるのに耳を傾けたのち、ふたたび質問を発した。「しかし、あなたの血筋はマッカートニー卿より国王に近いのでは?」

〝マッカートニー〟という名を中国人通訳がぎこちなく発音したため、ローレンスは、それがかつて中国を訪れた英国の外交使節の名前とは気づかず、ハモンドから耳打ちされて、ようやくスン・カイがなにを言わんとしたかを納得した。「ええ、もちろん」と答える。「マッカートニー卿は、王室への貢献によって貴族に叙《じょ》せられたお方です。だからといって、身分が劣るわけではありませんが、わたしの父は第十一代アレンデール伯爵であり、初代が爵位を授けられたのは一五二九年のことです」

ローレンスは、地球を半周も回った場所で自分の家系についてやっきになって説明している自分が滑稽に思えた。同席している人々は自分の家柄などにはさしたる関心もなく、母国では知人に家柄を吹聴したこともない。いや、吹聴するどころか、家柄についてとうとうと語る父によく反発したものだった。海軍に入隊しようと家出を企てて失敗したあとは、とくに父からその手の話が多く出るようになった。しかし、高名な外交使節であり、それなりの家系の出であるマッカートニー卿といえども、自分の家柄と比較されると内心おもしろくなかったのは、一か月間毎日父の書斎に呼ばれ、耳にたこができるほど聞かされた立派なご先祖の話が意外にも身に染みついていたせいかもしれない。

ローレンスの予想を裏切って、スン・カイをはじめとする中国人たちは、この情報に大いに感銘を受けたようだった。彼らが、ローレンスの家系図をぜひ見たいと言い出すものだから――実のところ、ローレンス自身、鼻持ちならない親戚の家でしかそんなものは目にしたことがなかったのだが――いたしかたなく、おぼろげな記憶の糸をたよりに、アレンデール一族の歴史についてみなに解説した。「申し訳ありません」それでも結局は、降参した。「なにかに書き出さないと、頭のなかだけではきちんと整理できないんです。ご勘弁いただきたい」

だが、そう言ったために、ローレンスはかえって窮地《きゅうち》に追いこまれた。興味深げに耳を傾けていたリウ・バオが、「おお、それなら簡単ですよ」と即座に応え、筆と墨を持ってこさせたからだ。給仕たちがスープ皿を片づけ、卓上に空きをつくると、周囲の者たちが身を乗り出した。中国人たちは興味しんしんで、英国人たちは事のなりゆきを警戒していた。つぎの料理が部屋の外で待機しており、料理人たちが早く運び入れたくてうずうずしていた。

ローレンスは、ささやかな虚栄心に対してあまりに厳しい罰だと思いながら、衆人《しゅうじん》環視《かんし》のもと、中国製の上質な紙にしぶしぶと家系図を書いた。こみいった系図を思い出す苦労に加えて、毛筆でアルファベットを書く苦労まで加わった。先祖の名前のいくつかは空欄のまま残し、わからない部分には疑問符をつけ、何か所かは事実を曲げ、サリ族とのつながりを省略した末に、ようやくエドワード三世までたどり着いた。その結果、筆跡についてはなんの称賛も得られなかったが、家系図は中国人たちに何度も回覧された。ローレンスにとって漢字の家系図がなんの意味もなさないのと同様、アルファベットの家系図も中国人には意味をなさないのではないかと思われたが、彼らは熱心に何事かを議論していた。ヨンシン皇子も無表情のままだが、長いあいだ家系図を見つめていた。最後に家系図を受け取ったスン・カイが、心から満足したようすで紙をくるくると丸めた。どうやら大事にとっておくつもりらしい。

幸いにも、家系の話はそこでおしまいになったが、今度は一刻の猶予《ゆうよ》もなく、つぎの皿に取りかからなければならなかった。きょうのために絞められた鶏が八羽、刺激的な匂いのする汁に浸かって、それぞれの大皿で湯気を立てていた。料理がテーブルに置かれると、給仕たちが大きな肉切り包丁で手際よく切り分けた。ローレンスは、ふたたびやけくそな気分で、自分の皿にたっぷりと料理が盛られるのを許した。鶏は味がよく、やわらかで肉汁もたっぷりだった。しかし、それを食べきるのは拷問《ごうもん》にも等しい。しかも、料理はこれで終わりではなかった。食べきれないまま鶏料理が下げられると、今度は乗組員用の塩漬け豚から出たたっぷりの脂で揚げた、まるごと一尾の魚料理が登場した。この料理は誰もがつつく程度にしか食べられず、あとにつづいたデザートも同様だった。デザートは香辛料入りケーキと、甘いシロップをかけた真っ赤な餡《あん》入り団子だった。給仕たちが熱心に年若い者たちにデザートを食べさせようとするものだから、「明日食べちゃいけませんか?」と尋ねる、哀れっぽいエミリーの声が聞こえてきた。

そしてようやく宴席から離れられる時間がやってきた。十数人近くが立ちあがるのに仲間の手を借り、支えられるように船室を出た。助けを借りずに歩ける者たちは、甲板に待避して、手すりにもたれて海を眺めるふりをしながら、トイレの順番を待った。ローレンスは個人用トイレという特権を行使したのち、体のだるさと闘いながら甲板のテメレアのもとに向かった。消化活動に酷使される肉体の抗議は、胃のむかつきばかりか、頭痛にまでおよんでいた。

驚いたことに、ドラゴン甲板にいるテメレアまで、中国使節団の給仕たちに料理をふるまわれていた。テメレアのために中国のドラゴンが好む珍味を用意したとかで、見た目は大きなソーセージにそっくりな、牛の肝臓や肺臓を刻んで香辛料とともに牛の腸に詰めた料理があった。また、牛のランプ肉が、先ほどの祝宴で使われたものによく似た辛いソースを塗って、軽く炙ってあった。巨大なマグロからとった赤い生肉は、厚い切り身にされて、薄い黄色い紙のような生地と層になっている。この魚料理のあと、給仕たちは仰々《ぎょうぎょう》しく、一頭の羊をまるごと運んできた。羊の肉はミンチになっているのだが、深紅に染めた羊の皮をふたたびかぶせて、流木を四肢に見立てて飾りつけてある。

テメレアはこの肉料理をほんの少し味わい、驚いたように「すごくおいしい」と言うと、使節団の者たちに中国語で質問をした。中国人たちは、うやうやしい礼とともに答えを返し、テメレアがうなずいた。こうしてテメレアは、羊の皮と流木の脚をより分け、中身の肉だけを上品に味わった。「皮と脚はただの飾りなんだよ。中国では、ドラゴンたちは人間と同じで、皮は食べないんだって」ローレンスにそう言うと、深い満足のため息とともに、くつろいだ姿勢をとった。祝宴に招かれた客でここまで満足したのは、おそらくはテメレアだけだったろう。年配の海尉候補生に暴飲暴食のつけがまわっているにちがいなく、艦尾甲板の下から誰かが嘔吐する音がかすかに聞こえてきた。

「ふうむ、こんな大量に香辛料を使った料理を食べて、きみが消化不良を起こさなきゃいいんだがな」ローレンスはそう口に出してから、テメレアが中国の料理を楽しんでいるのがおもしろくないから、こんなことを言ってしまうのだと自覚した。これは一種の嫉妬《しっと》だ。言わなければよかった……。自分は、たとえ特別な日でも、テメレアに調理したものを食べさせようとか、魚と羊以外に目新しいものを添えてやろうとか考えたことがなかったと気づき、情けない気持ちになった。

だがテメレアは、「平気さ、すごくおいしかった」とだけ答え、のんびりとあくびをした。思いきり体を伸ばし、かぎ爪を曲げて、「明日、遠くまで飛んでみない？」

と言い、またくるりと体を丸める。「この一週間ぜんぜん疲れなかった。体力が回復してるみたいだ。きっと、長距離飛行だってできる」

「そうだね」ローレンスは、テメレアが回復を実感していると知って喜んだ。ケープ・コーストを出航して間もないころに、竜医のケインズが、これでテメレアの療養期間は終わりだと宣言した。二度とテメレアに乗って飛行してはならぬというヨンシン皇子の主張が撤回《てっかい》されたわけではないが、ローレンスはその規制に従うつもりも、皇子に撤回を迫るつもりもなかった。だがこの件に関しては、ハモンドが水面下で巧みに交渉を進め、そつなく問題を処理してみせた。ケインズが傷の完治を告げてからほどなく、ヨンシン皇子がドラゴン甲板にあらわれ、「健康を保つための運動を通じて、ロン・ティエン・シエンが快適に過ごせるように」という表現を用いて、じきじきに飛行を許可したのだった。これによって、ローレンスは中国側との対立を恐れることなく、ふたたびテメレアに乗って自由に空を飛べるようになった。しかし当初、テメレアは飛行すると体に痛みを覚えたり、たいした速度でもないのに疲れたりすると不満を訴えていたのだ。

祝宴が長々とつづいたために、テメレアが食事をはじめたのは夕暮れ時だったが、いまはとっぷりと日が暮れて、ローレンスはテメレアの脇腹にもたれかかり、なじみの薄い南半球の星空を見あげている。夜空には雲ひとつない。航海長はこの夜空の星をたよりに、理想的な経度を保って艦を帆走させているだろう。水兵たちがその夜の宴のために甲板にあがってきており、彼らのテーブルにも中国酒がたっぷりとふるまわれていた。酔った者たちが野卑な歌をがなりだしたので、ローレンスは周囲を見まわし、エミリーとダイアーが甲板にいてその歌に耳を傾けていないかどうか確かめた。どちらの姿もなかった。ふたりとも祝宴のあと、すぐに寝入ってしまったにちがいない。

そのうち水兵がひとりまたひとりとお祭り騒ぎを抜けて、下におりていった。ライリーが艦尾甲板からあがってきたが、かなり疲れたようすで、まだ顔を赤くほてらせていた。ローレンスはそばにすわるように促し、ワインはあえて勧めなかった。「祝宴は大成功だったと言うほかないな。いかに自制心のある主人役でも、あれだけの料理を出せば得意げになるだろう」ローレンスは言った。「だが正直言って、料理があの半分ならもっとよかったんだが。それでも、わたしたちなら満腹になったろうし、中国人たちもあんなに料理を無理強いせずにすんだ」

「そのとおりですね」ライリーは心ここにあらずで答えた。ローレンスが顔をのぞきこむと、なにか言うのをためらっているように見える。

「まずいことでも?」ローレンスはすぐに索具やマストを見あげたが、なにも異常は見つからなかった。いや、わざわざそうしなくても、五感や直感で、艦が順調に航行していることはわかっていた。奇妙な形の巨艦ながら、アリージャンス号はいつも安定を保っている。

「ローレンス、たれこみ屋みたいなまねは嫌いなんだが、隠しておけません」ライリーが言った。「あなたの部下の士官見習いか、見習い生か――とにかくあのローランドのことです。彼は……その、ローランドは、中国使節団の船室で眠りこんでしまった。わたしが船室を出る際、使節団の中国人が通訳を介して、ローランドの居室はどこかとわたしに訊いた。教えてくれたら、そこまで送り届けるから、と」ローレンスには話のなりゆきがすでに読めていた。だから、ライリーのつづく言葉にもさほど驚かなかった。「だが、その中国人の通訳は〝彼女〟と言ったんだ。わたしは誤りを訂正しようとしたが、まさにそのとき、この目で――いや、もうこれ以上、もってまわった言い方はやめましょう。ローランドは女です。これまでどうやって隠し通せたのか、さっぱりわからない」

「くそう」暴飲暴食のせいで疲れと苛立ちがたまったローレンスは、つい言葉が荒くなった。「そのことは誰にも口外していないだろうな、トム？」ライリーが探るようなまなざしを寄こしながら、うなずいた。ローレンスはつづけた。「ぜったいに秘密を守ってくれ。事情を説明するよ。つまり、ロングウィング種のドラゴンは、男性のキャプテンを受け入れないんだ。ロングウィング以外にもそういう種はいくつかあるが、戦闘力に劣るし、実用性にも欠ける。ロングウィングだけは戦略上欠かせない種だから、航空隊はその担い手となる女性訓練生を確保しておかなければならない」

ライリーが半信半疑のようすで、曖昧な笑いを浮かべた。「ほんとうに……？　いや、それじゃ理屈に合わない。この艦を訪れたあなたの編隊のリーダーはロングウィング種のドラゴンに乗っていたじゃありませんか」ようやくローレンスが冗談を言ったのではないと気づき、ライリーは疑問を投げかけた。

「それって、リリーのこと？」テメレアが首をかしげて尋ねた。「リリーを担っているキャプテンなら、キャサリン・ハーコートっていうんだ。男じゃないよ」

「そのとおり、男ではない」ローレンスは言った。ライリーが、ローレンスとテメレアを交互に見やった。

「しかしローレンス、そんなばかげた話が……」ライリーはそう言いつつも、話を信じはじめたにちがいなく、その顔に動揺が浮かんだ。「理屈もなにもない。そんな悪習には断固反対です。だって、女を戦場に送るのなら、海軍に入隊させたっていいってことになるじゃありませんか。兵力が二倍になるんですからね。だけどそれさえできれば、軍艦の風紀が乱れまくろうが、子どもが陸で母を求めて泣こうがかまわんということですか？」

「おいおい、話が飛びすぎだ」ローレンスはライリーの誇張に苛立った。ローレンス自身、女性キャプテンの登用については賛成しかねる部分もあるが、この件に関して非現実的な議論をふっかけられても、いい気分はしない。「わたしは、女性を戦場に送ることが人員不足の解決策になりうるとも、正しいことだとも思っていない。だが、一部の女性の自己犠牲の精神が、残りの者の安寧《あんねい》と幸福につながるのなら、それほど悪いことだとは思えないんだ。わたしが出会った女性キャプテンたちは強制されて入隊したのでも、男によくあるように生計のために軍人を選んだのでもなかった。それに、彼女らは軍規を乱すような行為をしようとは夢にも思っていない」

ライリーは納得のいかないようすだったが、少なくとも女性キャプテンの必要性という特殊事情については、とやかく言うまいと決めたらしい。「あの少女をこのまま服務させるつもりですか？」その声には、いまは動揺より憂いの色が濃かった。「それも、男の恰好までさせて。そんなことが許されるものでしょうか」

「航空隊の女性士官は、軍務のあいだは倫理規制法令〔身分や性別にふさわしい服装をするように定めた法令〕に従わなくてもよいことが、国王から認められているんだ」ローレンスは言った。「トム、悩ませることになって申し訳ない。この問題についてはいっさい触れずにすませたかったが、艦上で七か月もいっしょに過ごすんだから、無理な相談だったな。ただし、これだけは言っておこう。想像がつくと思うが、わたしだって女性士官の存在を知ったときはショックを受けた。でも、いっしょに働いてみてわかった。彼女らは、ふつうの女性とはちがう。小さなころから飛行士になるために育てられている。そういう環境で育つと、たとえ女性でも、訓練によって変わるんだ」

テメレアは、首をかしげて会話を聞いていたが、聞けば聞くほど頭のなかが混乱していくらしかった。「ぜんぜんわからないな。女だからって、男となんかちがいがあるわけ？　リリーは雌ドラゴンだけど、ぼくと同じくらい――ほとんど同じくらい戦闘力がある」いささか得意そうに最後を言い直す。

ローレンスの説得もむなしく、テメレアの話を聞いているライリーは、潮の満ち引きや月の満ち欠けを変えろと迫られているかのような顔をした。ローレンスはテメレアの過激な考え方には慣れていたので、こう答えた。「女性は一般的に言って、男性よりも小柄で弱いものなんだよ、テメレア。だから、男性ほど軍務のつらさに耐えられないんだ」

「キャプテン・ハーコートは、あなたたちより小さかった？　ちっとも気づかなかったよ」テメレアが言った。体長三十フィート、体重二十トンのテメレアにとっては、人間の男女の体格差などたいしたちがいではないらしい。「それに、ぼくはマクシムスよりも小さいし、メッソリアはぼくよりも小さい。でも、ぼくもメッソリアも、戦っていることに変わりはない」

「人間とドラゴンでは事情がちがうんだ」ローレンスは言った。「まずなにより、人間の女性は子どもを産んで、育てなくてはならない。ドラゴンなら、卵から孵れば、あとは自力でやっていける」

テメレアが目をぱちくりさせた。「人間は卵から生まれるんじゃないの？」この新たに仕入れた知識に興奮して尋ねる。「じゃあ、いったいどうやって——」

「すみません、パーベック卿がわたしをさがしているでしょうから」そう言ってライリーが大あわてで退散するのを、ローレンスはいくぶん恨《うら》めしい気持ちで見送った。たらふく腹に詰めこんだ男にしては、すばやい逃げ足だった。

「わたしには、それをきみに説明できないよ。なにしろ、自分に子どもがいないからね」ローレンスはテメレアに言った。「さあ、もう夜も遅い。明日、長距離飛行したいなら、今晩はよく寝ておいたほうがいいよ」

「確かにそうだね。もう眠いや」テメレアがあくびをし、先の割れた長い舌を伸ばし、大気のようすをさぐった。「明日もこのまま晴れそうだね。飛ぶにはもってこいの天気だ」くつろいで体を伸ばして言った。「おやすみ、ローレンス。明日、早く来てくれる？」

「朝食をすませたら、すぐにここへ来るよ」ローレンスは約束し、テメレアが眠りにつくまで、やさしく体を撫でてやった。テメレアの体表がいつもより温かいのは厨房に残った余熱のせいだろう。祝宴の準備のために昼夜を分かたず稼働してきたオーヴンも、ようやくいまひと息ついている。やがてテメレアのまぶたが落ちて、目が糸のように細くなったので、ローレンスは立ちあがり、艦尾甲板に向かった。

大半の水兵は下に行くか、甲板でうたた寝をしており、見張りの数名だけが自分たちの運の悪さにぶつぶつと文句を垂れていた。夜気はひんやりとして心地よかった。ローレンスは船室に引きあげる前に軽く運動をしておこうと、艦尾まで歩いた。当直《ワッチ》に立っている若手海尉候補生のトリップが、テメレアに負けない大あくびをしていた。ローレンスが通りかかると、はっと口を閉じ、どぎまぎしてローレンスのほうを見た。

「気持ちのいい夜だな、ミスタ・トリップ」ローレンスは、頬がゆるみそうになるのをこらえて言った。ライリーの話によれば、トリップ少年の働きぶりは上々ということだ。いまのトリップに、出航当初の、一族の縁故で採用された怠け者で甘ったれの少年の面影はもうない。上着の袖はすっかり短くなり、背中は何度も破れたあげく、とうとう青く染めた帆布をつぎ足して横幅を広げてあり、帆布の色が上着の生地とは微妙に異なるために、背中の中央に奇妙な縦縞がひとすじ入っているように見える。もじゃもじゃの髪は、日差しに焼けて色が抜け、ほとんど黄色に近い。おそらくは母親でも、いまの姿を見たら、息子とは気づかないだろう。

「はい、そのとおりです」トリップはうれしげに答えた。「ものすごくうまい料理でしたね。しかも、最後に甘い団子を十二個もくれました。いつもあんなに食べられたらいいなあと思います」

ローレンスは、若者の胃袋の強靱《きょうじん》さを思い知らされ、ため息をついた。自分の胃はいまも消化不良に苦しんでいるというのに……。「当直中に居眠りしないように気をつけてくれよ」あんな大量の食事のあとで、睡魔に襲われないほうがおかしいというものだ。トリップが居眠りをして、不面目な処罰を受ける姿は見たくなかった。

「はい、だいじょうぶです」途中でこみあげてきたあくびを噛み殺そうとして、トリップの声が裏返った。ローレンスが立ち去ろうとすると、「キャプテン……」と、トリップが小声で不安そうに呼びかけた。「お訊きしてもよろしいでしょうか――中国人の先祖の霊は、自分の子孫のところにしか出てきませんよね？」

「きみの当直中に、いかなる霊《スピリッツ》も出てこないと請け合おう。ただし、ミスタ・トリップ、きみが上着のポケットに酒《スピリッツ》を隠し持っていなければの話だがね」ローレンスは大真面目な顔をつくって言った。トリップは一瞬とまどったものの、すぐに冗談だと気づき、声をあげて笑った。が、不安そうなようすは消えず、ローレンスは眉根を寄せた。「誰かが、そんな話をきみにしたのか？」この手の噂が艦の乗組員にどう影響するかは、経験からよく知っている。

「いえ、ただ……砂時計を返そうと艦首に向かったら、なにか見えたような気がしたんです。でも、ぼくが声を出したら、すっと消えてしまって……。あれは確かに中国人で、そのうえ、顔が真っ白でした！」

「それなら、こういうことだ。きみが見たのは艦首から歩いてきた、英語のわからない中国人で、きみに声をかけられて驚き、なにかを咎《とが》められたような気がして逃げた。あまり迷信を信じないことだな、ミスタ・トリップ。一般人なら許されても、海軍士官の場合は、情けない欠点となるぞ」ローレンスはあえて厳しくいさめることで、トリップがこの話をみなに広めないでくれるように願った。幽霊への恐怖心が当直のあいだの居眠りを封じてくれるなら、もっといい。

「はい、承知しました」トリップの声はまだ沈んでいた。「おやすみなさい、キャプテン」

ローレンスはゆっくりと甲板を歩きつづけた。この運動のおかげで胃が落ちついてきた。もう一周しようかとも考えたが、砂時計はかなり遅い時刻を示しており、明朝、寝坊してテメレアをがっかりさせたくなかった。ところが、艦首の昇降口《ハッチ》から降りようとしたとき、いきなり背中になにかが当たり、脚がふらついて、はしご付きの通路へ頭から落ちた。

とっさに、はしごの手すりを片手でつかんだ。けたたましい音とともに体が一回転し、片足がはしご段をとらえた。それ以上は落ちないように必死ではしごにしがみつき、怒りに駆られて上を見やった瞬間、ふたたびはしごから転げ落ちそうになった。醜くゆがんだ白い顔が闇のなかからぬっとあらわれ、眼前に迫ってきたのだ。

「わっ、なんだこれは！」驚きの言葉が口を突いて出た。だがよくよく見れば、蒼白い顔の男はヨンシン皇子の従者、フォン・リーだった。妙な具合に顔がゆがんでいたのは、昇降口から不自然な恰好で下に向かって頭を突き出し、いまにも落ちそうになっていたからだ。「あんなものすごい勢いで突進してくるなんて、いったいどういうつもりだ？」そう詰問しながら、もがいているフォン・リーの片手をつかんではしごの手すりのありかを教え、体勢を立て直すのを助けてやった。「もうそろそろ甲板をしっかり歩けるようになってもいいだろう」

フォン・リーは、なにを言われているのかわからないようすで、無言でローレンスを見つめ返すと、上半身を引きあげ、今度はゆっくりと足をはしごにおろし、ローレンスの横をそそくさと通りすぎて姿を消した。下層甲板には中国人の従者たちの居室がある。紺色の中国服と黒髪は、白い顔が見えなくなると同時に、ほとんど闇に溶けてしまった。「まったく、トリップを責められないな」ローレンスは声に出して言った。いまなら、若い海尉候補生の恐怖に対して寛容な気持ちが持てる。船室まで引き返すときも、まだ心臓が激しく打っていた。

翌朝、ローレンスは、混乱の叫びと甲板を走りまわる足音で目覚めた。すぐに甲板に駆けあがると、前檣《フォアマスト》の主帆の帆桁がまっぷたつに折れて甲板に落下しており、艦首楼には大きな主帆が半分覆いかぶさっていた。「わざとじゃないんだ」テメレアが情けなさそうな困ったような顔をして言った。別のドラゴンかと思うほど声がしゃがれている。テメレアはふたたび大きなくしゃみをしたが、今度はかろうじて顔を海のほうに向けた。くしゃみの猛烈な風圧で海面が波立ち、左舷に波が打ち寄せる。

すでに竜医のケインズがあらわれ、医療用かばんを横に置いて、テメレアの胸に耳を押し当てていた。「ふうむ」と言いながら体のあちこちの音を聞いているだけなので、ローレンスはたまりかねて診断を求めた。

「うむ、間違いなく風邪だ。治るまで待つしかないが、咳き止め薬を飲ませておこう。いま、〝神の風〟に関わる器官に体液が流れこんでいないかどうか、音を聞いて確かめているところだ」ケインズは聴診に没頭し、ひとり言のようにつづけた。「〝神の風〟ってのは、解剖学的な仕組みがさっぱりわからん。なにせ、切り刻める標本がなかったからな」

テメレアがその言葉にたじろぎ、冠翼をぺたりと寝かせて、鼻を鳴らした。いや、鼻を鳴らそうとして、音を出す代わりに、ケインズの顔面に鼻水をぶちまけた。ローレンスはすんでのところで飛びのいたが、ケインズにはさほど同情しなかった。いまの発言はあまりに無神経だった。

「ぼくはだいじょうぶ。出かけられるよ」テメレアがかすれ声で言い、すがるような目でローレンスを見つめた。

「短めにしておいて、疲れていないようなら、午後にまた行こう」ローレンスはそう言って、ケインズを見やった。竜医は、顔からぬるぬるした洟をぬぐおうと、むなしい努力をつづけている。

「いや、こんなに暖かいんだ。飛びたければ、いつもどおり飛んでいい。甘やかす必要はないぞ」ケインズは目のまわりの洟だけをなんとか取り除き、つっけんどんに言った。「ハーネスに体をしっかり固定しておけよ。でないと、テメレアのくしゃみで吹っ飛ばされるぞ。では、これにて失礼」

結局、午前からかなり長い距離を飛んだ。空に舞いあがると、紺碧《こんぺき》の海原に浮かぶアリージャンス号がしだいに小さくなり、行く手の岸が近づくにつれて、海は宝石をちりばめたガラスのように輝いた。古代に形成された断崖が長い歳月のあいだに削られ、緑にみっしりと覆われて、海に向かってなだらかに落ちている。その水際に巨岩が突き立ち、波がぶつかっては砕けている。白い砂州《さす》もいくつかみえた。用心して着陸するのは控えたが、たとえ着陸するにしても、テメレアがおり立つには小さすぎた。だが、それらの砂州を除けば、ほかはすべてジャングルに覆われ、内陸部に向かって一時間近く飛んでも、緑が途切れることはなかった。

人の気配はなく、船影もない外洋を飛行するときと同じぐらい単調な眺めがつづいた。波の音の代わりに、木々の葉を揺らす風の音しか聞こえない静穏な世界だった。時折り、静けさを破って動物らしき鳴き声がすると、テメレアはその姿を熱心に追い求めた。が、木々が厚く地表を覆っているため、なにも見つけられなかった。「このあたりに、人間は住んでいないのかな」テメレアがようやく口を開いた。

風邪のせいで小声になっているのかもしれなかったが、この静けさを守りたい気持ちから、ローレンスもいつもより声を低くして答えた。「住んでいないだろうな。かなり奥地まで飛んできたからね。最強の部族でも、海岸沿いに住んで、内陸にはけっして足を踏み入れないということだ。野生ドラゴンも多いし、凶暴なけものもたくさんいる。人間じゃとても太刀打《たちう》ちできないだろう」

それからふたたび無言となって、飛行をつづけた。強い日差しが照りつけ、ローレンスはいつしかうつむいて、夢とうつつのあいだをさまよっていた。テメレアは気の向くままに、体力を使い果たさぬようにゆっくりと飛びつづけた。ようやくローレンスがテメレアのくしゃみで目覚めたとき、日はすでに傾きはじめていた。これでは艦の夕食に間に合わないかもしれない。

テメレアは、ローレンスが戻ろうと提案すると、それ以上飛びたそうなそぶりは見せず、むしろ帰路の速度をあげた。かなりの距離を飛び、海岸線が見えなくなっていたので、ローレンスの方位磁石をたよりに、なんの目印もない、同じ景色がつづくジャングルの上空を飛びつづけた。なだらかな海岸線が見えてきたときは神に感謝した。ふたたび海上に出ると、テメレアも元気づいて言った。「風邪は引いてるけど、たいしたことない。ぜんぜんくたびれないや」だがそう言うそばから、まるで砲撃のようなくしゃみをして、その反動で三十フィートも上昇した。

日暮れ近く、ようやくアリージャンス号にたどり着くと、夕食を取り逃がすどころではない、まずい事態になっていた。前夜、甲板にいるフォン・リーを目撃したのは、トリップだけではなかったようだ。フォン・リーを見たらしいひとりの水兵が、トリップと同じ結論に達し、ローレンスの留守中に艦に幽霊が出るという噂を広めてしまっていた。しかも話には尾ひれが付いていた。ローレンスがいくら説明を試みてもあとの祭りで、乗組員たちは幽霊が出ると信じこんでいた。三人の水兵が、前の晩に前檣帆《フォアスル》の帆桁で幽霊がジグを踊るのを見た、これは災《わざわ》いの前ぶれだと言い出した。また夜半当直だった別の水兵は、幽霊がひと晩じゅう索具のまわりをふわふわと飛んでいたと言い張った。

そのうえ、リウ・バオまで、火に油を注ぐ始末だった。彼は翌日甲板に出て、いったいなんの騒ぎかと尋ね、幽霊の話を聞くと、やれやれと首を振り、幽霊が出るのは艦に乗っている誰かが女性に対してふしだらな行為をしたしるしだと独自の見解を述べた。これにはほとんどの水兵が身に覚えがあったようだ。彼らは、あまりに清らかな感受性を持つ中国の幽霊について大いにぼやき、食事どきにはこの問題について不安げに話し合い、幽霊を出没させた犯人はぜったいに自分ではないと、それぞれが力説した。陸に戻りしだい相手とは結婚するつもりなのだから、自分のちっぽけな過《あやま》ちが幽霊を呼ぶはずがないと主張する者もいた。

いまのところ、特定の人物に嫌疑がかかっているわけではなかったが、それも時間の問題だと思われた。いずれ誰かが犯人だと決めつけられて、悲惨な日々を送ることになるにちがいない。数日過ぎると、水兵たちが夜間の務めをいやがるようになり、甲板の一角でひとりきりになるしかない仕事を拒む者まであらわれた。ライリーは水兵たちの手本となるべく率先して人寂しい場所に歩いていったが、彼自身が毅然《きぜん》とした態度に欠けていたため、事態を打開するほどの効果は得られなかった。ローレンスは、部下のひとり、アレンが幽霊の話をしているのを聞きつけ、こっぴどく叱りつけた。それ以後、ローレンスの前で幽霊の話をする者はいなくなったが、飛行士たちはテメレアの近くにいたがるようになり、甲板と船室とを行き来するときは、数人で連れだって歩くようになった。

テメレアは風邪で体調を崩していたので、幽霊騒ぎにはさほど関心を示さなかったが、乗組員のあいだに蔓延《まんえん》する恐怖に気づくと、多くの者がお化けを目撃したらしいのに、自分は一度も見ていないと残念がった。しかし、大半の時間は眠っているか、頻繁に起きるくしゃみを艦にぶつけないようにするので精いっぱいだった。咳が出はじめたころは、薬を飲まされたくないばかりに、風邪の兆候をごまかそうとしたのだが、ケインズはそれを見逃さず、すぐに厨房の巨大な鍋で薬を煎じはじめ、その怪しい臭いは舷側をつたって甲板まで這いのぼってきた。風邪を引いてから三日目の夜、テメレアがこらえきれないほど激しい咳の発作に襲われると、ついにケインズと助手たちは煎じ薬の鍋を手押し車に載せて、ドラゴン甲板まで運んできた。薬はどろりとした、ほとんどゼリー状の茶色の液体で、表面にオレンジ色の脂《あぶら》が浮かんでいた。

テメレアは、嫌悪感もあらわに鍋をのぞきこんで訊いた。「飲まなくちゃ、だめ？」

「熱いうちに飲むのがいちばん効く」ケインズが冷酷に答えた。テメレアは両目をぎゅっとつぶり、頭を下げて、ごくりと飲んだ。

「うえっ。うええ、だめだあ」テメレアは最初のひと口を飲んだだけでうめき、用意してあった水桶をつかみ、口に突っこむようにしてがぶ飲みし、こぼれた水をだらだらと首や胸や甲板にこぼした。「もうこれ以上、ぜったい飲めないよ」そう言いながら、水桶を置いた。しかしまわりからなだめすかされ、情けない顔で吐きそうになりながら、ふたたび残りを飲んだ。

ローレンスはテメレアをさすりながら、心配ではあるが、口をはさむのは我慢した。先刻、服薬を勘弁してやってくれないかと頼んで、ケインズから冷ややかに一蹴《いっしゅう》されたからだった。テメレアは薬を全部飲みきると、甲板にどさりと転がり、吐き捨てるように言った。「もうぜったい、病気になんかなるもんか」それでも薬が効いて、咳がおさまり、呼吸が楽になり、その夜は久しぶりによく眠った。

ローレンスはテメレアが風邪を引いて以来、毎晩甲板で付き添っていたが、テメレアが落ちついて眠れるようになると、水兵たちが幽霊を怖れてどんなにばかげた行動をとっているかが、いやでも目につくようになった。彼らはふたりひと組でトイレに行った。眠れないのか、ふたつのランタンを甲板に置いたまま、みんなで明かりを囲み、話しつづけていた。当直の士官たちまで身を寄せ合い、砂時計を返すのと時鐘《じしょう》を鳴らすのとで甲板を歩かなければならないと、怖じ気づいた蒼い顔になった。

　こんな状態から抜け出すためには、ほかに気を逸らすなにかが必要なのだが、そんなものがあらわれるとはかぎらない。晴天がつづき、敵艦に遭遇する可能性もほとんどない。戦う意志のない船なら、そそくさとアリージャンス号から逃げていくだろう。いずれにしろ、天候の悪化も敵艦の出現も、心から望むわけにはいかない話だ。まあ、しかたがない、こんなこともつぎの港にたどり着くまでだ、とローレンスは考えた。航海にひと区切りがつけば、愚かな噂も消え失せてくれるにちがいない。

　眠っていたはずのテメレアが洟をすすり、寝ぼけたまま湿った咳をし、苦しげな吐息をついた。ローレンスはテメレアの体に片手を置き、ふたたび膝の上で本を開いた。かたわらで揺れるランタンが、たよりない光ではあるが、あたりを照らしている。ローレンスはテメレアのまぶたが重くなってふたたび閉じるまで、ゆっくりと本を読み聞かせた。

（下巻につづく）

本書は二〇〇八年十二月　ヴィレッジブックスから刊行された「テメレア戦記2　翡翠の玉座」を改訳し、二分冊にした上巻です。

テメレア戦記2
翡翠の玉座　上

2022年2月8日　第1刷

作者　ナオミ・ノヴィク
訳者　那波かおり

発行者　松岡佑子
発行所　株式会社静山社
〒102-0073 東京都千代田区九段北1-15-15
電話・営業 03-5210-7221
https://www.sayzansha.com

ブックデザイン　藤田知子
組版　アジュール
印刷・製本　中央精版印刷株式会社

ISBN978-4-86389-642-0